D1873570

Olov Svedelid

Als vermisst gemeldet

NEUER
EUROPA
VERLAG

Olov Svedelid (geb. 1932) ist der Nestor der schwedischen Kriminalliteratur. Für „Als vermisst gemeldet,“ erschienen 1972, erhielt Svedelid den begehrten Sherlock-Preis; er war der erste der inzwischen 26 Hassel-Romane, viele davon wurden verfilmt und auch im deutschen Fernsehen gezeigt.

Erik Gloßmann, Herausgeber der *Schwedischen Kriminalbibliothek* ist seit fast zwanzig Jahren Übersetzer und Herausgeber skandinavischer Literatur. Er übersetzte u. a. Henning Mankell, Olov Svedelid, Gunnar Staalesen und Ola Hansson.

Olov Svedelid

Als vermisst gemeldet

Neuer Europa Verlag
Leipzig

Titel der Originalausgabe:
Anmäld Försvunnen

Aus dem Schwedischen von A. O. Schwede

Die Deutsche Nationalbibliothek verzeichnet diese Publikation in der Deutschen Nationalbibliografie; detaillierte bibliografische Daten sind im Internet über http://dnb.d-nb.de abrufbar.

© 1972 Olov Svedelid
© Neuer Europa Verlag Leipzig GmbH, Oktober 2006
Umschlaggestaltung: Ulrich Münster, Leipzig
Lektorat: Eric Gloßmann
Satz: Ulrich Münster, Leipzig
Druck & Bindung: www.pbtisk.cz
Printed in Czech Republic
ISBN-10: 3-86695-821-8
ISBN-13: 978-3-86695-821-0

Informationen über unser Programm erhalten Sie beim Neuen Europa Verlag, Nikolaistraße 33-37, 04109 Leipzig, oder unter www.neuer-europa-verlag.de

1

„Du willst doch nicht etwa sagen, dass du ’n Bulle bist!“

Ich hatte gehofft, diese Worte nie von ihr zu hören, nie sehen zu müssen, dass ihre Mundwinkel sich zu einer sekundenschnellen, verächtlichen Grimasse verzogen und ein Ausdruck der Geringschätzung in ihre halbgeschlossenen Augen trat.

Ich seufzte.

„Früher hat es die Mädchen immer beeindruckt, wenn man sagte, dass man bei der Polizei ist. Es war für sie eine spannende Sache.“

Sie sah mich nicht an. Schaute nachdenklich zur Decke hinauf und stieß graublauen Zigarettenrauch aus, der sich mit den Tabakswolken der anderen Gäste im Lokal vermengte.

„Das muss wohl zur Zeit der Pickelhauben gewesen sein“, murmelte sie.

Mit einer wütenden Gebärde drückte sie den Zigarettenstummel im Aschenbecher aus.

„Ich kann Bullen nicht ausstehen!“

„Mein richtiger Titel ist Kriminalinspektor.“

„Der Abend ist jedenfalls im Eimer.“

„Möchtest du noch einen Drink?“ Meine Frage war ein letzter, krampfhafter Versuch.

Sie zog die Oberlippe hoch und rümpfte die Nase, als hätte ich ihr eine Orgie mit Blausäure vorgeschlagen.

Ihre Antwort, die ich ebenso gern nie hätte hören wollen, ging unter, da das Orchester gerade den nächsten Tanz anstimmte. Ich nickte ihr leicht zu und zeigte mit dem Daumen zur Tanzfläche, in erster Linie, um zu sehen, was sie tun würde. Wäre sie zwanzig Jahre jünger gewesen, hätte sie mir eine Grimasse geschnitten. So aber warf sie mir lediglich einen mordenden Blick zu und erhob sich. Das Messing erstarb, ein Klaviersolo setzte ein, und sie konnte mir jene Antwort verpassen, die Männer vor Ärger rot anlaufen lässt, seit man den Gesellschaftstanz kennt.

„Danke, nein! Bin schon vergeben!"

Sie machte auf ihren hohen, schmalen Absätzen kehrt und segelte zwischen den Tischen davon. Mein Blick folgte den schwingenden Bewegungen ihrer runden Hüften, und ich seufzte zum zweiten Mal.

Dabei hatte der Abend so gut angefangen! In bester Stimmung war ich hergekommen, und da es sich ja nun mal um das „Baldakinen" handelte, trug ich zu dem cremefarbenen Hemd eine elegante Krawatte; das gemusterte Sportsakko hatte in dieser Zeit der restlichen Steuerraten mehr als genug gekostet. Es war ein Abend mitten in der Woche, und doch war das Lokal sehr gut besucht. Ich hatte gerade Platz genommen, als ich sie auch schon bemerkte. Sie saß ein paar Tische von mir entfernt und ließ deutlich erkennen, dass ihr meine Blicke nicht unangenehm waren. Stattlich, blond, große blaue Augen, die im Gesicht einer anderen dümmlich ausgesehen hätten, fächernde dunkle Wimpern, eine gerade Nase mit schmalen Flügeln, ein verführerischer Mund mit deutlich betontem Amorbogen – und wenn sie mir leise und einladend zulächelte, sah man ihre rosarote Zungenspitze zwischen den Lippen hervorlugen. Sie trug ein mit Pailletten besetztes Kleid, das im Schein der Lampen glitzerte und herzförmig ausgeschnitten war, so dass der Blick zu wandern begann. Ich lud sie ein, an meinen Tisch zu kommen, und sie folgte der Einladung bereitwillig. Sie lachte über meine Versuche, geistreich zu sein, und das ehrte sie. Die Drinks, die ich ihr anbot, nahm sie gern. Beim vierten Tanz summte sie mir die Melodie ins Ohr. Wir stellten uns gegenseitig vor: Stella Karlberg – Roland Hassel. Es gab keinerlei Missklang. Sie deutete versteckt an, dass sie allein wohne, und ihre Stimme sank eine verführerische Oktave tiefer. Ich spürte unter dem Tisch sogar einen leichten Druck gegen mein Knie. Dann fragte sie, was ich denn so mache, und erwartete wohl, dass ich entweder in der Vergnügungsbranche oder im Handel tätig sei. Ich seufzte zum dritten Mal. Ich hätte bei dieser Frage aufmerken sollen. Warum hatte ich nicht bloß genickt und gesagt, es sei etwas in dieser Richtung, statt mit den Polizeistiefeln hereinzupoltern? Ich hätte mir die Zunge abbeißen können, als ich ihre Miene sah: Sie machte ein Gesicht, als habe sie ein Haar im Krabbensalat gefunden.

Einige Tische weiter saß ein älterer Mann mit teigigen Zügen und versuchte, mit ein paar jungen Mädchen in Blickkontakt zu kommen. Er fuhr sich mit seinen Wurstfingern über den schweißglänzenden, kahlen Schädel, und seine Lippen, die ihre Farbe verloren hatten und nun braun und schlaff waren, verzogen sich zu einem lüsternen Grinsen. Einer jener zahllosen Mädchenjäger im Smoking, deren ganze Attraktionskraft in der Brieftasche steckt. Würde ich auch einmal so werden? Ein mechanischer Jäger auf der Fährte billiger, leicht zu erlangender Kneipenerotik? Wie schon oft in solcher Atmosphäre wurden meine Gedanken in reuevolles Moll gestimmt: Wäre man nicht doch besser dran, wenn man einen Ring am Finger trug? Würde man dann in dieser Hinsicht nicht besser Maßhalten? Die vielen, sinnlosen Kneipenbesuche, die man sich dann ersparen könnte!

Ich winkte den Kellner heran und zahlte. In einer Viertelstunde wurde das Lokal geschlossen, und falls Stella Karlberg danach wirklich allein in ihrer Wohnung war, würde sie wohl eher die Tür mit den Möbeln ihrer Behausung verbarrikadieren, als den Kriminalinspektor Roland Hassel in ihre jungfräuliche Kammer einzulassen. Die kriegst du nie wieder zu sehen, sagte ich mir.

Zehn Stunden später saß ich in meinem Dienstzimmer, als der Pförtner anrief und fragte, ob ich eine Dame empfangen könne, die mich sprechen wolle.

„Wie heißt sie?"

„Frau Karlberg."

Ihr Lächeln bat um Entschuldigung wie das eines Geschäftsführers, dem man eine Plastikverpackung mit verfaulten Tomaten zeigt. Sie setzte sich auf den Besucherstuhl und stellte ihre Beine zur Schau.

„Zunächst möchte ich Sie um Verzeihung bitten – wegen gestern Abend. Ich weiß nicht, was plötzlich in mich gefahren war."

Ich begriff, dass sie ein Anliegen hatte und mich als Polizeibeamten ausnutzen wollte. Daher sah ich in ihrer Entschuldigung nur einen Vorwand. Ihre Abneigung gegen meinen Beruf – in der Nacht zuvor – war echt gewesen. Jetzt spielte sie die Liebenswürdige, und das behagte mir nicht.

„Keine Ursache", sagte ich unbeteiligt. „Was willst du noch – außer mir deine tiefe Reue bekunden?"

Sie nahm sich eine Zigarette und sah mich hinter halb herabgelassenen Lidvorhängen an. Blauer Rauch rieselte aus ihren Nasenlöchern.

„Ich hätte gern einen Rat. Für eine – Freundin."

Sie ließ den Pelz von den Schultern gleiten. Das hellblaue, seidig schimmernde Kleid hatte den gleichen Ausschnitt wie das Tanzkleid. Doch jetzt war es gar nicht schwer, die Blicke im Zaum zu halten. Stella Karlberg war eine Frau, die sich nur bei Lampenlicht zeigen sollte. Der Tag ging unbarmherzig mit ihr um. Die großen Augen waren matt, wenn sich keine Lampen darin spiegelten. Ihr Teint war von einem unsauberen Grau, und selbst das sorgfältige Make-up konnte Hautschuppen und grobe Poren nicht verdecken. Ich sah, dass der Lippenstift den Mund über die natürlichen Linien hinaus vergrößerte; ihre Lippen waren deutlich schmaler, als ich angenommen hatte. In ihrem blonden Haar konnte man den dunklen Ansatz erkennen. Nicht einmal eine echte Blondine war sie!

„Was will sie denn wissen – diese Freundin?"

Sie inhalierte noch einmal tief und drückte dann die Zigarette mit dem von Nikotin verfärbten Daumen im Gästeaschenbecher aus.

„Es handelt sich um den Mann meiner Freundin. Sie macht sich Sorgen um ihn. Er ist verschwunden."

„Wie lange ist er schon weg?"

„Vier Tage. Er pflegt zwar hin und wieder mal auszubleiben, aber nie so lange."

„Vielleicht verreist? Mallorca soll im Winter angenehm sein, habe ich gehört."

Sie schüttelte energisch den Kopf.

„Nein, sein Pass liegt noch zu Hause. Auch sein ganzer persönlicher Kram, all das, was Männer immer mit sich herumschleppen. Rasierapparat und After Shave – du weißt schon, was ich meine."

Ich sah sie streng an.

„Hast du eine Ahnung, wohin dein Mann gegangen ist?"

Sie schwieg ein Weilchen, holte dann abermals eine Zigarette hervor und zündete sie mit ihrem kleinen, vergoldeten Feuerzeug an.

„Es handelt sich doch um meine Freundin", murmelte sie, ohne mich anzusehen.

Ich seufzte. War es nicht schon das vierte Mal, dass ich wegen dieser Frau seufzte?

„Für dich ist es vielleicht neu – aber man muss ja kein Vollidiot sein, nur weil man Polizeibeamter ist. Verstell dich nicht. Wie heißt er?"

Ihr Gesicht nahm einen etwas ärgerlichen Ausdruck an. „Mein Mann heißt Valentin, und ich möchte nur einen Rat, sonst nichts."

„Du warst in einem Tanzlokal, um dir einen Mann ins Bett zu holen; und hätte ich dir nicht erzählt, dass ich Polizeibeamter bin, wäre auch alles glatt gegangen."

Ich lachte, sie aber war alles andere als vergnügt.

„Vielleicht hat es doch noch geklappt. Du hattest ja noch eine volle Viertelstunde Zeit – bis zur Polizeistunde."

Sie sah mich lange an, doch ich bin es gewohnt, strahlenden Blicken standzuhalten. Sie erhob sich, nahm ihren Pelz und warf ihn sich über.

„Ich lasse mich nicht von Bullen beleidigen“, fauchte sie mit zusammengebissenen Zähnen.

„Neue Erfahrungen sind immer von Nutzen.“

Die Tür schlug mit einem Knall zu, und dann hörte ich das Klappern ihrer Absätze auf dem Flur – kurze, wütende Schritte. Na wenn schon. Ihr Alter hielt es nicht mehr bei ihr aus, billigte ihr Tanzbodengerenne nicht, war nicht erbaut von den saugenden Blicken, die sie anderen Männern zuwarf. Ich wäre es auch nicht gewesen. Er zog es vor, sich anderwärts malträtieren zu lassen, und nun nahm sie ihre Chance wahr und brachte die Polizei ins Spiel, um ein Argument gegen ihn zu haben, das sie im Scheidungsverfahren ausspielen konnte.

Das Telefon klingelte und unterbrach eine Gedankenkette, die mir das Blut sauer zu machen drohte.

„Komm doch bitte mal zu mir rüber, Roland!“

Es war Kommissar Rudas Stimme, rauchig wie immer, eine Stimme tief im Dunkeln. Er war ein geschätzter Bass im Polizeichor und seit fünf Jahren Chef der Fahndungsabteilung.

In Rudas Zimmer – es war dreimal so groß wie die gewöhnlichen – saßen bereits ein paar Kollegen. Sune Bengtsson, Analytiker, Bridgespieler der Eliteklasse, hager und sehnig, mit kühlem Blick hinter randlosen Brillengläsern – einer der besten Tatortaufklärer der Polizei, zur Zeit Rudas Abteilung überstellt. Simon Palm, auch der „sympathische Simon“ genannt, Vater von sechs Kindern und seit vielen Jahren mit einer Russin verheiratet. Hatte stets eine Geschichte auf Lager und eine witzige Bemerkung parat, um einem drohenden Streit die Spitze abzubrechen. Seine Ruhe hing wahrscheinlich damit zusammen, dass er gegen Spektakel abgehärtet war, denn er bewohnte mit seiner großen Familie eine kleine, enge Wohnung in Spånga. Mit seinem kahlen Kopf und seinem großen, vorspringenden sah er nicht gerade schön aus, aber seine Züge waren heiter. Man ließ sich leicht zu der Annahme verleiten, hinter dieser Maske wären keine größeren Geistesgaben verborgen, aber da täuschte man sich gründlich. Je länger ich mit Simon zusammenarbeitete, desto mehr lernte ich seine Geschicklichkeit, seine Erfahrung und seine Intelligenz schätzen. Pelle Pettersson war noch nicht allzu lange bei uns. Ich kannte ihn nicht näher, wusste jedoch, dass er genau das hitzige Gemüt besaß, auf das sein rotes Haar und sein roter Bart hindeuteten. Er war Anfang Dreißig und muskulös, hatte Hände wie große Schöpfkellen und fuhr, Autonarr, der er war, so oft er konnte Rallye mit seinem Volkswagen. Kenneth Häger war ein paar Jahre jünger; ihn kannte ich noch weniger. Er war blond, hatte weiche Züge und wirkte wie ein von Skoglunds eingekleideter Playboy. Ruda hielt große Stücke auf ihn. Häger war einer der besten Schüler gewesen, die jemals die Polizeischule absolviert hatten, und man sagte ihm eine glänzende Karriere bei der Polizei voraus. Gerüchteweise hörte ich einmal, er habe eine ganz erkleckliche Summe von seinem in Bollnäs verstorbenen Vater geerbt, und ich vermutete, dass er dieses väterliche Erbe in klassischer Weise für Luxusautos und Freundinnen ausgab. Ich gönnte ihm das von Herzen, denn die Zeit kam schnell genug, in der das Polizistengehalt nur noch für Zwieback und Milchsuppe reichte.

„Zum Donnerwetter, Rolle, nun setz dich hin!“, begrüßte mich Ruda gutmütig.

Er kratzte sich mit dem rissigen Zeigefinger das hochrote Gesicht.

„Jungs, wir haben ein Problem!“

Simon lachte auf.

„Als Nadja mich heute früh weckte, sagte ich zu ihr: Wirst sehen, heute kommt uns Ruda mit sensationellen Neuigkeiten! Haben wir nach all diesen ruhigen und schönen Jahren tatsächlich mal ein Problem?“

Ruda grunzte und tat, als hörte er es nicht. Er hieß mit Vornamen Yngve Napoleon und wurde von denen, die ihn nicht besonders mochten, „der Kaiser“ genannt. „Ruda, der alte Junge“, sagten diejenigen, die sich für seine Freunde hielten, und „Yngve“ hieß er im engsten Freundeskreis. Dazu zählte ich mich.

„Worum geht’s denn diesmal? Großer Fisch?“

Sunes Stimme war trocken und monoton. Ich hatte noch nie erlebt, dass er sie hob, aber auch noch nie tiefere Emotionen bei ihm feststellen können. Seine Augen funkelten nur dann enthusiastisch, wenn es sich um einen richtig schwer zu knackenden Tatbestand handelte.

Ruda bohrte mit dem Finger im Ohr.

„Genau. Glaube es jedenfalls. Eine Spielhölle in der Hagagatan.“

Sunes Gesicht verzog sich zu einer enttäuschten Grimasse.

„Glücksspiel? Das ist alles?“

Kenneth Häger hustete und sagte dann unvermittelt: „Man sollte jeden Spielklub in der Stadt mal einer Razzia unterziehen. Gesindel ohnegleichen, das dem Spiel frönt.“

Ruda sah ihn mit verwunderter, humorvoller Miene an.

„Meinst du? Ist das auch deine Meinung, Rolle?“

„Ich habe noch nie den moralischen Unterschied kapiert, der zwischen Roulette oder Black Jack in einem Klub und der Buchmacherei auf der Rennbahn von Solvalla besteht. Die Leute wollen spielen, und der Unterschied ist nur, dass du dich in Solvalla mit Genehmigung des Finanzministers ruinierst. Und wenn du dich erschießt, hast du auf alle Fälle ein reines Gewissen gegenüber den staatlichen Prozentnehmern.“

„Aber du willst doch wohl nicht sagen, dass es Spielhöllen geben muss?“, rief Häger empört aus. „Du bist mir ja ein schöner Polizist!“

Ich zuckte die Schultern.

„Die Leute wollen ihre Rubel rollen lassen, daran kann kein Polizist der Welt etwas ändern. Aber wir sollten ihnen schon auf die Finger sehen. Vielleicht nicht in erster Linie wegen des Spielens, sondern weil sie nebenbei noch so vieles andere praktizieren.“

Pelle Pettersson hatte bislang dagesessen und unzählige Male an seiner zerbissenen Stummelpfeife gezogen.

„Nun lass doch die Katze aus dem Sack, Yngve! Was ist los? Wir sitzen doch wohl nicht hier, um einen Menschärger-dich-nicht-Klub auszuheben?"

Ruda entnahm einem Schubfach einige Papiere; ich sah dabei flüchtig ein schwedisch-italienisches Wörterbuch. Ruda liebte Italien.

„Wir haben noch nichts Rechtes zum Zupacken, doch allmählich werde ich unruhig. Dieser Klub soll superelegant sein und die Einsätze – behauptet man – enorm. Vorige Woche hängte sich ein Blumenimporteur auf; er war stets gut bei Kasse gewesen, aber der Witwe hinterließ er keinen roten Heller. Man hatte ihn Abend für Abend dort gesehen."

„Wie viel?", fragte Simon.

„Die Frau sagt, es handele sich um einige hunderttausend Krönchen."

Simon stieß einen Pfiff aus.

„Kann man mit Blumen wirklich so viel machen?"

Rudas Augen begannen zu funkeln.

„Rund um San Remo gibt es phantastische Kulturen. Die schönsten Nelken Europas. Er hatte einen erstklassigen Vertrag mit einem dortigen Exporteur, unmittelbar vor der Stadt. Ihr ahnt ja nicht, wie herrlich es dort ist, und ..."

„Handelt es sich um eins von den Glücksrädchen, die dem Pelzhändler gehören?", unterbrach ihn Simon, der wusste, wie Ruda abschweifen konnte, wenn er auf sein Lieblingsthema zu sprechen kam.

Ruda schüttelte den Kopf.

„Der Pelzhändler ist seit drei Monaten in Paris, und er soll nicht mehr soviel Kohle haben. Ihr wisst, was das kostet – einen Luxusklub einzurichten!"

Sune konstatierte nüchtern: „Also ausländisches Kapital – oder?"

Ruda kratzte sich das graugesprenkelte Haar.

„Todsicher. Und ich will nicht, dass diese harten Knochen sich hier in Stockholm breit machen. Sie sollen sich an die Städte halten, in denen man ihre Praktiken akzeptiert."

Pelle schlug die eine Pranke in die andere.

„Was ist passiert?"

„Ein Mann namens Birger Hagberg liegt im Danderyd-Krankenhaus. Alle Zähne raus, ein Auge gefährdet, drei Rippen gebrochen und Spuren von Fußtritten am ganzen Körper. Ist ein bekannter Spieler und wird Söder-Birre genannt."

Ruda schlug mit der Faust auf den Tisch.

„Ich weiß, dass er in der Hagagatan gewesen ist. Und ich bin mir absolut sicher: Er hat zuviel gewonnen."

„Hat er etwas gesagt?" fragte Kenneth.

Ruda schnaubte.

„Ach, zum Teufel! Er hat ja noch das bisschen Leben, und das will er doch behalten. Aber er scheint Todesängste auszustehen, wenn wir von der Hagagatan sprechen, und kneift den Mund zusammen wie ein Sektenmann vor einem Pornomagazin." Er schaute wie träumend zur Decke hinauf. „Ich glaube, in dem Klub hat da einer unheimlich Gold gescheffelt, und ich glaube, dass die dort einen verdammt hohen Umsatz haben. Ich glaube außerdem, dass es eine hart gesottene Clique ist, die da das Rad schnurren lässt, und dass wir etwas dagegen unternehmen müssen. Sie sind clever. Ich habe versucht, einen Polizisten als Spieler hineinzuschmuggeln, doch das ist aussichtslos. Und ihr wisst ja, was wir ohne direkte Beweise ausrichten können."

Alle in dem Zimmer Anwesenden nickten. Ohne wasserdichte Beweise würden wir nur Höllengelächter ernten.

„Ich habe lediglich einen einzigen Namen herausbekommen", fuhr Ruda fort. „Von einem Mann, der so etwas wie der Chef des Spielklubs sein soll."

„Kennen wir ihn?", fragte Simon.

„Nein! Ein völlig neuer Name für mich. Er heißt Valentin Karlberg."

2

Ich legte so viel Honig in meine Stimme, dass man mir dafür die Plakette des Reichsverbandes der schwedischen Imker hätte verleihen müssen.

„Hej Stella, hier ist dein Roland Hassel!"

Durch den Draht kam Salzsäure zurück.

„Also – ich rufe ja auch an, weil ich dich um Verzeihung bitten will."

Abermals brannte mir das Ohr, und nun versuchte ich es mit der weichsten Verführerstimme.

„Lass mich doch erklären! Ich war sauer, weil du es auch warst. Nun sind wir quitt, und da könnten wir doch wieder von vorn anfangen. Und warum nicht mit einem Lunch?"

„Lunch?"

Ihre Stimme klang misstrauisch, als habe ihr ein Quacksalber die Trepanation des Schädels vorgeschlagen.

„Damit wir uns besser kennen lernen, denk ich. Und es ist doch klar, dass ich dir behilflich sein werde, deinen Mann zu finden. Das Polizeikorps des Landes steht zu deiner Verfügung."

Sie begann aufzutauen, ein bisschen Frühling kam in ihre Stimme.

„Gut … ein kleiner Lunch kann ja nicht schaden. Wohin gedenkst du mich einzuladen?"

„Wohin möchtest du denn gern?"

„Wie denkst du über ‚Riche'? Am besten isst man aber ja wohl bei Wretman, nicht wahr?"

Solche Hoffnungen mussten von vornherein gedämpft werden. Das Repräsentationskonto der Polizei war den Preisen Wretmans nicht gewachsen.

„Lass dich lieber von mir überraschen, du wirst bestimmt zufrieden sein. Kann ich dich zu Hause abholen?"

Sie wurde plötzlich schelmisch verspielt, als hätte ich bereits angefangen, an ihren Blusenknöpfen zu fingern.

„Du gehst ja ganz schön ran, du! Aber ich mag Männer mit Schneid. Also – ist in Ordnung."

Sie senkte die Stimme um eine Schlafzimmeroktave. „Aber vorher essen wir doch wohl, nicht wahr, mein Alterchen?"

Wäre sie so attraktiv gewesen, wie es mir am ersten Abend vorgekommen war, hätte ihr Ton mich sicherlich erfreut. Aber da ich nun Abneigung gegen sie verspürte, vielleicht, weil sie meine Bewunderung als etwas Selbstverständliches ansah, ging ich auf ihren neckischen Ton nicht ein.

„Also – wo kann ich dich abholen?"

„Ich bringe meinen Pelz zum Stureplan. Halb zwölf vor Ostermans?"

Sie sprach die Worte „meinen Pelz" so affektiert aus, dass man annehmen durfte, wertvolle Katzentiere hätten dafür ihre Haut lassen müssen.

Ich berichtete Ruda, wie das Gespräch verlaufen war. Er grunzte zufrieden.

„Immerhin ein Anfang. Versuche, so viel wie möglich über ihren Mann herauszukriegen. Offiziell muss er doch wohl einer Beschäftigung nachgehen. Welcher also? Und wenn du bei ihr zu Hause Zeit hast …", er setzte eine schmachtende Miene auf, „… dann sieh zu, dass du ein Foto von ihm erwischst. Wir brauchen es zur Identifizierung – wenn Zeugen vernommen werden."

„Dafür wird schon Zeit übrig bleiben", erwiderte ich grimmig. „Da mach dir mal keine Sorgen!"

„Mache ich mir auch nicht. Du bist ja als ein sehr zurückhaltender Junge bekannt." Er grinste und kratzte Schmalz aus dem Ohr. „Ich habe den jungen Häger mit der inneren Ermittlung beauftragt. Wenn der in den Registern nichts findet, dann schafft das auch kein anderer. Pelle behält den Klub im Auge."

„Und was macht der sympathische Simon dabei?"

Ruda seufzte schwer.

„Er hat zwei Tage Urlaub genommen, der Hund. Ausgerechnet jetzt, wo wir soviel zu tun haben! Es ist kein Feuer mehr in

Simon. Sune ist mit dem Abschluss eines anderen Falles beschäftigt. Wann triffst du die holde Verführerin?"

„Halb zwölf. Ich lade sie zuerst zu ‚Riche' ein und dann in die Opernbar. Und auf die Nacht hin vielleicht noch zu ein paar Austern im ‚Strand' – das weiß ich noch nicht genau."

Ruda kratzte sich den wohl gerundeten Bauch und gähnte.

„Ja, das tu mal! Bestelle eine große Flasche Champagner. Aber versprich mir, dass du mich mitnimmst, wenn du dir die Zeche von der Kasse erstatten lässt."

„Ich frage mich, was sie wohl gegen die Polizei haben mag", sagte ich nachdenklich.

Rudas fleischige Lippen verzogen sich zu einem bärbeißigen Grinsen.

„Was haben die Leute nicht alles gegen die Polizei!", brummte er. „Du weißt doch, wir sind ja nur eine Bande gezähmter Gorillas, die Wallenberg in Uniformen gesteckt hat. Liest du keine Zeitung?"

„Das kann es nicht sein. Für solchen Blödsinn ist sie nicht der Typ. Politisch scheint sie zu den Unschuldigen zu gehören. Es liegt wohl etwas tiefer. Du hättest sehen sollen, wie sie blitzschnell umschaltete, als wir im ‚Baldakinen' zusammen waren."

Ruda holte seine gut eingerauchte Stummelpfeife hervor und stopfte ein paar Gramm Tabak in den winzigen Pfeifenkopf.

„Am besten fragst du die Unschuld selber, wenn du sie nachher triffst. Und denk an das Foto!"

Während der Weihnachtstage hatte es in Stockholm Schneeverwehungen gegeben, aber unmittelbar vor Neujahr war das Wetter umgeschlagen. Mitte Januar zeigte das Thermometer noch immer einige Grade über Null. Der Himmel war graphitgrau, und als ich in dem Taxi saß und zum Stureplan fuhr, fing es leicht zu regnen an. Der Wagen hielt vor Ostermans am Bordstein, und ich sah sie vor den Türen der Marmorhallen stehen. Ich überlegte, ob ich aussteigen und sie abholen oder nur heranwinken sollte, doch die Frage der Etikette wurde gelöst, als sie mich entdeckte und auf den Wagen zugetrippelt kam. Ich öffnete die Tür, und sie glitt auf den freien Platz neben mir. Ich setzte mein warmes, verliebtes Lächeln auf, als ich sie ansah – wie ein drittklassiger Mime in einem Schauspiel von August Blanche. Sie erwiderte das Lächeln und sah mich unter ihren Stirnlöckchen hervor mit strahlenden Augen an. Der Polizeibeamte Roland Hassel war vor ihrem bezaubernden Charme umgefallen wie ein Stapel Dachziegel. Ein reizender Junge, dieser Hassel! Das Taxi fuhr weiter. Sie zeigte mit dem Daumen auf ein Kürschnergeschäft unmittelbar neben Ostermans.

„Ich lasse meine Pelze immer bei Lindner nähen."

Das war eine Mitteilung, die mir nichts sagte, für sie jedoch war es sicherlich von Bedeutung, darüber zu sprechen. Sie griff nach meinem Mittelfinger, drückte ihn und rückte dabei noch ein wenig näher an mich heran.

„Und wohin fährst du jetzt deine kleine Stella?"

Ich legte den Finger auf die Lippen.

„Eine Überraschung, das sagte ich doch schon."

Sie schien entzückt, verlor jedoch etwas von ihrem Glanz, als das Auto vor dem Wasahof in der Dalagatan hielt.

„Was in aller Welt ist denn das für ein Lokal?"

Ich zahlte und lachte leise.

„Jetzt hältst du mich aber zum besten, Stella! Der Wasahof ist doch das neue Lokal in der Stadt, von dem man spricht."

Sie wirkte gar nicht begeistert, als wir das kleine „Bistro de Wasahof" betraten. Ich half ihr beim Ablegen des Mantels, und sie betrachtete unwillig die schön tapezierten Wände und die stimmungsvollen Bilder.

„Du meine Güte, ist das aber klein! Ich denke, ‚Riche' ..."

„Wretman bietet phantastische Summen für den Wasahof", warf ich ein. „Hier verkehren jetzt alle bekannten Persönlichkeiten."

Der Inhaber des Lokals, der junge Holmberg, trat lächelnd heran und zeigte uns den von mir bestellten Tisch in einem abgetrennten Alkoven. Stella setzte sich, schien jedoch nicht überzeugt, dass der Standard ihren Vorstellungen entsprach.

„Ist Kulle schon hier gewesen?", fragte ich Holmberg.

Der Wirt sah mich unbewegt an.

„Soviel ich weiß, ist Herr Kulle heute noch nicht hier gewesen."

„Geben Sie mir Bescheid, wenn er kommt. Und nun möchten wir die Karte."

Stella beobachtete die Tür, um Jarl Kulle ja nicht zu versäumen, nun beinahe überzeugt, doch auf das richtige Pferd gesetzt zu haben. Ich empfahl Schnecken als Vorspeise. Sie erklärte sich einverstanden, aber mit einer leichten Unsicherheit im Blick. Als Hauptgericht Medaillons und gebackene Kartoffeln. Sie kicherte.

„Gebackene Kartoffeln machen doch so dick. Ich weiß nicht, ob ich es wagen darf ..."

Sie schwenkte einen drei Meter langen Klingelbeutel, und ich sah mich gezwungen, ihr etwas in die Kollekte zu legen.

„Du mit deiner phantastischen Figur kannst dir doch wohl alles Erdenkliche einverleiben."

Sie senkte den Wimpernvorhang zu paradiesischen Verheißungen.

„Meine Figur gefällt dir also, ja? Wollen mal sehen, was du von ihr hältst, wenn ... Nun ja, also gebackene Kartoffeln!"

Es wurde ein Erfolg, obwohl ich sofort merkte, dass sie noch nie Schnecken gegessen hatte. Sie stellte sich jedoch geschickt an, und nach ein paar Blicken auf meine Hände gebrauchte sie die Schneckenzange, als wären diese Leckerbissen ihr Alltagsessen. Der Wein, den wir zum Fleisch tranken, rötete ihr die Wangen, und im Lampenlicht sah sie allmählich wieder recht appetitlich aus. Trotzdem, ich würde nicht wieder auf sie hereinfallen, ich war nun immun. Für mich begann die Arbeit.

„Hast du gar keine Ahnung, wo dein Mann sein könnte?"

„Nein. Wir gaben uns keine Rechenschaft mehr über unser Leben. Wir standen vor der Scheidung, musst du wissen, und haben schon lange nichts mehr miteinander."

„Wo hat er denn gearbeitet?"

Sie starrte auf ihr leeres Weinglas, und ich schenkte ihr nach. Sie trank gierig.

„In einer Kolonialwarenfirma, glaub ich. Bei einem gewissen Holst. Macht übrigens in Wein – in solchem hier. Verkauft und reist umher, wenn auch nie weiter, als dass er nicht abends nach Hause kommen kann.“

„Du weißt nicht, ob er … tja … eine kleine Freundin hat, zu der er gezogen sein könnte? Wo ihr euch doch scheiden lassen wollt, meine ich.“

Sie lachte kurz und höhnisch auf.

„Valentin? Eine andere Frau? Da gäbe die sich aber mit wenig zufrieden. Das glaube ich keinen Augenblick! Wenn auch …“ Zwischen ihren Augenbrauen bildete sich eine Denkfalte. „Eine andere Frau? Das würde vielleicht meine Stellung unterbauen. Bei der Scheidung, meine ich!“

Sie lachte plötzlich, als wollte sie das klimpernde Klavier übertönen.

„Aber ich will dich nicht mit meinen Scheidungssorgen belasten. Davon hast du wohl keine Ahnung?“

Und ob ich die hatte! Ich sah auf das Tischtuch. Wer zum Teufel war der Mann, den Cilla nun geheiratet hatte? Ich wusste zwar seinen Namen, aber nicht, womit er sich beschäftigte.

„Warum lässt du ihn nicht sausen?“ fragte ich. „Was willst du denn noch von ihm? Allein bist du doch glücklicher – oder?“

Sie ging darauf ein.

„Sicher. Aber du musst verstehen … Er hat die Hand auf dem Bankkonto.“ Sie lächelte mit schiefem Mund. „Ich werde bald ohne eine lumpige Öre dastehen, verstehst du!“

Ich hielt es nicht aus, noch länger dazusitzen.

„Wollen wir zu dir nach Hause fahren und Kaffee trinken?“ fragte ich ermunternd. „Dann kann ich auch gleich mal die Sachen deines Mannes durchsehen. Vielleicht finde ich irgendeine Spur.“

Ihre Zunge zeigte sich im Mundwinkel, und sie zwinkerte mir zu.

„Natürlich, mein Alterchen. Kaffee und Spuren. Du bist wirklich ein Kerl, der rangeht!“

Im Taxi rückte sie so dicht an mich heran, dass sich der Türgriff schmerzhaft an meiner Hüfte bemerkbar machte. Sie hatte sich meiner ganzen Hand bemächtigt und knetete sie leidenschaftlich. Auch ihr Atem ging heftiger. Sie musste wirklich leicht entzündbar sein, um an einem miesen Winterdienstag mittags um eins Feuer zu fangen.

„Nun sind wir gleich da, Roland", murmelte sie, als wir in den Valhallavägen einbogen, und wenig später hielt das Taxi vor einem Hauseingang nahe am Ostbahnhof. Stella war ungeduldig, als ich um eine Quittung bat. Brannte ich wirklich wie ein Vulkan – schien sie zu denken –, hätte ich darauf gepfiffen und wäre nur so aus dem Taxi gesprungen.

Im Aufzug konnte ich mich ihrer noch erwehren, doch nachdem sie die Wohnungstür aufgeschlossen und mich in die Wohnung gezogen hatte, umschlang sie mich wie eine Boa constrictor. Ich musste ihr die Lippen hinhalten, und sie bediente sich ihrer weit über das Reklameangebot hinaus. Es war nicht leicht, sich wieder von ihr frei zu machen, aber nach kurzem Kampf hatte ich sie auf eine Armlänge Abstand gebracht. Mein Lachen klang angestrengt.

„Erst die Arbeit und dann das Vergnügen. Das ist nun mal meine Devise."

In mir regten sich Zweifel an meiner hervorragenden moralischen Standhaftigkeit. Wenn es sich so ergab ... Und so gesehen ... Und warum sollte ich eigentlich schlecht von ihr denken, wenn sie sich so lebhaft für mich interessierte? Ich hatte ihr wohl unrecht getan.

Zu meiner Enttäuschung ging sie ins Wohnzimmer und zeigte auf den Schreibtisch, der in einer Ecke stand. Sie glaubte wohl an die Unerschütterlichkeit der Polizei.

„Dort hat er seine Papiere. Der rechte Teil gehört ihm, der andere mir – und den rührst du mir nicht an!"

Der Schreibtisch war ein englischer Typ, Eibe mit grüner Lederplatte. Im obersten Schubfach lag sein Pass. Ich blätterte darin. Keine Stempel.

„Erst vor einem Monat ausgestellt. Wollte er irgendwohin verreisen?"

„Keine Ahnung."

Ich notierte für alle Fälle sämtliche Angaben und Daten und studierte das Foto des Mannes. Nach den Eintragungen im Pass war Karlberg einundfünfzig Jahre alt, und er sah auch so aus. Ein schmales Gesicht mit scharfen Zügen und tief liegenden Augen.

„Kann ich den Pass mal mitnehmen?"

Stella hatte sich in einen breiten Sessel fallen lassen und das eine Bein über das andere geschlagen. Sie zündete sich eine Zigarette an.

„Und wenn er nach Hause kommt und ihn haben will?"

„Der Pass ist in sicherer Verwahrung. Er kann ihn per Boten bekommen."

„Dann nimm ihn mit."

Ich ließ den Pass in die Tasche gleiten und genoss einen heimlichen Triumph gegenüber Ruda. Hier saß ich, keusch wie ein Konfirmand um die Jahrhundertwende, und hatte Karlbergs Foto sichergestellt. Der Rest der Papiere in dem Schubfach war uninteressant. Alte Rechnungen – der Vermerk „Bez." in krakeliger Schrift quer darüber geschrieben – und Reklameblätter mit Rabattangeboten verschiedener Art. Das einzig Bemerkenswerte daran war, dass Karlberg sie gesammelt hatte. Ich nahm mir das nächste Schubfach vor.

„Hat dein Mann mal etwas über einen Spielklub verlauten lassen?"

Stella lag halb im Sessel und stieß gleichgültig Rauchwolken in die Luft. Sie schüttelte den Kopf. „Nix. Never."

„War er jede Nacht zu Hause?"

„Wie zum Teufel soll denn ich das wissen?"

Ich starrte sie überrascht an.

„Weiß man das nicht, wenn man verheiratet ist? Immerhin wohnt ihr doch noch zusammen."

Sie klopfte die Zigarettenasche nachlässig auf den Teppich.

„Wir haben seit über einem Jahr getrennte Schlafzimmer. Sahen uns gewöhnlich, wenn er gegen sechs Uhr nach Hause kam. Es gibt ja Rechnungen und ähnliches, was erledigt werden muss. Dann zog er sich in sein Zimmer zurück, und ich ging gewöhnlich aus. Ich habe ein solches Verlangen, netten Menschen zu begegnen, musst du wissen. Und wenn man im Schlafzimmer ist, hört man es nicht, wenn die Tür geöffnet wird."

Bei dieser Art von Ehe war es durchaus denkbar, dass er im Spielklub gearbeitet hatte. Das nächste Schubfach förderte auch keine Überraschung zutage, doch im untersten fand ich etwas Interessantes. Ein paar Probeabzüge aus einer Druckerei, Mitgliedskarten des Desert Clubs. Karlberg hatte einige Änderungen eingetragen und auf den Rand geschrieben, welche Papiersorte verwendet werden sollte und welche Farben. Kommentarlos sah Stella zu, als ich das zusammengefaltete Papier in die Tasche steckte. Ich schob das Fach wieder zu und erhob mich. Stella tat dasselbe. Sie kam auf mich zu, wobei ihre Hüften schaukelten wie ein Lastprahm in einem schweren Orkan.

„Das war die Arbeit. Nun bleibt also noch das Vergnügen."

Ich hatte ein trockenes Gefühl im Mund. Noch immer galt die alte Verteidigungsmaxime: Ein Polizist ist schließlich auch nur ein Mann! Sie breitete die Arme aus, und ihr Lächeln war so provozierend, dass ihr in anderen Ländern die Zensur einen Stempel auf das Gesicht gedrückt hätte. Ich ging ihr einen Schritt entgegen.

Da klingelte es an der Tür.

„Dein Mann!", rief ich, und mir war, als hätte ich in einer französischen Schlafzimmerfarce das Stichwort gegeben.

Stella sah eher verärgert als überrascht aus.

„Valentin hat einen Schlüssel. Natürlich wieder so ein Vertreter. Ich bin in ein paar Sekunden zurück."

Sie walzte hinaus, um den Vertreter in ein wärmeres Klima zu komplimentieren. Ich sah mich im Zimmer um. Es war überraschend simpel möbliert, Standardmöbel aus Katalogen, die wie zum Fotografieren aufgestellt waren. Langweilige Farben, ein rot lackiertes Klavier als wohltuender Farbtupfen. Im Vorraum waren erregte Stimmen zu hören. Dann wurde die Tür zugeschlagen. Stella kam rückwärts herein, den Blick starr auf einen Mann gerichtet, der ihr mit festen Schritten folgte. Sein Alter war schwer zu schätzen; er war groß und recht kräftig, mit wirrem schwarzem Haar und einem Kinn, das wohl ständig wie unrasiert aussah. Der Mann, den er suchte, war ich. Er starrte mich grimmig an und kam auf mich zu.

„Ich Tür bewachen. Dich kommen sehen. Du Warnung erhalten."

Ungar? Pole? Jugoslawe?

„Was willst du?"

Er grinste tückisch, als vergeudete ich kostbare Zeit mit sinnlosem Geschwätz. Offenbar hielt er mich für Valentin Karlberg, da ich mit Stella gekommen war.

„Du sprechen mit Wing. Du wissen – nicht gut! Du letzte Warnung bekommen. Du mir nun geben. Sofort! Sonst dir geht gefährlich!"

Sein Schwedisch war schlecht, doch was er sagen wollte, kam an. Ich besaß etwas, was ich ihm geben sollte. Er streckte fordernd die Hand aus. Stella stand in einiger Entfernung von uns, ihr Blick huschte ängstlich zwischen ihm und mir hin und her.

„Wenn du mir sagst, was du haben willst, kann ich dir vielleicht helfen", antwortete ich.

Auf seine Reaktion war ich nicht vorbereitet. Er zog blitzschnell ein langes schmales Messer aus der Innentasche, hielt es aber noch locker in der Hand. Stella schrie auf. Der Mann machte sich nicht einmal die Mühe, sie anzusehen.

„Du mir geben sofort. Wing nicht dürfen …"

Plötzlich verstummte er. Ich folgte seinem Blick, der auf ein Foto gerichtet war, das auf dem Klavier stand. Eine lächelnde Braut und ein zufriedener Bräutigam. Stella und Valentin. Der Mann sah mich verdutzt an.

„Du nicht Karlberg?"

Ich zückte meinen Dienstausweis.

„Ich bin Polizist, und ich …“

Da schien ihn der Wahnsinn zu packen. Er riss das Messer hoch und warf sich auf mich, stieß jedoch im Übereifer daneben. Ich konnte ihm die Waffe aus der Hand schlagen. Das lange Messer tanzte unter einen Sessel. Stella drückte sich an die Wand, ihre Augen waren unnatürlich geweitet. Der Mann explodierte abermals. Er trat mir mit einem harten Stiefel kräftig gegen das Schienbein. Der Schmerz ließ mich aufstöhnen und vornüber taumeln. Wie ein Wirbelwind war er über mir, ich bekam einen Schlag in den Nacken und fiel zu Boden. Meine Jacke stand offen, und ich spürte, dass er an mir herumgrapschte. Ich wollte ihn daran hindern, doch es war zu spät.

Mit einem triumphierenden Schrei sprang er von mir weg und außer Reichweite. Ich sah ihn an. Er richtete den Lauf meines geladenen Dienstrevolvers auf meinen Kopf. Die Mündung kam mir so groß wie ein Eisenbahntunnel vor. Stella stand an der Wand wie festgeklebt und hielt die Hände fest an die Hüften. Der Mann schluckte schwer. Er atmete heftig und grinste.

„Du Polizist. Jetzt du nicht mehr Polizist. Jetzt du sterben!“

Mit dem Daumen entsicherte er die Waffe. Die Pistole war nach wie vor auf meinen Kopf gerichtet. Er zog eine gespannte Grimasse.

Dann drückte er ab.

3

Einer meiner Lehrer an der Polizeischule war Arne Svensson gewesen. Seine Worte schossen mir durch den Kopf: „Vergeßt nie, die Dienstwaffe geladen bei euch zu führen. Mit vollem Magazin, aber ohne Patrone im Lauf. Nimmt euch jemand die Pistole weg, muss er sie erst durchladen. Einige Polizisten verdanken es dieser Regel, dass sie noch leben.“

Und nun verdankte es ihr noch einer. Der Mann war verblüfft, als nichts geschah, doch es war für ihn die Sache eines Augenblicks, die notwendige Handbewegung auszuführen, um Roland Hassel auslöschen zu können. Ich schnellte hoch, doch er war auch jetzt noch zu weit von mir entfernt, als dass ich den Sprung auf ihn hätte riskieren können. Auf dem Klavier standen neben dem Hochzeitsbild noch weitere Fotos, Vasen und Ziergegenstände. Ich fegte mit dem Arm über das Klavier und schleuderte das Zeug in seine Richtung. Er stieß einen Schmerzensschrei aus, als ihn die Ecke eines Fotorahmens am Auge und ein Porzellanhund am Kiefer trafen, und taumelte rückwärts. Ich warf mich auf ihn und schlug ihm auf das Handgelenk. Die Pistole flog in hohem Bogen durch das Zimmer und landete in einer Ecke. Ich stieß ihm die Faust in die Magengrube, doch er schien ein erprobter Schläger zu sein. Er grinste nur tückisch, packte mich um die Taille und rang mich zu Boden. Wir rollten umher, Stühle und Tische fielen um. Ich kämpfte um mein Leben und merkte, dass er versuchte, in die Nähe des Messers unter dem Sessel zu kommen. Der Mann war stark, technisch auf Draht und absolut rücksichtslos. Er drückte die Hand mit gekrümmten Fingern auf mein Gesicht, der Daumen stülpte mir die Oberlippe um, Mittel- und Zeigefinger arbeiteten sich an meine Augen heran. Es gelang mir, ihm das Knie in den Leib zu jagen, und er stöhnte auf. Dann schien mir der Kopf zu explodieren, und ich verlor eine schwarze Sekunde lang die Besinnung. Er sprang auf und schnappte sich sein langes Messer. Ich spannte automatisch die Muskeln, doch statt mich anzugreifen rannte er zur Tür. Er warf sie nicht hinter sich zu, und seine schnellen, hallenden Schritte auf der Treppe waren bis in das Zimmer zu hören.

„Verzeih mir", murmelte Stella, „aber ich habe wirklich auf ihn gezielt!"

Sie hielt den Rest einer Vase in der Hand und stand völlig geschockt da, fast wie betäubt. Ich richtete mich taumelnd auf und rieb mir den Kopf.

„Über die gute Absicht sollte man sich freuen."

Ich versuchte, mich an die letzte Phase der Schlägerei zu erinnern. Hatte ich nicht oben gelegen? Wir hatten uns nicht am

Boden gewälzt. Konnte sie ihn derart verfehlt haben? Oder wollte sie, dass der andere die Oberhand gewann? War das Ganze geplant gewesen?

Sie hatte ja aus ihrem Hass auf die Polizei kein Hehl gemacht. Spielte sie nur die Sirene oder …? Die Haustür wurde knallend zugeschlagen. Ich stürzte ans Fenster und riss es auf. Der Mann kam aus dem Haus gerannt, blickte kurz herauf und zog eine wütende Grimasse, als er mich sah. Er sprang von rechts in einen dunkelblauen Volvo 144. Von rechts – also waren sie zu zweit. Das Auto startete wie ein Geschoß und jagte in Richtung Karlaplan davon. Ich bemühte mich, die Nummer zu erkennen, aber es war zu weit. Etwas mit A 3, möglicherweise auch A 8. Sie bogen in die nächste Querstraße ein und waren damit außer Sicht. Ich drehte mich wieder um. Stella stand noch immer mitten im Raum wie eine Statue, den Fuß der Vase in der Hand.

„Leg das Ding weg", sagte ich. „Oder willst du noch einmal zuschlagen?"

Der Porzellanrest fiel auf den Teppich. Das Zimmer glich einem Schlachtfeld – zerbrochene Stühle, umgeworfene Tische, Wasser aus umgekippten Blumenvasen, zertrümmerte Fotorahmen, Glasscherben.

„Ich habe wirklich auf ihn gezielt", wiederholte sie monoton.

Mit zwei Fingern hob ich meine Walther auf und schob sie in das Achselholster.

„Hast du ihn schon einmal gesehen?"

Sie schüttelte den Kopf. Ein wenig zu eifrig? Vielleicht war ich überempfindlich.

„Du hast keine Ahnung, wer er sein könnte?"

Stella sank schwer auf den einzigen Stuhl, der noch auf seinen vier Beinen stand, und fuhr sich mit der Hand über die Augen.

„Nein", murmelte sie, „nicht, dass ich wüsste."

Ich überlegte ein Weilchen.

„Welcher Nationalität ist er? Was meinst du?"

Sie starrte mich verwundert an.

„Wie soll ich das wissen?"

„Du hast ihn doch reden hören. Den finnischen Tonfall hatte er nicht. Die Vokale der Italiener und Franzosen sind weicher. Ich würde auf einen Ungarn, Polen oder Jugoslawen tippen."

Sie zuckte beinahe gleichgültig die Schultern.

„Es sind ja jetzt so viele Jugoslawen in Schweden", sagte sie leise und starrte zu Boden.

Sie wirkte völlig apathisch. War der Schock so groß gewesen? Ich konnte nicht feststellen, ob sie eine gute Schauspielerin oder tatsächlich benommen war.

„Er nannte einen Namen. Wing. Hat dein Mann diesen Namen irgendwann in einer Unterhaltung erwähnt?"

Abermals ein müdes Kopfschütteln.

„Wir haben uns fast nur über Geld unterhalten, über andere Dinge herzlich selten."

Ich hatte hier nichts mehr verloren.

„Kann ich dir irgendwie behilflich sein?", fragte ich.

Stella betrachtete unmutig das verwüstete Zimmer.

„Danke, nein. Ich werde jetzt aufräumen. Und danach – danach lege ich mich hin. Ich bin völlig fertig."

Zögernd ging ich auf die offen stehende Tür zu. Irgendwie fühlte ich mich unsicher. Wenn sie nun nicht spielte?

„Ich lasse wieder von mir hören", sagte ich lahm.

„Meinetwegen", antwortete sie uninteressiert und schaute auf ihre gefalteten Hände.

Ich zog die Tür hinter mir ins Schloss, und mit dem nagenden Gefühl, etwas Wichtiges unterlassen zu haben, nahm ich ein Taxi und fuhr zum Amt.

Ruda empfing mich mit einem wollüstigen Satyrgrinsen.

„Krieg ich ein paar schmutzige Details zu hören, bevor du deinen Bericht machst?", prustete er heraus. „Mir ist schon den ganzen Tag über so mies zumute, dass ich etwas Pikantes brauche, um die Magensäure anzuregen."

„Fehlanzeige. Die französische Abteilung ist geschlossen."

Er seufzte missvergnügt und rieb sich die fleischige Nasenspitze.

„Und ich habe so große Hoffnungen auf dich gesetzt! Hast du das Geld der Steuerzahler ohne Gegenleistung vergeudet?"

Behutsam angelte ich die Pistole aus dem Holster, fasste sie am Lauf und legte sie vor Ruda auf den Tisch.

„Ein Ausländer versuchte mich erst mit einem Messer und dann mit meiner Pistole umzubringen." „Ohne Handschuhe?"

„Fingerabdrücke in rauen Mengen."

Ruda grunzte zufrieden.

„Prima Fläche für Abdrücke. Gib mir gleich einen mündlichen Bericht, Rolle!" Er gähnte von einem Ohr zum andern. „Erzähl mir die ganze schmutzige Geschichte. Erspare mir nichts. Ich bin nicht so weich, wie ich aussehe."

Ich berichtete. Er ließ mich nicht eine Sekunde aus den Augen und hörte zu, ohne mich zu unterbrechen; aus langer Erfahrung wusste ich, dass in seinem Gedächtnis jedes Wort registriert wurde. Als ich meinen Bericht beendet hatte, kamen seine Fragen schnell und kurz.

„Wie hat er den Namen Wing ausgesprochen? Mit W oder mit englischem U?"

„Mit einem Mittelding von beiden. So, wie meiner Meinung nach ein Jugoslawe versuchen würde, einen englischen Namen auszusprechen. Das lässt sich nur schwer beurteilen."

„Konntest du erkennen, wer das Auto fuhr? Hast du ihn nicht wenigstens flüchtig zu Gesicht bekommen?"

„Nein. Karlbergs wohnen im dritten Stock."

„Jahresmodell des Volvo?"

„Alle Volvos sind sich ja so verdammt ähnlich. Der anonymste Karren, den es gibt."

Ich schnippte mit den Fingern.

„Aber es pladdert ja draußen. Der Volvo war strahlend sauber. Frisch gewaschen. Sie hatten ihn vielleicht gemietet."

Ruda nickte.

„Möglich. Sogar wahrscheinlich. Früher klaute man einen Wagen, wenn man eine dunkle Sache vorhatte, heute mietet man sich einen. Geringeres Risiko. Wir müssen uns mit den Autovermietungen in Verbindung setzen."

Er betrachtete den Pass.

„Jaha, das also ist Bruder Karlberg. In diesen neuen Pässen steht ja die Geburtsnummer. Wir werden sein Geheimnis schon lüften – müßte doch mit dem Teufel zugehen. Gib mir mal das Telefonbuch, den Geschäftsteil. Den ersten Teil übrigens auch."

Er blätterte darin.

„Nichts unter Holst, was mit Delikatessen oder Import zu tun hat", murmelte er. „Da wollen wir mal unter ‚Wein' nachsehen. Äh, Teufel auch … ‚Siehe Staatlicher Spirituosenhandel' steht da. Typisch Post!"

Er kratzte sich das Kinn.

„Vielleicht aber doch …"

Er rief den Staatlichen Spirituosenhandel an. Der Informationsdienst erklärte ihm, dass er sich an den Weinhändlerverband wenden müsse, wenn er den Namen einer Weinimportfirma erfahren wolle, und gab ihm die entsprechende Telefonnummer.

„Alle Teufel sind organisiert … Möchte bloß wissen, wie bei denen die Gewerkschaft heißt … Ja, hallo, hier spricht Kommissar Ruda. Ich suche einen Weinimporteur namens Holst. Soll ich buchstabieren? Danke."

Er wartete mit dem Hörer am Ohr, während sein Gesprächspartner wohl in irgendeinem Register nachschlug. Interessiert betrachtete Ruda die Korrektur auf der Mitgliedskarte des Desert Clubs.

„Wenn man bloß wüsste, welche Druckerei das gemacht hat. Sie drücken sonst doch immer einen Stempel unter die Korrektur. Na ja, ich glaube jedenfalls, dass … Ja, hallo, Fräulein! Wie bitte?"

Er schrieb etwas auf einen Zettel, bedankte sich und legte auf.

„Mittelmeerdelikatessen AG. Klingt schon nach etwas. Österlånggatan."

Er gab mir den Zettel.

„Mach dich auf die Socken und erkundige dich mal bei denen. Direktor Egon Holst."

Draußen nieselte es unablässig. Die Leute hielten sich bei dem miserablen Wetter im Schutz der Häuser und hatten es eilig. Ich habe nichts gegen einen leichten Regen – man kann sich, wenn man das frische Nass einatmet, einbilden, die Stockholmer Luft sei sauber–, und so machte ich einen Spaziergang in die Altstadt. Die Firma „Mittelmeerdelikatessen“ hatte ihr Büro in dem Haus neben Gardons Spezialgeschäft für Schiffer in der Österlånggatan, und ich hätte beinahe den Laden betreten, nur um den Duft des geteerten Tauwerks einzuatmen. Ich bin ein miserabler Seemann, aber ich liebe das Meer.

Am Empfang erklärte mir eine schnippische Sekretärin, Direktor Holst habe das Büro bereits verlassen und sei vor dem nächsten Morgen nicht zu erwarten; sie wisse nicht, wo er sich aufhalte, er habe nichts hinterlassen. Sie könne daher nicht sagen – und so weiter. Höflich gab ich ihr zu verstehen, ich würde der Firma dann später die Ehre geben, doch sie schien über diese Mitteilung nicht gerade vor Glück zu sterben. Es war Viertel nach vier, und ich rief Ruda an.

„Ich nehme ihn mir morgen früh vor. Jetzt gehe ich nach Hause.“

Rudas Schnauben ähnelte dem Ruf eines Nebelhorns.

„Den Teufel tust du! Du wirst Pelle vor dem Desert Club ablösen!“

„Ich wollte eigentlich ins Kino gehen. Man hat ja wohl auch mal das Recht auf einen freien Abend.“

„Vergnügungssüchtige Polizisten sind das Schlimmste, was ich kenne. Okay, okay, ich werde dafür sorgen, dass du um halb neun abgelöst wirst, dann kommst du noch rechtzeitig zur zweiten Vorstellung. Wenn du morgen mit Holst gesprochen hast, kommst du her. Um halb elf treffen wir uns in meinem Zimmer zur Besprechung.“

Ich sah Pelle Petterssons auf und ab hüpfenden roten Bart in einem Hauseingang schräg gegenüber dem Portal, durch das man zu den Räumlichkeiten des Desert Clubs gelangte. Pelle hatte den Mantelkragen hochgeschlagen und den Hut in die Stirn gezogen.

Er verlagerte das Gewicht seines Körpers von einem Fuß auf den anderen, während er sprach:

„Verdammtes Klima! Und diese alten Holzbuden sind ja auch nicht geheizt. Wenn du dich hier aufstellst, kannst du die Tür zum Club durch die Scheiben des Portals da drüben sehen."

„War etwas los?"

Er rieb sich die Schöpfkellenhände.

„Absolut nichts. Still wie in der Kirche. Nicht ein Besucher, gar nichts. Tschüs denn, Gullan wartet zu Hause mit dem Essen."

Er glitt aus der Türnische und spazierte zu seinem Auto, das er einige Häuserblocks weiter abgestellt hatte. Ein „Amazon" mit mehreren zusätzlichen Scheinwerfern und zahlreichen bunten Aufklebern.

Ich stand da und wartete. Wie viele Stunden meines Lebens hatte ich schon mit Warten verbracht! Mit Warten, Bewachen, Notieren!

Viertel nach sechs kam ein junger Mann auf einem Moped mit einem Paket. Er klingelte, aber niemand öffnete. Nach einer Weile nahm er das Paket wieder auf und fuhr davon. Ich notierte in meinem kleinen Buch die genaue Zeit und soviel Anhaltspunkte, wie der Jüngling und das Moped hergaben. Zwanzig vor sieben kamen zwei Männer in soliden schwarzen Anzügen und Mänteln und mit ebensolchen Hüten auf den Köpfen. Beide in mittleren Jahren und mittelgroß, der eine mit glattem, rundem Gesicht, der andere mit scharfen, hageren Zügen. Einer von ihnen öffnete, und ich notierte, dass er zuerst ein oberes Schloss mit zwei Umdrehungen eines langen, schmalen Schlüssels und dann ein darunter liegendes mit einer Art Sicherheitsschlüssel aufschloss. Punkt sieben Uhr fuhr der junge Mann abermals vor, und nun wurde er sein Paket los. Ich bemerkte ein Spionauge in der Tür, die nur einen Spalt breit geöffnet wurde. Fünf Minuten nach halb acht kam eine Gruppe von vier Personen, drei Männer und eine Frau. Die Frau klingelte, und ich hörte einen gewissen Rhythmus der Klingelsignale. Die Tür wurde weit geöffnet, und die vier gingen hinein. Wahrscheinlich Personal.

Eine halbe Stunde lang tat sich nichts. Für halb neun war mir die Ablösung zugesagt, doch niemand ließ sich sehen. Zehn Minuten nach neun kamen drei Männer in den Fünfzigern. Sie klingelten, und die Tür wurde einen Spalt breit geöffnet. Verstohlen zeigten die drei dem Öffnenden etwas vor; ich nahm an, dass es Mitgliedskarten waren. Der Club war wirklich waschecht. Sorgfältige Kontrolle war eine gute Lebensversicherung. Zehn Minuten vor zehn strömten die Leute geradezu herbei, doch niemand kam hinein, ohne seine Karte vorzuweisen. Ich hatte Hunger und musste auf die Toilette. Wo blieb denn bloß die versprochene Ablösung? Um halb zwölf kam ein Mann, den ich erkannte, ein Großspieler namens Mille Sörenson. Ein gutes Zeichen. Mille tauchte nur dort auf, wo hohe Summen den Besitzer wechselten. Durch den Hauseingang, in dem ich Posten bezogen hatte, kamen und gingen ebenfalls Leute, doch im Lauf der Jahre hatte man ja gelernt, so auszusehen, als warte man auf einen Hausbewohner, und so dachte wohl niemand darüber nach, was ich dort suchte. Viertel nach zwölf geschah etwas Interessantes. Ein älterer Mann – im Paletot mit Samtkragen – klingelte, wurde jedoch nicht eingelassen. An seinem weit aufgerissenen Mund war zu erkennen, dass er laut wurde, und fast im selben Augenblick erschienen nun in weißen Jacken – zwei der drei Männer, die ich zu Anfang gesehen und für Personal gehalten hatte. Jeder von ihnen fasste den älteren Mann an einem Arm, und dann trugen sie ihn einfach wie ein Kind auf die Straße. Ich öffnete meine Tür ein wenig und horchte.

„Das ist ja unerhört … So etwas ist mir noch nie passiert … Ein Mann von meinem Ansehen …“

Einer der Männer beugte sich zu ihm hinab und flüsterte ihm etwas ins Ohr. Der Mann fuhr zurück, als habe er einen Schlag auf den Mund bekommen. Die beiden Angestellten starrten ihn unverwandt an. Der Mann machte kehrt und eilte wie von panischem Schrecken ergriffen davon. Die Männer sahen ihm mit ausdruckslosen Gesichtern nach und gingen dann wieder hinein.

Zwanzig vor eins kam endlich die Ablösung. Ein Kriminalbeamter namens Vik schlenderte heran. Er fuhr zusammen, als ich ihn zischelnd in den Hauseingang rief.

„Das ist doch zum Verrücktwerden! Wo zum Teufel hast du denn gesteckt?“

„Eigentlich sollte dich Tomasson ablösen“, entschuldigte sich Vik. „Aber er ist krank geworden, und ich konnte nicht früher abkommen. Ruda meinte, du würdest ganz gerne hier stehen.“

Ich knurrte etwas vor mich hin, was nicht für Vik bestimmt war. Ein Königreich für ein Klo! Zwei Minuten Instruktionen an Vik, dann schnappte ich mir ein freies Taxi. Zu Hause stürzte ich ins Bad.

Fünf Minuten nach eins saß ich in der Küche, aß ein Käsebrot, trank ein Bier und las eine Abendzeitung. Es fiel mir schwer, mich auf den Text zu konzentrieren, und daran merkte ich, wie müde ich war. Ich stellte den Wecker auf halb acht und machte mich fertig zum Schlafen. Wie immer nahmen die Gedanken ihren bunten Lauf, bevor ich einschlief. Wer war der Mann, den Cilla geheiratet hatte? Konnte er ihr mehr Glück schenken als ich? Was ja wirklich nicht viel gewesen war, denn meistens hatte ich Elend heraufbeschworen. Ich gönnte ihr ein anderes Leben. Cilla war in Ordnung. Ich …

Was da klingelte, war nicht der Wecker. Viertel vor sechs. Ein Anruf zu so früher Stunde? Brachte Ruda es wirklich fertig … Es war nicht Ruda!

„Roland!“

Stella Karlbergs Stimme klang hysterisch.

Im nächsten Augenblick saß ich kerzengerade im Bett.

„Was ist? Berichte ruhig! Es droht doch keine Gefahr.“

Ihre Stimme wurde zu einer gespannten, dünnen Saite.

„Doooch! Es droht Gefahr! Hilf mir, Roland!“

Ich packte den Hörer fester.

„Was denn für eine Gefahr?“

Ich hörte sie heftig schlucken.

„Ich … Ich bin eben nach Haus gekommen … Die ganze Wohnung in Unordnung … Alles zerschnitten. Die Möbel, alles … Und …“

„Und was, Stella?“

Die Saite drohte zu reißen.

„In Valentins Bett liegt jemand. Aber nicht Valentin. Und er bewegt sich nicht!“

4

Sie trug diesmal ein anderes Tanzfähnchen, einen sattroten Stoff mit glitzernden Rändern, doch der Ausschnitt war genauso großzügig. Das kurze Pelzcape hatte sie aufgeknöpft. Die Schminke war in Auflösung begriffen; die zerrinnende schwarze Wimperntusche machte aus den Augen Schmutzflecken und vermischte sich bereits mit Resten von Lippenstift. Die Wangen schienen aufgeschwemmt, die Haut war porig. Fünf Minuten vor halb sieben glich ihre Schönheit der einer ungereinigten Badewanne. Sie stand mit dem Haustürschlüssel in der Hand da, als ich meinem alten Simca an den Gehsteig heranfuhr.

„Ich glaubte schon, du würdest nicht kommen“, stöhnte sie. „Ich habe mit Schmerzen auf dich gewartet.“

Ich warf ihr einen mürrischen Blick zu.

„Manche Leute müssen sich ja erst waschen und ordentlich anziehen, ehe sie in die Stadt hinausrennen. Gewisse andere sollten auch daran denken.“

Ein Taschenspiegel wurde hervorgezaubert, und sie betrachtete ihr Bild.

„Gott,“ murmelte sie, „oh Gott!“

Der Spiegel verschwand.

„Ich kam gerade … Hatte keine Zeit, mich in Ordnung zu bringen … Ich kriegte ja einen solchen Schreck! Da oben …“

An ihrem Hals bemerkte ich einen schwachen Knutschfleck.

„Hatte der Kerl denn kein fließendes Wasser?“, fragte ich unwirsch. „Aber lassen wir das. Erzähle, aber schnell!“

Sie machte ein paar verfrorene Hüpfschritte und bohrte die Hände tief in die Taschen ihres Capes.

„Müssen wir hier draußen stehen? Wollen wir nicht lieber hineingehen?“

„Es könnte jemand die Treppe herunterkommen. Wenn du willst, können wir uns ja ins Auto setzen.“

Ein alter Simca war nicht ihr Traumwagen, und sie setzte sich auf die Kante des einen Sitzes, um zu vermeiden, dass ihr Kleid mit einem Fleck in Berührung kam, den ein Unglück mit warmer Wurst und Senf hinterlassen hatte, das sich zwei Jahre zuvor ereignet hatte.

„Ich kam also halb sechs nach Hause“, begann sie. „War hundemüde. Hatte nicht geschlafen. Aber das gehört nicht hierher. Schloss auf und …“

„Moment! Du hast aufgeschlossen. Passte der Schlüssel? Du hast keine Beschädigung am Türschloss festgestellt?“

„Er passte wie immer. Glaube ich wenigstens. Gleich nachdem ich zur Tür herein war, sah ich dann die Bescherung. Das Zimmer sah aus wie zerbombt. Ich stürzte in Valentins Zimmer und kriegte den nächsten Schock. Er war nicht da, aber in seinem Bett lag ein toter Mann.“

„Wie lange hast du dir das alles angesehen?“

„Herrgott, den Bruchteil einer Sekunde, aber …“

„Und dann bist du ans Telefon gegangen und hast mich in aller Ruhe angerufen? Der Mörder konnte doch noch in der Wohnung sein!“

Sie zündete sich eine Zigarette an, die sie einem zerdrückten Päckchen entnommen hatte. Ihre Hände zitterten ein wenig. Ich glaubte ihr den Schock.

„Bist du verrückt? Ich bin wie ein Hase die Treppe runter und habe von der Zelle dort angerufen.“

Sie zeigte auf eine alte, grün gestrichene Telefonzelle auf der anderen Straßenseite.

„Deine Zeitangaben stimmen nicht ganz, Stella. Du kommst um halb sechs nach Hause, fährst eine halbe Minute später mit dem Fahrstuhl hinauf, öffnest die Tür, trittst ein und siehst die Verwüstung – höchstens eine halbe Minute –, siehst einen Toten im Bett deines Mannes, stürzt sofort auf die Straße und rufst mich an. Das alles kann doch höchstens fünf Minuten gedauert haben. Es war aber drei Viertel sechs, als du mich angerufen hast. Was geschah in den übrigen zehn Minuten?“

Der übel riechende blaugraue Zigarettenrauch füllte mittlerweile das Auto, und ich kurbelte die Scheibe herunter. Sie warf mir einen Blick zu, den ich nicht zu deuten vermochte.

„Dann war es wohl zwanzig vor sechs, als ich nach Hause kam. Ich dachte, so ganz genau brauchte man das nicht zu wissen.“

„Nicht ganz genau zu wissen! Nun mach aber einen Punkt! Na ja, aber sei um Gottes willen von jetzt an so genau, wie du nur immer sein kannst. Hast du die Haustür die ganze Zeit über im Auge gehabt? Auch von der Telefonzelle aus?“

Sie nickte.

„Die ganze Zeit über – ganz bestimmt!“

„Gibt es einen zweiten Ausgang? Irgendeinen Hof?“

„Ja, aber die Tür ist abgeschlossen, nur der Hausmeister kann sie öffnen. Ein großes, stabiles Vorhängeschloss.“

„Wenn also bei deiner Heimkehr noch jemand in der Wohnung war, muss er auch jetzt noch im Hause sein.“

Sie fuhr zusammen und errötete.

„Zur Haustür kann sich jedenfalls niemand hinaus geschlichen haben.“

„Dann wollen wir mal raufgehen und nachsehen, was es zu melden gibt.“

Als wir die Treppe erreicht hatten, öffnete ich die Fahrstuhltür ein wenig und stieg dann die Treppe hinauf.

„Wollen wir nicht fahren?“ fragte Stella jämmerlich. „Ich bin so müde.“

„Wenn wir den Fahrstuhl nehmen und es läuft jemand die Treppe hinunter, habe ich keine Chance, ihn zu erwischen. Versuche doch zur Abwechslung mal auszuruhen, wenn du in einem Bett liegst."

Ich stieg die Treppe hinauf, Stella folgte ängstlich und prustend als Nachhut. Wir begegneten niemandem, und als wir vor Karlbergs Tür standen, bat ich sie um den Schlüssel. Bevor ich öffnete, untersuchte ich sorgfältig das Schloss, fand jedoch keinerlei Spuren einer Beschädigung. In der Wohnung konnte sich ein Mörder aufhalten. Nicht, dass ich das unbedingt glaubte – bestimmt war er schon vor längerer Zeit verschwunden –, aber Vorsicht war geboten. Trotz allem bestand ja die Möglichkeit, dass er Stella weder kommen noch gehen gehört hatte und noch immer damit beschäftigt war, die Einrichtung zu demolieren.

„Warte hier draußen!", sagte ich zu Stella.

Ich zog die Pistole und hielt sie locker in der rechten Hand, während ich vorsichtig aufschloss. Dann stieß ich die Tür mit einem Ruck auf und sprang mit vorgehaltener Pistole in die Wohnung. Stella hatte Recht. Die Wohnung sah tatsächlich aus wie nach einem Bombardement, aber lebende Menschen hielten sich nicht darin auf. Ich inspizierte ein Zimmer nach dem anderen, öffnete die Wandgarderobe und blickte hinter Schränke, stets auf einen Überfall gefasst. Offenbar hatte der Mann, der die Karlbergsche Wohnung verwüstet hatte, nichts mehr gefunden, was noch zu zerstören war. Er hatte ganze Arbeit geleistet, das musste man anerkennen. An den Tapeten sah man die helleren Stellen, wo die Bilder gehangen hatten, die nun mit aufgeschnittenen Deckpappen zwischen Glasscherben und zerfetzten Textilien lagen. Sowohl Stellas Kleidung wie auch die ihres Mannes war aus den Kleiderschränken geholt und an den Nähten mit einem Rasiermesser aufgeschnitten worden, und alle Taschen waren nach außen gekehrt. Die Schubladen des Schreibtischs waren herausgezogen, und eine dünne Schicht von Papieren bedeckte den Boden. Die Bücher hatte der Betreffende aus dem Regal genommen, sie lagen mit aufgeklappten Deckeln und herausgerissenen Seiten in ungleichmäßigen Haufen auf dem Teppich.

Nun blieb nur noch Valentins Zimmer. Ich unternahm dasselbe Manöver, riss die Tür auf und sprang mit schussbereiter Waffe hinein.

Im Bett lag jemand. Das glaubte ich aber nur im ersten Moment, denn ich war das Opfer einer Sinnestäuschung geworden. Auf dem Bett lag ein achtlos zusammengerollter Teppich, über den man eine Decke geworfen hatte und der in seiner Form dem erregten Auge einen liegenden Körper vorgaukelte. Den Bruchteil einer Sekunde, hatte Stella gesagt. Sie hatte nur etwas Fremdes und Schreckliches im Bett ihres Mannes erblickt, etwas, was dort nicht hingehörte und was sie für einen Menschen hielt.

Nervös an die Wand gedrückt, stand sie auf der Treppe.

„Komm herein und sieh dir deine Leiche an“, sagte ich kurz.

Sie folgte mir zögernd in das Zimmer und hielt die Hand vor den Mund, als ich ihr den Teppich präsentierte.

„Und ich habe ganz fest geglaubt … Ich war sicher, dass …“

Ich gab ihr einen freundschaftlichen Klaps.

„Du warst erschrocken und hast Gespenster gesehen. Das ist verständlich.“

Sie ließ sich schwerfällig auf das Fußende des Bettes sinken. Der zusammengerollte Teppich hatte seine Schreckensmacht über sie verloren und war wieder ein alltäglicher Gegenstand.

„Wie es aussieht, bleibt mir nichts weiter übrig, als die Wohnung aufzuräumen.“

Sie zündete sich die nächste Zigarette an.

„Was ist da eigentlich los?“ murmelte sie. „Und wo ist Valentin?“

„Das wüsste ich auch gern. Aufräumen darfst du aber erst, wenn unsere Fachleute hier gewesen sind. Ich fordere sie gleich telefonisch an. Fingerabdrücke, vielleicht auch Fußabdrücke.“

„Man soll mich in Ruhe lassen!“ Ihre Stimme hatte plötzlich einen anderen Klang. „Ich will nicht noch mehr Polizisten im Hause haben!“

„Tut mir leid, aber das hier ist ein echter Einbruch. Die Sache muss ordnungsgemäß untersucht werden.“

„Aber ich habe dich doch als Privatperson angerufen, Roland! Musst du die Polizei hineinziehen?“

Ich lachte leise auf.

„Ich bin Polizist und bin schon hineingezogen. Wenn es sich um ein Verbrechen handelt, bin ich zu keiner Tageszeit Privatperson.“

Mit Verbitterung – vielleicht auch mit einer Art von Resignation, die ich nicht ganz begriff – betrachtete sie ihre Zigarette.

„Ich hätte es wissen müssen“, sagte sie heiser und wie zu sich selbst. „Mir hätte etwas Besseres einfallen sollen, als einen Bullen anzurufen.“

Sie saß da und imitierte die Sphinx, als ich im Amt anrief und Leute in ihre Wohnung beorderte. Sie schenkte mir nicht einmal einen Rauchring zum Abschied, als ich „Auf Wiedersehen“ zu ihr sagte.

„Ich rufe dich morgen an. Falls es etwas Besonderes gibt, kannst du mich immer erreichen.“

Ich verließ sie in der Hoffnung, sie würde sich ein bisschen herrichten, bevor die anderen Polizisten kamen. Meine Kollegen brauchten nicht schon so früh am Morgen zu leiden.

Wieder zu Hause, brühte ich mir kohlschwarzen Kaffee, um die Schleier der Schläfrigkeit zu vertreiben und wieder den jungenhaften Charmeurglanz in die Augen zu bekommen. Doch wenn mir das sonst nicht gelang, warum sollte es jetzt gelingen? Beim zweiten Kübel Kaffee gab der Magensack ein leichtes Stöhnen der Indignation von sich, doch ich fühlte mich frischer und machte mir ein Käsebrot zurecht, das ich hinunterkämpfte. Ich habe morgens überhaupt keinen Appetit, zwinge mich aber stets, etwas zu essen, um kein Magengeschwür zu bekommen. Am liebsten würde ich nur eine Tasse Kaffee trinken, aber Ruda predigt ständig die Nützlichkeit einer Morgenmahlzeit, und ich muss ihm Recht geben. Sehnsüchtig schaute ich zum Bett hinüber, das zwar nicht gemacht war, aber lockte – warm, weich, Ruhe verheißend. Während meiner ersten Jahre bei der Polizei hatte Cilla darauf geachtet, dass ich rechtzeitig zum Dienst ging, selbst wenn ich am Abend zuvor in einem betrüblichen Zustand nach Hause gekommen war. Sie hatte sich um mich gekümmert. Es war aber auch zu teuflisch …

Rasieren, umziehen und dann zur Österlånggatan hinunterspaziert. Der Simca durfte auf dem Parkplatz bleiben, den ich mir durch Beziehungen auf einem nahe gelegenen Hof hatte ergattern können. Als ich auf die Drottninggatan hinaustrat, nieselte es schon wieder. Ein trister Winter für die Kinder und die Wintersportgerätehändler, doch mir gefiel er ausnehmend.

Nach meiner Scheidung hatte ich eine kleine Wohnung unmittelbar neben dem Lokal „El Sombrero" in der Drottninggatan mieten können, die mir für mein Junggesellenleben genügte. Das Haus war alt und abgewohnt und eine Instandsetzung nicht zu erwarten. Doch ich wohnte zentral, und da die Wohnung nur von Büroräumen umgeben war, konnte ich das Stereogerät zu voller Lautstärke aufdrehen, wenn ich mich einsam fühlte. Auf der Straße herrschte zwar meist ein satanisches Leben, und auf der schmutzigen Treppe fand man recht oft schlafende Säufer oder Stadtstreicher, aber wenn man mitten in der Stadt wohnt, muss man die unvermeidlichen Nachteile mit stoischer Ruhe hinnehmen.

Es war halb neun, und die Geschäfts- und Büroangestellten der City strömten in endlosen Armeen herbei, um die lange Tretmühle des Tages in Bewegung zu setzen. Sie waren abgehetzt, mürrisch und müde, und da die langen, entspannten freien Tage des Weihnachts- und Neujahrsfestes nur noch Erinnerung waren, standen ihnen bis zur nächsten Unterbrechung des Stressrhythmus viele Wochen der Fron bevor. Mitte Januar war der Sommerurlaub nur ein ferner Traum, unwirklich wie eine Fata Morgana in der Wüste. Aus dem Innern der Erde – aus der U-Bahnstation bei Åhlén – quollen die Horden herauf, mit Aktentaschen, Verpflegungsbeuteln und Morgenzeitungen beladen. Wie schafften das eigentlich die allein stehenden Mütter? Lange vor Morgengrauen aus dem Bett, sich um die Kinder kümmern, das Frühstück für sie und sich selbst bereiten, abwaschen und die Betten machen, zum Kindertagesheim fahren, dann zum Arbeitsplatz – ein langer, beschwerlicher Arbeitstag, vielleicht als unterbezahlte Verkäuferin in einem Warenhaus, frühestens halb sieben Feierabend, Fahrt zum Tagesheim, den Beutel mit den Lebensmitteln schleppen, die man während der kurzen Mittagspause eingekauft hat – was allerdings voraussetzte, dass man das Essen hinunterschlang –, die Kinder abholen, die müde sind und quengeln, nach Hause fahren, alles für den Abend herrichten, aufräumen, die Kinder versorgen und zu Bett bringen und sich vielleicht unmittelbar zuvor ein armseliges bisschen Zeit für Vertraulichkeit stehlen; und wenn dann gegen neun Uhr alles fertig ist, fällt einem die Wäsche ein, die ja noch in Ordnung gebracht werden muss, nach zehn Uhr todmüde ins Bett, niemals ausreichend Schlaf, niemals ausreichend Geld, niemals ausreichend Zeit für die Kinder, niemals ausreichend Zeit für sich selbst. Die stählernen Menschen der Gesellschaft – es sind die allein stehenden werktätigen Mütter! Aber sie haben immerhin ihre Kinder. Cilla sagte, dass …

Ich fühlte Unlust in mir aufsteigen. Warum musste ich jetzt so oft an Cilla denken? Diese Zeit sollte doch tot und begraben sein, das hatte ich jedenfalls gewollt. Doch nun hatte Stella von ihrer Scheidung gesprochen und damit wohl die Erinnerungen wieder ausgegraben.

Das schnippische Püppchen am Empfang sagte, Konsul Holst sei beschäftigt, aber ich könne ja warten, wenn ich wolle. Ich zeigte ihr meinen Dienstausweis und betonte, es müsse schnell gehen, ich sei in Eile. Die Tatsache, dass ich Polizist war, schien meine Aktien nicht gerade steigen zu lassen, aber sie erklärte immerhin patzig, sie wolle nachfragen, und verschwand durch eine breite Eichentür. Es dauerte nur ein paar Minuten, bis sie wieder herauskam und mich von oben herab aufforderte, doch bitte einzutreten. Ein langer, hagerer, elegant, aber diskret gekleideter Mann Anfang Sechzig erhob sich hinter einem alten Eichentisch – wobei „alt“ jedoch nicht fleckig und abgenutzt bedeutete; das Möbelstück war lediglich ein Beweis dafür, dass es sich um ein solides Unternehmen handelte. Er reichte mir seine schmale Hand.

„Die Polizei besucht uns nicht jeden Tag. Ich will nur hoffen, dass es nichts mit der Umsatzsteuer zu tun hat; denn in diesem Fall müssten Sie schon mit dem Revisor reden.“

Sein dünnes Lächeln deutete an, dass er ein Mann war, der die Umsatzsteuer rechtzeitig überwies. Seine Lippen waren schmal, und als er beim Lächeln den Mund öffnete, sah ich, dass mindestens drei Schneidezähne Jacketkronen trugen. Schüttere graue Haarstoppeln auf der Oberlippe deuteten den Wunsch an, einen Gentleman-Schnurrbart wachsen zu lassen, doch der befand sich noch im ersten, kuriosen Stadium. Die Augen waren nichts als Augen, sie waren weder warm noch kalt, sondern grau und fest.

„Es geht nicht um die Umsatzsteuer. Als ich Sie gestern sprechen wollte, nannte das Mädchen am Empfang Sie Direktor, und heute sagte sie Konsul. Welcher Titel ist nun der richtige?“

Das kommerzielle Lächeln nahm einen etwas schuldbewussten Ausdruck an.

„Konsul Holst muss es richtig heißen. Ich habe dem Mädchen gesagt, dass ich nicht Direktor genannt werden möchte. Direktoren wachsen ja auf jedem Busch.“

„Und Konsul ist ein etwas ungewöhnlicher Einschlag im Blumenbeet, nicht wahr? Welches Land vertreten Sie denn, Herr Konsul?“

Er räusperte sich geniert.

„Ist das wichtig? Ich glaube kaum, dass Sie deswegen gekommen sind.“

„Keineswegs, aber ich habe draußen keine Flagge und auch kein Schild gesehen. Aber Sie brauchen mir nicht zu antworten, wenn Sie nicht wollen.“

Mit diesen Worten hatte ich eine dunkle Andeutung gemacht, und er war nun gezwungen, sich zu erklären. Die beste Methode, die Leute zum Reden zu bringen, ist, ihnen zu sagen, dass sie nicht zu reden brauchen.

„Ich bin nicht mehr aktiv. War es vor zwanzig Jahren. Eine kleine mittelamerikanische Bananenrepublik.“ Er gab ein raspelndes Lachen von sich. „Der Konsultitel ist gut für die Geschäfte.

Also, Herr Hassel, was kann ich für Sie tun?"

„Sie haben einen Angestellten namens Valentin Karlberg. Wissen Sie, wo ich ihn erreichen kann?"

Seine rechte Hand fuhr an die Oberlippe, und er drehte die noch kurzen Barthaare zwischen Daumen und Zeigefinger.

„Was wollen Sie von ihm?"

Hier stellte ich die Fragen.

„Wo ist er?"

Er machte eine ratlose Gebärde.

„Lieber Herr Hassel, wenn ich das wüsste! Er ist der Firma nun bereits eine Woche ferngeblieben, und das, ohne sich abzumelden. Das hätte in den dreißiger Jahren mal einer versuchen sollen, als ich unterwegs war und verkaufte! Jede Stunde musste da nachgewiesen werden. Aber heutzutage …"

Er zuckte vielsagend die Schultern, und ich verstand, dass auch daran Premier Palme die Schuld trug.

„Bleibt er oft so lange weg?"

„Tja, oft … Er drückt sich hin und wieder mal einen Tag. Denkt wohl, ich merke es nicht, und frisiert die Berichte – aber beschummele mal einer einen alten Fuchs wie mich!"

Er war ziemlich freigebig mit Andeutungen. Sein ein wenig schiefes Lächeln verriet Verschlagenheit, Erfahrung und psychologischen Blick in reichem Maße.

„Aber doch wohl nie eine ganze Woche?"

„Das ist auch für Karlberg ein Rekord."

Plötzlich ereiferte er sich.

„Dieser Karlberg … einer meiner schlechtesten Vertreter, wirklich! Ich habe schon überlegt, ob ich ihn nicht durch einen anderen ersetze – aber man ist zu gut."

Ein Blick zur Decke und ein etwas strenger Zug um den Mund. Ein Mann, der sich selbst der Gutmütigkeit zieh, aber wusste, dass er auf Grund dieser Eigenschaft nicht anders handeln konnte.

„Erzählen Sie mir von Valentin Karlberg. Worin seine Arbeit besteht, was Sie für einen Eindruck von ihm haben, alles, was Sie wissen."

Er legte die knochigen Hände aneinander und betrachtete sie nachdenklich.

„Meine Firma importiert Delikatessen aus den Mittelmeerländern, und wir haben auch eine erhebliche Anzahl von Weinagenturen. Karlbergs Arbeit besteht – oder bestand, denn nun kommt er mir nicht in seine alte Stellung zurück, mag er noch so sehr betteln –, bestand also darin, vor allem Restaurants aufzusuchen und unser Sortiment vorzustellen, unsere Weine zu empfehlen und Aufträge zu buchen. Nicht für Wein, den kaufen die Wirte ja direkt beim Staatlichen Spirituosenhandel, aber er hatte darauf hinzuarbeiten, dass man dort unsere Marken bestellte. Aufträge sollte er für andere Waren buchen. Sein Bezirk war Groß-Stockholm mit Norrtälje als Nordgrenze. Meine anderen Vertreter beneideten ihn, denn dieser Bezirk ist der fetteste Bissen. Er hat immer weniger Aufträge gebucht. Daran sei die Konkurrenz schuld, sagte er, aber in allen anderen Bezirken halten wir die Zahlen, oder wir steigern sie sogar noch. Das Versagen liegt einzig und allein auf Karlbergs Seite."

„Wie war er wirtschaftlich gestellt?"

„Da er immer schlechter verkaufte, verschlechterte sich auch seine Lage. Vorschuss und immer wieder Vorschuss. Ich mag es nicht, wenn man Vorschuss verlangt."

„War das auch in letzter Zeit der Fall?"

Die hohe Stirn bekam Denkfalten.

„Jetzt, wo Sie das sagen … Seit einigen Monaten hat er nicht um Geld gebeten. Aber seine Einnahmen sind nicht größer geworden."

„Wie hoch war eigentlich sein Lohn?"

„Er hatte einen Tausender Fixum im Monat plus Provision."

Holst griff nach einem Sammelordner und blätterte darin. „Hier habe ich seinen Lohn für 71. Er verdiente 30000 plus 6000 Spesen."

Er klappte den Sammler wieder zu und sagte trocken:

„Ich habe Verkäufer, die das Dreifache verdienen. Aber was wollen Sie eigentlich von ihm? Hat er irgend etwas verbrochen?"

„Wir möchten nur mit ihm reden. Wissen Sie, ob er häufig spielt?"

„Sein Privatleben geht mich nichts an."

„Haben Sie von einem Spielklub gehört, der sich Desert Club nennt?"

Er strengte sein Gedächtnis an.

„Desert Club? Nein. Natürlich illegal! Die schießen ja wie Pilze aus dem Boden. Man kann bei ihnen nichts verkaufen. Sie beziehen ihre Ware billiger vom Schwarzmarkt."

Ich hatte nichts mehr zu fragen und er nichts mehr hinzuzufügen, und so saßen wir eine Zeitlang da und starrten uns wortlos an. Er hielt den Direktortitel für etwas Spießerhaftes. Ich fragte mich, wie sehr er eigentlich selbst Spießer war. Oder war er doch nur ein gewöhnlicher Geschäftsmann? Ein guter Patriarch seiner Angestellten, die hunderttausend plus Spesen im Jahr verdienen konnten, indem sie Wohlstandsleckerbissen vertrieben?

Schließlich stand ich auf, bedankte mich und reichte ihm die Hand. Konsul Holst schien ein wenig bedrückt zu sein. Er schenkte mir kein Lächeln zum Abschied.

In Rudas Zimmer war unser ganzer Verein versammelt. Ruda brummte. „Setz dich hin, Roland, und dann wollen wir interessante Neuigkeiten über unseren gemeinsamen Freund Karlberg austauschen."

5

„Hast du heute nicht auch frei?", fragte ich den sympathischen Simon.

„Na ja, zwei von den Kindern haben die Masern, und da ist zu Hause allerlei los. Nadja behauptet, ich stünde von allen am meisten im Wege. Außerdem ist sie jetzt ein bisschen überempfindlich, wo sie doch … hm …"

Er räusperte sich geniert. Ruda starrte ihn mit unverhohlenem Interesse an.

„Simon, du willst doch nicht etwa sagen, dass Nadja wieder mal soweit ist?"

„Tja, allerdings."

„Was bist du bloß für ein Stümper!", rief Ruda voller Überzeugung aus.

Simon strich sich mit der Hand über die rosa schimmernde Glatze, und als sich sein breiter Mund zu einem stolzen Lächeln verzog, nahm das Galoschenkinn die Form eines Schlachtschiffs an, das hoch oben auf einer mächtigen Woge schwimmt.

„Nadja wollte es doch selbst, und ich mag nun mal Kinder."

Sune Bengtsson betrachtete ihn wie ein Entomologe, der ein seltenes Insekt studiert. Wenn Sune jemals Kinder in die Welt setzte, würde er ihre Geburt zwei Jahre fast auf die Stunde voraussagen können.

„Lassen wir Simons Freizeithobby und kommen wir auf Valentin Karlberg zurück", sagte er trocken. Ruda wandte sich an mich.

„Was hat denn dieser Holst gesagt?"

Ich berichtete, und Ruda hörte zu. Was ihn interessierte, war Karlbergs wirtschaftliche Lage.

„Sein Einkommen ist unter normalen Verhältnissen gar nicht so uneben, doch wenn man sich im Kreis monetenschwerer Herren bewegt, mag er poplig erscheinen. Aber wo steckt der Kerl bloß?"

Er studierte einige Zettel, die er vor sich liegen hatte, und rieb sich die großporige Erdbeernase.

„Wir haben den Spielklub nun eine Zeitlang überwacht, doch in keinem Bericht wird eine Person von Karlbergs Aussehen erwähnt. Ich habe sein Passfoto allen Beobachtern vorgelegt, aber keiner hat ihn dort gesehen. Kommentar?"

„Die Beobachter waren eventuell nicht aufmerksam genug. Sie haben vielleicht gedöst, weil man sie nicht rechtzeitig abgelöst hat."

Ruda schnaubte und antwortete nicht einmal auf die Vermutung.

„Es dürfte feststehen, dass Karlberg längere Zeit nicht in diesem Klub gewesen ist", sagte Sune. „Fünf Männer haben in diesen Tagen den Eingang beobachtet, und keiner hat ihn gesehen. Nicht einer von ihnen war auch nur unsicher. Karlberg ist nicht dort gewesen."

Ruda nickte.

„Stimmt, er ist nicht dort gewesen. Zu Hause war er auch nicht, laut Aussage seiner Frau. Sein Arbeitgeber erklärt, er sei über eine Woche nicht zur Arbeit gekommen. Warum versteckt er sich?"

„Im Ausland?" fragte Pelle Pettersson.

„Sein neuer Pass lag zu Hause, und sein alter ist durch den Reißwolf gewandert. Das haben wir festgestellt."

Simon schaute nachdenklich zur Decke hinauf.

„Vielleicht liegt er zwei Meter unter der Erde?"

„Das wäre eine Möglichkeit. Dem widerspricht jedoch die Tatsache, dass die Person, die Roland mit dessen eigener Pistole erschießen wollte, ihn für Karlberg hielt. Und wenn er das annahm, muss der Mann ja noch am Leben sein. Was meinst du, Roland?"

Ich führte eine Blitzaddition meiner Gedanken durch, ehe ich antwortete:

„Alle wollen ihn ausfindig machen, aber niemand weiß, wo man ihn suchen soll. Es gibt nur eine plausible Erklärung, und zwar die, dass er sich irgendwo versteckt. Wo und warum? Wo – das können wir nicht einmal raten, doch über das Warum kann man eine Hypothese aufstellen. Karlberg hatte einen Job als eine Art Leiter des Desert Clubs. Das nehmen wir wenigstens an. Wenn der Klub nun mit so hohen Summen arbeitet, wie du glaubst, Ruda, wenn vielleicht sogar ausländisches Kapital drinsteckt, ist Karlberg in einer harten, gefährlichen Welt gelandet. Er kann etwas gesehen haben, was er nicht sehen sollte, und war darüber so erschrocken, dass er das Feld räumte. Aber der Mann, der mich für Karlberg hielt, wollte etwas von mir. Das deutet darauf hin, dass Karlberg auf etwas gekommen ist, was für den Besitzer des Klubs gefährlich sein kann. Meine Theorie ist: Karlberg hat etwas gefunden, womit er Geld erpressen zu können glaubt, und hält sich nun verborgen, bis das Geschäft steigt."

Ruda machte einen Strich auf einem der Zettel und kratzte sich dann mit dem Bleistift in den Haarbüscheln.

„Zu, diesem Schluss bin ich auch gelangt. Doch ich habe das sichere Gefühl, dass die Klubherren nicht zu denen gehören, die sich so ohne weiteres erpressen lassen. Darum liegt mir sehr viel daran, den Karlberg so bald wie möglich zu schnappen. Wenn er noch lebt, meine ich. Was er weiß, möchten wir auch gern wissen, davon bin ich überzeugt."

„Was wissen wir von Karlberg?", fragte Simon. „In diesem Stadium kann das natürlich noch nicht sehr viel sein."

„Unser Kenneth hier hat eine ausgezeichnete innere Ermitt lung durchgeführt", sagte Ruda väterlich, und Häger errötete vor Stolz. „Mit Hilfe der Personalnummer des Passes hat er allerlei Brauchbares auscomputert. Zücke deinen Bericht, Kenneth!"

Häger räusperte sich, tat ein bisschen wichtig und genoss es offensichtlich, im Mittelpunkt des Interesses zu stehen. Sein Anzug war aus Samtkord geschneidert und wirkte weich wie Mädchenhaut. Die Kragenecken seines gestreiften Oberhemds waren lang, und die breite Krawatte hatte er mit Absicht lässig geknüpft. Er trug eine hellrote Seidenweste mit bezogenen Knöpfen. In dem jungen Gesicht waren bereits leichte Schatten unter den Augen zu sehen – Folgen der langen Nächte im „Alexandra".

„Valentin Karlberg wurde am 15. August 1921 in Varberg geboren. Der Vater war Prokurist und starb 1939. Die Mutter lebt noch und wohnt in einem Göteborger Altersheim. Karlberg machte 1940 das Abitur und gehörte während des ganzen Krieges dem Bereitschaftsdienst an. 1945 wollte er sein Studium fortsetzen, brach es jedoch nach einem Semester in Uppsala ab und zog nach Stockholm. Er wurde Kontorist im Liquidationsamt, wo er jedoch nur sechs Monate blieb."

Ruda betrachtete Häger mit freundlichem Lächeln, während er sich den Bericht anhörte. Es stimmte. Häger hatte in der kurzen Zeit, die ihm zur Verfügung stand, viel ermittelt.

„Ich habe noch nicht in Erfahrung bringen können, was er bis 1951 tat, als er ein eigenes Unternehmen gründete, eine kleine Importfirma für Südfrüchte. Sie ging wohl ganz gut, aber 1964 beantragte er das Vergleichsverfahren, und dann erlosch die Firma. Sie ging nicht in Konkurs. Offenbar war er durch seine Importe mit Holst in Verbindung gekommen; bei diesem erhielt er im Januar 1965 einen Job als Vertreter, und als solcher hat er bis jetzt gearbeitet."

Er drehte das Blatt um.

„Über Karlbergs persönliche Verhältnisse konnte ich folgendes ermitteln: Er heiratete das erste Mal 1947. Eine Viola Lindman, von der er bereits 1949 geschieden wurde. 1948 wurde eine Tochter geboren, Ragna, die jetzt in Kopenhagen wohnen soll. 1966 heiratete er Stella Inez Rosell. Keine Kinder."

Die Umrisse eines ganz alltäglichen Schicksals zeichneten sich ab. Nichts Sensationelles oder Aufsehen erregendes – ein Mann wie alle anderen. Mit seiner ein wenig verdrossen klingenden Stimme setzte Kenneth seinen Bericht fort:

„Ich habe die Steuererklärungen der letzten fünf Jahre durchgesehen. 1970 verdiente er 31212 Kronen, und das war sein schlechtestes Jahr. Obwohl der Unterschied zu den anderen nicht sehr groß ist. Im Jahr zuvor waren es 34745 Kronen und in den anderen Jahren ungefähr ebensoviel. Er hat keinerlei Versicherungen angegeben und auch keinen Unterhaltsbeitrag an irgendeine Person. Seine Einkünfte scheinen jedoch nicht ausgereicht zu haben."

Er zog eine weitere Liste hinzu.

„Zwei Zahlungsbefehle wurden gegen ihn erlassen und zwei Zwangsvollstreckungen durchgeführt. Durch Gehaltsabzug von fünfzehn Prozent monatlich wird eine Steuerschuld beglichen."

Mit der Miene eines Zauberers, der die Entnahme eines Kaninchens aus dem Zylinderhut vorbereitet, fügte er hinzu: „Dann fand ich etwas wirklich Interessantes im Kraftfahrzeugregister. Vor zwei Monaten wurde ein Luxuswagen auf seinen Namen zugelassen. Ich habe bei Ford nachgefragt: Karlberg zahlte bar, dabei kostete der Wagen mit der gesamten Sonderausstattung immerhin über achtzigtausend Kronen. Er wollte ihn am vergangenen Dienstag abholen, ist aber bis jetzt noch nicht dort gewesen."

„Was für ein Wagen war es denn?", fragte Pelle.

„Mustang, Modell Shelby Cobra, und ..."

„Shelby Cobra!"

Pelle sprang auf. Die rote Bartkrause sah aus, als würde sie Funken sprühen. Er schlug begeistert die gewaltigen Hände zusammen.

„Toller Wagen! Steve McQueen hatte so einen. Ein toller Kasten, meine Herren! Ein Kumpel von mir hat dieses Modell im letzten Herbst in Dänemark gefahren. Ein Traumwagen! Welchen Motor hat er denn?"

Er war geradezu begeistert – wie ein Conferencier, wenn er das Publikum zu gemeinsamem Gesang animiert hat. Ruda beruhigte ihn.

„Setz dich! Die Wahl des Autos interessiert uns nicht, sondern die Tatsache, dass der Mann achtzig dicke, fette Tausender in bar dafür hingelegt hat. Noch etwas, Kenneth?"

Häger schüttelte den Kopf.

„Zunächst nicht. Ich sehe die Register weiter durch."

„Prima Arbeit, Häger", lobte ihn Simon.

Kenneth machte eine abwehrende Geste.

„Ist weiter keine Kunst – wenn man weiß, wo man suchen muss."

Simons wohlwollende Züge nahmen einen leicht säuerlichen Ausdruck an, doch er sprach nicht aus, was er – wie ich wusste – jetzt dachte. Simon wusste nämlich verdammt gut, wo man suchen musste, wenn man Informationen brauchte. Und es gefiel ihm nicht, dass ihn ein so junger Dachs schulmeisterte, indem er so tat, als habe er Wege gefunden, die kein anderer kannte. Was Simon gelobt hatte, war die Schnelligkeit, nicht die Methode.

„Das einzige, was wir vorläufig tun können, ist, den Spielklub weiterhin zu beobachten", sagte Ruda. „Karlberg hat sich unseres Wissens keines Vergehens schuldig gemacht, und alles, was wir mit ihm anstellen können, ist, ihn zu verhören."

Ruda erteilte Instruktionen, und einer nach dem anderen verließ den Raum. Mich bat er jedoch, noch zu bleiben. Als wir allein waren, reichte er mir die Reproduktion einer Fotografie.

„Ist er das?"

Ich nickte. Dieses Gesicht würde ich nie vergessen. Ich hatte es nur wenige Dezimeter vor mir gesehen, als er mich umzubringen versuchte. Ruda las die Angaben vor, die es über den Mann gab.

„Pole. Kam 1968 ohne alle Papiere nach Schweden. Erklärte, er sei Flüchtling, und bat um Asyl. Wir machten ein paar Abzüge von seinem Foto wie bei den meisten, die einen Ausländerpass beantragen. Dasselbe gilt für die Fingerabdrücke. Er heißt Stanislaw Bilatski."

„Liegt schon etwas gegen ihn vor?"

„Er war kaum fünf Monate hier, als wir ihn wegen einer ungewöhnlich brutalen Misshandlung festnahmen. Er bekam sechs Monate, und es wurde auf Ausweisung erkannt; doch da er als politischer Flüchtling gilt, konnte die Ausweisung nicht durchgeführt werden."

„Wissen wir, wo er sich aufhält?"

„Nein, aber das kriegen wir noch heraus. Bedrohung eines Polizeibeamten mit einer Waffe ist eine gefährliche Sache. Als wir ihn das letzte Mal fassten, wohnte er zur Untermiete, aber dort ist er längst ausgezogen. Hier kannst du übrigens noch etwas anderes sehen."

Er reichte mir eine Karte. Eine Mitgliedskarte des Desert Clubs, ein wenig blass in der Farbe, sonst aber der völlig gleich, auf der ich die Korrekturen gesehen hatte.

„Woher hast du denn die?"

„Wir haben sie in einer Druckerei anfertigen lassen. Die rote Farbe fehlt noch. Sie wird jetzt aufgedruckt und ist wohl bis zum Abend trocken. Alle Angaben standen ja auf der Karte, es war also für die Druckerei keine Kunst. Du wirst sie heute Abend benutzen."

Ich wunderte mich nicht. Das Einschleichen in illegale Klubs gehörte zur Routine.

„Um welche Zeit?"

„Wie ich den Berichten entnehmen konnte, kommt das Spiel erst unmittelbar vor Mitternacht in Gang. Wenn du Viertel vor zwölf da bist, kommst du mit dem Besucherstrom, und man achtet vielleicht nicht so sehr auf die Karte. Sie wird ja genauso aussehen wie die anderen."

Der Rest des Tages verging mit Routinearbeiten an anderen Fällen. Am Nachmittag musste ich einen Kriminalbeamten namens Borgander auf einem Dienstweg begleiten, der mir gar nicht zusagte – wir mussten ein Kind geschiedener Eltern zu seiner Mutter zurückbringen. Im Allgemeinen brauchte ich solche Aufträge nicht auszuführen, da sich ein paar Polizisten im Laufe der Jahre darauf spezialisiert hatten, mit Vätern und Kindern ruhig und freundlich zu reden. Aber die Hongkonggrippe hatte schwer gewütet, und ich musste einspringen. Borgander hatte schon eine Anzahl von Kindern zu ihren Müttern heimgeholt; ihm machte das nie größere Schwierigkeiten. Auch diesmal nicht. Der Vater war nervös und traurig, aber nicht halsstarrig, als wir ihn baten, das Mädchen mitnehmen zu dürfen. Stotternd und stammelnd erklärte er, es dauere ihm jedes Mal zu lange, bis er seine Tochter wieder sehen könne, und er glaube, das Kind werde bei der Mutter nicht ordentlich versorgt. Borgander hörte sich das alles mit unerschütterlicher Ruhe an und sprach sanft und freundlich mit dem Mädchen. Schließlich sagte der Vater zu seiner Tochter, sie solle mit dem Onkel gehen. Hand in Hand verließen Borgander und das Mädchen die Wohnung, und der Vater sah ihnen lange schweigend nach. Neunundneunzig solcher Abholungen spielen sich ruhig und undramatisch ab, die hundertste füllt die Zeitungsspalten. Ich hatte mich im Hintergrund gehalten und dankte im Stillen der Vorsehung, die mich vor dem hundertsten Fall bewahrte – vor dem krampfhaften Weinen des Kindes und den Drohungen und Schreien des verblendeten Vaters.

Am Abend konnte ich mir endlich den Film ansehen, der mich interessierte, eine Fellini-Reprise; ich fand ihn ziemlich unbedeutend. Der ewige Nieselregen hielt an, offenbar sollte es in diesem Winter keinen Schnee mehr geben.

Gegen halb zwölf schlenderte ich zur Kungsgatan hinüber und nahm ein Taxi. Frisch rasiert, gepflegt, in einem guten dunklen Anzug und einem blendend weißen Hemd mit unauffälliger Krawatte. Festlich gekleidet – für ein Zusammensein von heiteren, froh gestimmten Menschen, für einen Abend mit ermutigenden Augenblitzen und geheimnisvollem Frauenlachen. Danke, besten Dank! Das hätte ich mir gewünscht – anstatt mit einem Bluff in einen Spielklub einzudringen. Wie lange war ich eigentlich schon nicht mehr auf einem wirklich schönen Fest gewesen? Ich seufzte tief. Es war verdammt lange her. Wollten die Leute mich auf ihren Partys nicht mehr sehen? Was war an mir auszusetzen? Vielleicht war ich auf bestem Wege, ein Eigenbrötler zu werden.

Das Auto hielt in der Hagagatan, und ich zahlte. Als ich auf den Eingang des Spielklubs zuschlenderte, schaute ich geradeaus und unterlag nicht der Versuchung, einen Blick in den Hauseingang zu werfen, wo jemand Posten bezogen hatte. „23.43 h traf Roland Hassel ein …"

Die Haustür war offen, das war mir bekannt. Wusste der Hauswirt von der Existenz des Klubs? Das mussten wir überprüfen. Haustüren werden ja im Allgemeinen um neun abgeschlossen, und die Mieter dieses Hauses durften wohl mit Recht darüber klagen, dass der Eingang die ganze Nacht über offen stand. Saß irgendwo ein Pförtner? Wurde er von den Klubeigentümern bezahlt? Ich gab mit der Klingel ein paar ungleichmäßige Signale. Nach einer Weile wurde die Klubtür einen Spalt breit geöffnet, und mir war klar, dass man mich durch einen Spion gemustert hatte. Ich hielt die Karte in den Türspalt und hoffte, der Daumen würde keine Farbe abreiben, denn die war noch nicht völlig trocken.

Doch es gab keine Schwierigkeiten. Die Tür wurde so weit geöffnet, dass ich hineinschlüpfen konnte. Es dauerte einige Sekunden, bis meine Augen sich von dem Licht der Leuchtröhren im Treppenhaus auf die schwache Beleuchtung in dem Raum umgestellt hatten. Ich legte den Mantel ab, eine Hand befreite mich von ihm und nahm auch gleich meinen Hut mit. Ich musste alles registrieren, was ich sah. Keine Doppeltüren. Ungewöhnlich für einen Spielklub. Dafür aber ein dicker Vorhang, der sicher eventuelle Geräusche dämpfte. Ich ging auf den Raum zu, aus dem ich Stimmengemurmel vernahm. Meine Schritte verursachten keinen Laut, der alles bedeckende Teppich war dick, der Fuß versank fast bis an den Knöchel. Ein weiterer Vorhang trennte mich vom Spielsaal. Ich schob ihn zur Seite und trat ein.

Der Raum war überraschend groß, und ich begriff, dass man Wände herausgenommen hatte. Um ein Roulette, das von einer tief abgeschirmten Lampe beleuchtet wurde, standen einige Männer und verfolgten gespannt den surrenden Lauf der Elfenbeinkugel in der Schale. „Siebzehn."

Die Spannung löste sich. Ein paar kurze, zufriedene Ausrufe mischten sich mit den Seufzern der Verlierer. Klappern von Jetons. Der Croupier wechselte Geldscheine gegen Jetons ein, das Geld verschwand in seiner Tasche. Die Spieler beugten sich eifrig über das grüne Tuch und platzierten ihre Einsätze. Ich trat hinter einen der Spieler und sah mit wohlwollendem Interesse zu – als überlegte ich, wie viel ich zu setzen gedachte. In dem Raum gab es nur ein Roulette, doch an der hinteren Querwand saßen einige Männer und spielten Black Jack. Die Kugel kam abermals zur Ruhe. Einer der Spieler zog ein Bündel Banknoten hervor. Er gab dem Croupier vier Tausender und bekam dafür zehn viereckige grüne und sechs größere rote Jetons. Die grünen waren also hundert und die roten fünfhundert Kronen wert. Nun konnte ich die Höhe des Spiels beurteilen. Es waren sehr große Summen, die den Besitzer wechselten. Ich sah, dass ein Mann in mittleren Jahren einen Tausender auf eine Zahl legte – und gewann. Ohne mit der Wimper zu zucken, strich er den Haufen Jetons ein, den er als Gewinn bekam, und für den Croupier war es Routine. Die Kühle des Mannes konnte gespielt, die völlig gleichgültige Art des Croupiers, mit der er ihm den Gewinn zuschob, konnte Bluff sein.

Interessant jedoch war, wie die anderen Spieler es aufnahmen. Da war ein Mann, der 36000 Kronen absahnte und nach Hause trug, und niemand reagierte, niemand warf ihm einen bewundernden Blick zu, niemand sah ihn neiderfüllt an – alle waren lediglich eifrig bemüht, das Spiel fortzusetzen. Mehr als alles andere sagte mir diese Tatsache, dass hier gewaltige Summen umgesetzt wurden. Unauffällig sah ich mich um. Ich hatte eine ungewöhnlich elegante Einrichtung registriert, und als ich eben den Blick über einige Türen mit grünem Polster gleiten ließ, spürte ich eine Hand auf der Schulter.

„Würden Sie mir bitte einen Moment folgen!"

„Was ist denn?"

„Nur einen Moment!"

Diskret wurde ich in die Halle hinausgeführt. Hinter mir gingen zwei Männer; ich fühlte sie mehr, als dass ich sie sah.

„Sie sind hier unerwünscht!"

„Was zum Teufel geht denn hier vor?", hörte ich mich in aufgebrachtem Ton fragen.

„Polizeibeamte dürfen nicht Roulette spielen. Bedauere, Sie müssen sich etwas anderes suchen, wenn Sie sich amüsieren wollen."

„Wovon reden Sie denn?"

Meine Stimme klang forsch und hartnäckig, als sei die Beschuldigung unerhört, doch sie redeten mir ruhig und freundlich zu, als hätten sie es mit einem unmündigen Kind zu tun.

„Bitte, hier ist der Hut ... so, ja ... und dann nehmen wir den Mantel ... Es ist kalt draußen ... bitte schön!"

Man setzte mir den Hut auf den Kopf, hängte mir den Mantel über die Schultern und öffnete die Tür.

„Adieu! Leider können wir nicht sagen: Auf Wiedersehen!"

Es war so schummerig in der Halle, dass ich nicht einmal erkennen konnte, wie die Männer aussahen. Und nun stand ich draußen, starrte auf die geschlossene Tür und kam mir vor wie ein Vollidiot. So ein Fiasko! Nichts hatte ich herausbekommen, bis auf die Tatsache, dass dort sehr hoch gespielt wurde. Aber das war ja nichts Neues. Diskret und elegant hatte man mich hinausgeworfen.

Woher wussten die, dass ich Polizeibeamter bin? Es stimmte, was sie sagten: Polizisten dürfen nicht spielen, wenn sie einen illegalen Klub besuchen, denn das wäre eine Art Provokation, und man machte sich einer gesetzwidrigen Handlung schuldig. Doch ich war zu kurze Zeit in dem Raum gewesen, um Misstrauen zu erregen. Vielleicht war die Eintrittskarte doch nicht perfekt gewesen. – Ich ging schräg über die Straße und betrat den Hauseingang, in dem Pelle Pettersson auf Posten stand.

„Hat es dir dort nicht mehr gefallen?"

„Sie haben mich erkannt. Der Teufel mag wissen, wieso."

„Ich habe notiert: 23.59 h. Du bist nicht mal eine Viertelstunde drinnen gewesen. Mir war nicht bekannt, dass du dort hingehen solltest. Ruda hat kein Wort darüber verloren."

Es hatte aufgehört zu regnen, doch die Luft gab einem das Gefühl, dass nun die richtige Kälte im Anmarsch wäre. Mich fröstelte.

„Ich gehe nach Hause und mache mich lang."

„Preise dich glücklich, Bruder", sagte Pelle voller Neid. „Unsereiner muss hier bis um drei herumlungern. Und dann ist Gullan eingeschlafen."

Es ist nützlich für die Gedankenarbeit, wenn man zu Fuß geht. Ich lief den Sveavägen entlang in Richtung Zentrum und verfolgte verschiedene Fäden. Aber es war noch zu früh, ich wusste eigentlich nicht, wonach ich suchte, und die Enden des Knäuels führten zu keinem Ziel. Fünf vor halb eins ging ich über den Sergelstorg und dann hinunter zur Drottninggatan. Am Schaufenster von „Buttericks Kuriosa" vorbei, wo ein paar junge Leute standen und geplante Einkäufe von Scherzartikeln und Schreckensmasken für die „einmalige Party" diskutierten. Um halb eins schritt ich durch meinen Hauseingang und die wenigen Stufen hinauf auf den dunklen, engen Hof.

Ich blieb stehen und lauschte mit angehaltenem Atem. Irgendwo hatte ich einen Laut vernommen, den ich zwar nicht definieren konnte, der mir aber nicht hierher zu gehören schien. Schritte, die plötzlich verstummten? Das scharrende Geräusch einer Schuhsohle auf dem Asphalt? Ich versuchte, das Dunkel mit den Augen zu durchdringen, aber der Hof hatte viele Ecken und Winkel. Es konnte ja irgendein Betrunkener gewesen sein, aber da hörte man doch meistens Grunzen und Husten und lauten Spektakel. Ein unbehaustes Liebespaar? Was aber wollte das auf dem Hof – im Treppenhaus war es doch auf alle Fälle wärmer. Das Geräusch wiederholte sich nicht. Nun ja, nichts ist so schwer zu definieren und zu lokalisieren wie ein Geräusch, die Ohren sind schlechte Gehilfen. Ich öffnete die Tür zu meinem Aufgang und stieg die drei Treppen hinauf.

Sofort nach Betreten meiner Wohnung verstärkte sich das Gefühl der Unsicherheit. Das Licht in dem kleinen, viereckigen Vorraum entschleierte nichts Auffälliges, aber in der Luft lag etwas so Fremdartiges, dass ich es fast greifen zu können glaubte. Ich blieb reglos stehen und horchte. Nichts. Und doch …

Ich ging in das große Zimmer. Leer. Wae etwas verändert worden? Hatte der Tisch genauso dagestanden wie jetzt? Die Falten der langen Gardinen sahen so seltsam aus. Ich schlich zum Fenster und riss sie auseinander. Die leeren Scheiben starrten mich an wie stumme Fragen.

Beruhige dich, Roland Hassel! Es ist nichts. Reg dich nicht auf wie ein altes Fräulein! Du fürchtest dich doch nicht im Dunkeln! Jedenfalls hast du das immer behauptet.

Meine Nasenlöcher witterten einen schwachen, süßlichen Duft – als hätten Rauchschleifen von orientalischem Tabak ihren Weg durch die Ritzen genommen. Tabak? Nein, kein Tabak. Aber …

Ich wollte über mich selbst lachen, weil ich so herumging und schnupperte, doch mein Lachen klang so unecht, dass ich wieder ernst wurde. Es war ja absolut nichts da. Nichts, worauf ich den Finger legen konnte. Doch den Rücken hinauf kroch mir die Gewissheit, dass jemand in der Wohnung gewesen war, jemand, der hier nicht hingehörte.

Ich schaltete das Licht im Schlafzimmer ein. Das Bett stand da wie immer. Was war das nur, was so schwer und süßlich duftete?

Die winzige Küche. Zwei schmutzige Teller im Abwaschbecken, ein Glas, ein paar Messer und Gabeln. Alles unberührt. Oder …?

Ich strich mir mit der Hand über die Augen. Aus Erfahrung wusste ich, wie leicht einen Panik befallen kann. Nicht nur die blinde, hemmungslose Panik, sondern auch ihr kleineres Format, wobei einem die Gefühle durchgehen und die Sinne sich verwirren. Was war los mit mir? Leg dich schlafen, Roland Hassel!

Ich ging in den Duschraum. Zog das Hemd aus, drehte den Wasserhahn auf und wusch mich. Ich hatte mir gerade das Gesicht eingeseift, da stutzte ich. Als ich den Hahn aufdrehte, war sofort kaltes Wasser gekommen! Sonst musste man immer fünf bis sechs Sekunden warten, bis das lauwarme Wasser in der Leitung abgeflossen war, falls man es nicht ganz kurz zuvor hatte ablaufen lassen. Ganz kurz zuvor …!

Im Spiegel sah ich ein abgespanntes und nervöses Gesicht und bekam beinahe einen Schock; ich begriff nicht gleich, dass es mein eigenes war. Mein umherirrender Blick blieb an der Toilettenpapierrolle haften. Ein langer Streifen hing bis zum Boden herab. So hatte ich das Papier nicht abgerissen, sondern gleichmäßig an der Perforierung.

Mit Seife im Gesicht stürzte ich aus dem Raum. Stand ganz still, atmete langsam durch den Mund und strengte das Gehör an, bis ich das Blut hämmern hörte wie eine ferne Trommel. Die Wohnung war ja so klein, zwei Zimmer, eine Miniküche und ein winziger Duschraum. Kein Balkon. Drei kleine, eingebaute Garderobenschränke. Die Garderobenschränke – ja! Dort hatte ich nicht nachgesehen. Kleider, Schuhe, alte Kartons, Bücherstöße. Nichts Neues. Ich ging in den Duschraum zurück, wusch den Seifenschaum ab und betrat das Schlafzimmer. Zog aus, was ich noch anhatte, legte die Sachen auf einen Stuhl und zog den Pyjama an. Ich war nicht schläfrig, doch es war ein Akt der Selbstdisziplin, sich hinzulegen und das Licht auszuschalten. Ich kroch in das breite Bett. Löschte das Licht der kleinen Bettlampe. Es war stockfinster im Zimmer. Durch die Jalousien drang meistens ein schwacher Lichtschimmer, aber diese Nacht war dunkel und der Himmel mit dichten Wolken verhangen.

Als ich auf dem Rücken lag und zu der nebelhaften Decke hinaufstarrte, roch ich den süßlichen Duft stärker. Und nicht nur diesen Duft roch ich … da war noch etwas anderes. Etwas, was keine Einbildung war.

Im Zimmer atmete jemand.

Schwach – schwach wie eine leichte Brise in einem fernen Wald, doch es war ein Atem. Die Muskeln meines Körpers spannten sich. Ich warf mich aus dem Bett und war mit einem Sprung am Lichtschalter. Sah mich blitzschnell um. Riss die Schlafzimmergarderobe auf. Dort hatte ich zwar nur Kleider gesehen, aber …

Ich sah auch jetzt nichts anderes. Mein Blick glitt am Bett entlang.

Natürlich! Das klassische Versteck!

Ich befeuchtete die Lippen. Meine Magenmuskeln krampften sich zusammen. Dann ließ ich mich auf die Knie fallen, die Fäuste geballt, zum Kampf bereit.

Ich sah direkt in Stella Karlbergs weit aufgerissene Augen. Ihr Mund war halb geschlossen und schlaff, aus dem einen Mundwinkel rann stoßweise Blut. Sie lag auf der Seite, mir zugekehrt, und trug einen lackroten Mantel. Der obere Teil des Mantels war von einem dunkleren Rot und glänzte nass – ein Fleck, der langsam größer wurde.

„Stella!“

Meine Stimme klang schrill und dünn. Ihr Atem wurde immer lauter. Sie streckte mir ihre Hand entgegen. Die Finger krümmten sich wie Krallen. Sie machte eine zuckende Bewegung. Versuchte, den Kopf zu heben.

Dann drang ein gurgelnder Laut aus ihrem Mund, und ihr Körper wurde ganz schlaff. Ein leerer Ausdruck trat in ihre Augen, und die Pupillen schienen in den Augapfel einzusinken.

Stella Karlberg war tot.

6

Sune Bengtsson war mit der Untersuchung am Tatort beauftragt. Obwohl es Viertel nach zwei war, sah er frisch und ausgeruht aus. Mich selbst hatte die Müdigkeit überwältigt; ich wusste, dass es die üblich Reaktion war. Sune hatte seinen großen Schreibblock vor sich liegen.

„Wer leitet die Ermittlungen?“, fragte ich.

„Blomgren.“

„Nicht Nord?“

„Nord ist verreist. Wann bist du nach Hause gekommen, und wann hast du die Frau entdeckt?“

Sune arbeitete. Ich war für ihn nicht länger ein Kollege, sondern lediglich eine Person, die Auskünfte über einen Mord geben konnte.

„Ich war kurz nach halb eins zu Hause. Es dürfte genau ein Uhr gewesen sein, als ich Stella Karlberg unter dem Bett fand.“

Er konsultierte seinen Block.

„Wir wurden ein Uhr drei angerufen.“

Ein Mann steckte den Kopf herein. „Können wir mit dem Knipsen anfangen?“

„Okay. Hebt das Bett vorsichtig zur Seite, markiert aber, wo es gestanden hat. Die Umrisse ziehe ich dann selbst nach.“

Ich wusste, was in meinem Schlafzimmer geschehen würde. Her mit Kreide und Bandmaß! Aufnahmen der Toten, Messungen. Der Toten! Stella Karlberg. Was hatte sie bei mir gewollt?

„Wie ist sie deiner Meinung nach in das Haus gekommen?“ fragte Sune. „Besaß sie einen Haustürschlüssel?“

„Das Haustürschloss ist hoffnungslos zum Teufel. Du weißt doch, wie das hier in dieser Gegend ist. Die Stadtstreicher wollen es warm haben. Man braucht nur kräftig gegen die Türflügel zu drücken, dann springt das Schloss auf. Früher brachte die Hausverwaltung es regelmäßig wieder in Ordnung, doch vor einem halben Jahr wurde es ihr zuviel, und seitdem kann jeder X-beliebige ohne größere Mühe in das Haus gelangen."

Sune machte Notizen, und ich wusste, dass um neun Uhr vormittags auch diese Angabe nachgeprüft werden würde. Ich saß noch immer im Schlafanzug da und sah darin so etwas wie einen ungehörigen Kontrast zu Sunes korrekter Kleidung.

„Ich habe mir das Schloss der Wohnungstür angesehen", sagte er mit krauser Stirn. „Für einen Polizisten hast du ein verdammt schlechtes Türschloss. Wer will, kriegt es ja mit einem Taschenmesser auf."

Das war ein heikler Punkt, ich konnte ihm nur Recht geben.

„Bisher ist es bloß noch nicht passiert."

„Nee", sagte Sune missbilligend, „bloß noch nicht passiert."

Aus dem Schlafzimmer waren die gedämpften Stimmen der Männer zu hören, die dort die Aufnahmen machten. Doktor Mörck, rosig und silberhaarig, kam mit seiner schwarzen Tasche herein.

„Du, Bengtsson, kann ich anfangen?"

„Nein, ich habe die Umrisse noch nicht markiert. Da will ich dabei sein. Du musst warten, bis ich dir Bescheid gebe."

Am Tatort hat der Untersuchungsbeauftragte zu bestimmen, und Doktor Mörck verschwand wieder. Sune überflog seine Notizen.

„Du hast die Wohnung um halb zwölf verlassen und nichts Verdächtiges bemerkt. Du bist eine Stunde später zurückgekommen, und da war in deiner Wohnung ein Mord geschehen. Die Frau und der Mörder haben sich Zutritt verschafft, wahrscheinlich mit einem gewöhnlichen Dietrich. Die Frau stirbt vor deinen Augen, und wir können die Zeit exakt mit eins null null festhalten. Erzähl mir alles, was ich deiner Meinung nach noch wissen muss."

Ich berichtete, und er schrieb sich hin und wieder ein Stichwort auf. Sein kalter, analysierender Blick ließ mich nicht los, und mir wurde unbehaglich zumute. Irgendwie begriff ich, dass er bei jedem Wort, das ich sagte, eine Beurteilung vornahm: Lüge,

Wahrheit, Lüge, Wahrheit ... Ich hoffte, dass es wirklich nur Routine war und sonst nichts.

„War das alles? Du hast nichts vergessen?"

„Ich glaube nicht. Was soll ich tun?"

Er sah mich verwundert an.

„Was meinst du?"

„Was ich jetzt machen soll, meine ich. Bei der Suche nach Fingerabdrücken helfen?"

Er klappte den Block zu und stand auf.

„Tut mir leid. Du hast hier nichts zu tun. Ich muss dich bitten, die Wohnung zu verlassen."

„Was? Ja zum Teufel, ich wohne doch hier!"

„Das war eine komische Bemerkung für einen so erfahrenen Polizeibeamten, wie du es bist. Das hier ist im Augenblick ein Tatort und keine Wohnung. Du darfst die Sachen anziehen, die du getragen hast, als du nach Hause kamst. Sonst nichts."

„Großartig!" sagte ich. „Da muss man wohl noch dankbar sein, dass man nicht festgenommen wird?"

„Das", sagte Sune gemessen, „sollte sicherlich ein Witz sein, nehme ich an."

Auf der Treppe und vor der Haustür wimmelte es von Menschen. Ich sagte guten Morgen zu Blomgren, einem kleinen Mann mit Bauch, der mich neugierig ansah und ein Gespräch beginnen wollte, doch dazu hatte ich wirklich keine Lust. Die Nachtkühle drang durch meine Kleider, und ich trabte eine Zeitlang umher und klopfte Nachtportiers heraus, doch wie üblich waren die Stockholmer Hotels voll belegt. Mit Ausnahme des „Sheraton" vielleicht, aber dort würde ich es nicht einmal versuchen. Mehr als einen Hunderter für ein Einbettzimmer! Bei meinem Gehalt – nein! Schließlich fuhr ich ins Amt, rollte mich in einem Sessel zusammen und legte die Beine auf den Schreibtisch. Ich war todmüde, meine Gedanken tanzten Cancan. Stella lachte. Stellas Augen brachen. Stella versuchte, mir etwas zu sagen. Stella erstarrte. Stella im Tanz an mich gepresst. Stella im Todesröcheln. Stella ...

„So, nun musst du aber aufwachen!"

Ruda rüttelte mich an der Schulter. Schlaftrunken sah ich auf die Uhr. Drei Viertel zehn.

„Ich hätte dich ja gern noch ein Weilchen schlafen lassen, aber dein Schnarchen demoliert ja in dem neuen Haus die Wände. Wie fühlst du dich?"

Offenbar hatte ich in einer unbequemen, verklemmten Stellung geschlafen. Die Muskeln gebärdeten sich, als müsse man sie mit dem Brecheisen aufbiegen, als ich mich mühsam erhob. Mein Kopf kam mir unverhältnismäßig groß vor, und im Mund hatte ich einen Geschmack wie nach alten Pferdedecken. Wie bei einem echten, prächtigen Kater!

„Mies auf der ganzen Linie", antwortete ich.

Ruda nickte. In seinen Augen war ein bekümmerter Ausdruck, seine Stimme klang sanft.

„Wir gehen in mein Zimmer. Ich habe schwarzen Kaffee und etwas zu essen bestellt."

Ich taumelte hinter ihm her und kam mir vor wie ein alter Traktor. Ruda sah schweigend zu, wie ich drei Tassen Kaffee trank und ein Butterbrot hinunterkämpfte. Dann entnahm er einem Schubfach einen Rasierapparat mit Batterieantrieb.

„Mach dich hübsch!"

Ich rasierte mich, und als ich das Gesicht ins kalte Wasser steckte, kehrte ich allmählich wieder in den Kreis der Lebenden zurück.

„Was für eine Nacht", stöhnte ich. „Teufel, Teufel, was für eine Nacht!"

Ohne mit der Wimper zu zucken, hörte sich Ruda mein Fiasko in dem Spielklub an.

„Wir machen dort eine Razzia", sagte er. „Heute Abend. Ich habe schon mit Häger, Pettersson und Simon gesprochen. Es wird Zeit, dass wir uns den Desert Club etwas genauer ansehen."

„Sind die noch bei mir in der Wohnung?", fragte ich. „Oder kann man nach Hause gehen und andere Kleider anziehen?"

„Nix da! Morgen früh soll das alles erledigt sein. Du kannst bei mir übernachten, wenn du willst."

Ich spürte, dass er an dasselbe dachte wie ich. An jene Nacht vor vierzehn Jahren, die ich in seiner Wohnung verbrachte. Als er mich fertig machte – fluchte und mich anbrüllte. Als ich aufbrauste, ebenfalls fluchte und laut Kontra gab. Als es fast zu einer Schlägerei kam. Ruda weiß im Gesicht vor Zorn über einen Mann, der nichts kapierte. Ich, der ich kämpfte und mich gegen die Wahrheit über mich wehrte. Jene Nacht, als meine Barrieren zusammenbrachen und ich schließlich weinte wie ein Kind und Ruda mit rauer Stimme Trostworte flüstern hörte. Jene Nacht, in der ich alle Schlacken aus Leib und Seele ausschied. Jener Morgen, an dem ich ein neues Leben beginnen wollte. Jener Morgen, an dem es zu spät war …

„Danke. Wer bearbeitet den Mord an Stella?"

Es fiel mir schwer, so einfach zu fragen. Den Mord an Stella! An einer Frau, die ich gekannt, mit der ich gesprochen, zu der es mich hingezogen hatte.

„Nord. Er ist heute früh aus Oslo zurückgekommen. Unsere Gruppen überschneiden sich, da der Mord an Stella Karlberg offensichtlich mit dem Verschwinden Valentin Karlbergs zu tun hat."

Er schlug mit seiner großen Hand auf den Tisch, um seine Worte zu unterstreichen.

„Wo ist Valentin Karlberg? Wo steckt der Kerl?"

Wie oft hatte ich diese Frage nun schon gehört! Aber wie dem auch immer sein mochte – wo steckte er wirklich?

„Was hat Sune Bengtsson berichtet? Er ist ja großartig, der Sune, wenn er loslegt. Ich witzelte heute Nacht, ich sei dankbar, dass man mich nicht festgenommen habe, doch ich glaube, er war drauf und dran, mich einzubuchten."

Ruda lachte leise.

„Er ist so neutral, wie ein tüchtiger Polizeibeamter sein muss. Du warst dort, folglich wurdest du behandelt wie ein Verdächtiger. Na ja, das ist nun mal seine Art. Ich habe einen Durchschlag von seinem Bericht an Nord."

Er las und kommentierte.

„Ich schenke mir, was du ohnehin weißt. Die Zeitangaben, na, die kennst du ja. Frau Karlberg wurde im Wohnzimmer niedergestochen. Man fand einen großen Blutfleck mitten auf dem Teppich, aber das Muster ist an dieser Stelle ziemlich unruhig, so dass du ihn nicht bemerkt hast. Sie fiel wahrscheinlich nach vorn. Der Mörder drehte sie um und schleifte sie in das Schlafzimmer. Man fand Schleifspuren im Staub des Fußbodens. Er schob sie unter das Bett und strich die Tagesdecke wieder glatt. Winzige Blutspuren fanden sich an dem Kaltwasserhahn im Duschraum sowie am Spülgriff der Toilette. Offenbar hat er Toilettenpapier abgerissen und die Blutflecke weggewischt, die am Boden zurückblieben, als er sie schleifte. Dann hat er das Papier runtergespült."

„Fingerabdrücke?"

„Unmengen, aber die meisten sind wohl von dir. Du musst deine Abdrücke zur Kontrolle geben."

Er seufzte tief.

„Ich bin auch müde. Die Reporter der Abendblätter haben mir zugesetzt wie die Geier."

„Warum ist Stella heute Nacht in meine Wohnung gekommen", sagte ich nachdenklich. „Sie muss doch einen Grund gehabt haben!"

Ruda fixierte mich mit Adlerblicken.

„Falls es nicht den bekanntesten Grund hat, aus dem eine Frau in der Nacht einen Mann besucht …"

„Hör auf!" fauchte ich. Das war reichlich abgeschmackt.

„Falls das also nicht in Frage kommt, hat Bengtsson einen Fund gemacht, der eine brauchbare Erklärung abgeben kann. Ganz hinten am Fenster des Wohnzimmers fand er eine in der Mitte aufgebogene Krampe. Es handelt sich dabei genau um den Typ, mit dem der Handgriff gewisser Dokumententaschen befestigt ist. Frau Stella Karlberg findet zu Hause einige Papiere, die sie dir zur Einsicht geben will. Sie steckt sie in eine Tasche und macht sich zu dir auf den Weg. Aber es beschattet sie jemand. Sie betritt das Haus, und der Schatten folgt ihr. Sie geht zu dir hinauf und klingelt."

„Mitten in der Nacht?“

„Sie muss der Meinung gewesen sein, dass es sich um sehr wichtige Papiere handelt. Sie klingelt, wie gesagt, aber du öffnest nicht, weil du nicht zu Hause bist. Der Schatten will wissen, was sie dir in der Tasche bringt. Er schleicht die Treppe hinauf, und als du nicht öffnest, sieht er seine Chance. Er tritt an Stella heran und bedroht sie. Da aber jemand die Treppe herauf- oder herunterkommen könnte, öffnet er deine Tür mit einem Dietrich und schiebt Stella in die Wohnung. Sagen wir, er bedroht sie mit einer Waffe, vielleicht mit einem Messer. Sie weigert sich, die Tasche herzugeben, und da reißt er sie ihr aus der Hand. Sie hält den Griff jedoch so fest, dass er an einer Seite abreißt, und die Krampe fliegt durch den Raum. Sie schreit vielleicht, aber um dich herum wohnt keiner, und so hört sie niemand. Der Mann wird nervös und sticht zu. Sie fällt auf den Teppich. Ja, und alles andere weißt du. Nachdem er sie unter dein Bett geschoben hat, nimmt er die Tasche und verschwindet.“

„Ich bin überzeugt, dass ich ihm auf dem Hof begegnet bin. Ich hatte so ein Gefühl. Der Mörder war in Reichweite! Was für ein Messer hat er übrigens benutzt?“

„Ich habe noch keinen Obduktionsbericht. Aber Mörck glaubt, es handelt sich um ein Stilett oder ein Messer mit einer schmalen, dünnen Klinge.“

Eine solche Waffe hatte ich erst kürzlich gesehen.

„Was meinst du – könnte das nicht unser alter Freund Stanislaw Bilatski gewesen sein? Ich setze fünf Eier auf ihn!“

„Wir haben die Fahndung nach Bilatski eingeleitet.“

Ich lehnte mich auf meinem Stuhl zurück.

„Zuerst war ich scharf auf Stella“, sagte ich leise und langsam. „Dann aber war sie mir sehr zuwider. Sie ist sicher nicht glücklich gewesen, und man konnte sie im Grunde wohl nur bedauern. Leider verstehe ich mich nicht besonders gut auf Frauen.“

Ruda sah auf den Tisch.

„Nein“, murmelte er, „du verstehst dich nicht besonders gut auf Frauen.“

Dann knurrte er in seinem üblichen Ton:

„Es hat keinen Sinn, hier herumzusitzen. Raus und gearbeitet! Du und Simon, ihr konzentriert euch auf Karlberg. Pelle beteiligt sich an der Überwachung des Spielklubs. Sune hat noch mit dem Mord an Frau Karlberg zu tun. Ich werde noch einige Männer einteilen. Erkundige dich, wie weit Häger gekommen ist, und geh von seinen Ermittlungen aus."

Auf dem Weg zu meinem Dienstzimmer traf ich Sune. Er hatte einen Schnellhefter unter dem Arm und wollte offenbar zu Kommissar Nord. Sune nickte kurz, und ich hielt ihm mit einer theatralischen Geste beide Hände hin.

„Du bist ein Teufelskerl, Sune! Phantastisch bist du! Ich gebe es zu. Wie konntest du nur wissen, dass ich auf der anderen Seite des Hofs auf dem Dach saß und das Messer durch das Fenster warf? Komm, leg mir die Acht um!"

Er sah mich zutiefst angewidert an.

„Du mit deinem makabren Humor!", schnaubte er und ging mit kurzen, wütenden Schritten davon.

Das war freilich nicht schön gewesen. Gar nicht. Nur dumm. Ich sehnte mich nach Urlaub. Wenn man anfängt, sich Kollegen gegenüber albern zu benehmen, braucht man dringend Erholung. In meinem Zimmer lag eine Nachricht: Ich sollte meine Fingerabdrücke abnehmen lassen. Musste alle zehn Finger abdrücken und kam mir allmählich wie ein Gesellschaftsfeind Nummer eins vor.

Simon war über die nächtlichen Ereignisse voll unterrichtet und gab keine Kommentare von sich.

„Wollen mal zu dem Bürschlein Häger hineingehen und hören, in welche strahlende Himmelshöhen er sich hinauf geschwungen hat."

„Magst du den Jungen nicht?" fragte ich, und Simon zog eine vieldeutige Miene.

„Ich liebe ihn wie meinen eigenen Sohn", antwortete er. „Hoffe nur, dass er seine armseligen Kameraden nicht vergisst, wenn er nächstes Jahr zum Polizeichef aufrückt."

Zu unserem Erstaunen war Häger jedoch festgefahren. Er hatte das Beste heraus gesogen und trat nun auf der Stelle.

„Ford will uns sofort benachrichtigen, wenn Karlberg von sich hören lässt und den Mustang abholen will. Karlbergs Firma ebenfalls. Ich habe mit seinen Nachbarn gesprochen, aber er hat mit ihnen nicht gesellschaftlich verkehrt; und nun wollte ich seine Frau nach ihren Freunden und ihrem Umgang fragen, aber …“

Er warf mir einen gekränkten Blick zu, als habe ich ihm einen teuflischen Streich gespielt und seine Ermittlungen so jäh abgebrochen. Simon nahm eine der vielen Listen, um sich weiter in die Register zu vertiefen, während ich in mein Zimmer zurückging, um mein Glück mit einer anderen Idee zu versuchen. Wenn Karlberg seiner Firma längere Zeit keine Aufträge gebracht hatte, hieß das ja nicht, dass er keine Restaurants besuchte. Vielleicht hatte er die Aufträge noch in der Tasche. Vielleicht konnte ich feststellen, an welchem Tag er seinen letzten Besuch in welchem Restaurant gemacht hatte, um Aufträge zu buchen.

Ich hatte nicht gewusst, dass es in der Stadt so viele Speiselokale gab. Im Branchentelefonbuch füllten sie mehrere Seiten. Und überall dasselbe: anrufen, fragen und ein bedauerndes Nein hören. Ein Teil der Einkäufer war nicht zu erreichen, andere hatten nur einen diffusen Begriff davon, wer Karlberg war. Er musste eine ziemlich farblose Erscheinung gewesen sein, wenn er so allgemein vergessen wurde. Um halb zwei hatte ich mit dem letzten der Restaurants gesprochen, die im Telefonbuch verzeichnet waren, und trotzdem nicht das Geringste erfahren. Allmählich verstärkte sich der Verdacht, dass der Mann überhaupt nicht existierte.

Plötzlich wurde die Tür geöffnet, und ein Mädchen trat ein. Oder richtiger: Die Tür ging auf, und ein Mädchen bemächtigte sich des Zimmers. Ziemlich groß, dunkles Haar in weichen Wellen, die ein herzförmiges Rehgesicht umrahmten. Die Augen standen ein wenig schräg und waren sehr dunkel. Die Haut hätte man gern gestreichelt. Die Lippen waren voll und glänzten feucht. Der Hals war weiß und schlank. Sie trug eine kurze Kutte, die sie aufgeknöpft hatte, und darunter eine dünne Jacke und eng anliegende Hosen. Etwas Sanftes, vielleicht Schmachtendes ging von ihr aus. Eine Frau, die nie ein böses Wort aussprechen, niemals die Stimme heben würde. Eine Frau, von der Soldaten träumten. Eine Frau, die wie geschaffen schien für leise geflüsterte Koseworte, ein wenig zart und zerbrechlich. Eine Frau, die Schutz bei dem Stärkeren suchte und die der Stärkere gern beschützte.

Ich erhob mich und war wie benommen.

„Kann ich etwas für Sie tun?“, fragte ich ein wenig ungeschickt.

Sie hielt eine zusammengerollte Ausgabe des „Expressen“ in der Hand. Mit einer wütenden Gebärde warf sie das Blatt auf den Tisch.

„Ich bin Ragna Karlberg“, schrie sie. „Wo zum Teufel habt ihr meinen Vater?“

7

Die Abendblätter hatten gehörig aufgedreht, und ich sah mein Foto über zwei Spalten des „Expressen“ hingeknallt, und ebenso groß im „Aftonbladet“. „Mysteriöser Mord in der City“ stand im „Expressen“, und „Aftonbladet“ schrieb: „Frau in Polizistenwohnung mit dem Messer erstochen.“ Man hatte die Nachricht sehr spät hereinbekommen, daher war der Text nur kurz; immerhin berichtete er von dem Polizeinspektor Hassel, der von einem dienstlichen Auftrag nach Hause kam und in seinem Schlafzimmer eine ermordete Frau fand. Das Bild von mir war miserabel. Ich wusste nicht, wo man es aufgetan hatte, doch ich sah darauf so tückisch und düster aus, dass der Leser sofort zu dem Schluss kommen musste, ich sei der Täter und habe den nächtlichen Job nur als Alibi benutzt. Ich konnte bloß hoffen, dass Sune Bengtsson keine neuen Einfälle hatte. „Aftonbladet“ nannte mich außerdem konsequent „Cassel“, doch ich war deshalb nicht beleidigt. Im Text wurde auch erwähnt, dass der Ehemann der Frau seit einiger Zeit als vermisst gemeldet sei.

Ragna Karlberg hatte die Zeitungen genau gelesen und war nun der Überzeugung, ich hielte ihren Vater im Keller versteckt, falls sie ihn nicht bei mir fand.

„Aber wo zum Teufel ist er denn?“, wiederholte sie zum fünfzigsten Mal in einer halben Stunde.

Geduldig erklärte ich ihr, dass uns das gleiche Problem beschäftige, doch sie glaubte mir nicht.

„Gestatten Sie mir bitte ein paar Fragen“, sagte ich. „Es ist gut, dass Sie gekommen sind.“

Ihre sanften Rehaugen schossen Blitze.

„Wollen Sie mich verhören? Das ist doch das Teuflischste, was ich je erlebt habe!“ schrie sie, als hätte ich sie gefragt, ob sie den König mit dem Regenschirm auf den Kopf geschlagen habe.

„Wir sind Ihnen dankbar, das darf ich Ihnen versichern. Sie können uns wirklich helfen.“

Ich spürte, dass mir der Magen knurrte.

„Könnten Sie in einer Stunde noch einmal herkommen? Ich habe heute noch nicht zu Mittag gegessen und bin ziemlich hungrig.“

„Wer, glaubst du, ist das nicht, verdammt noch mal! Ich möchte auch was zu beißen. Hör mal, mein Junge, wenn du was zu knabbern rausrückst, könnte ich mir vielleicht überlegen, ob ich auf deine Fragen antworte. Falls ich Lust dazu haben sollte, klar.“

Ihre Mitteilungen waren vielleicht ein Essen wert.

„All right. Wir haben hier im Amt ein gutes Restaurant …“

Ihre Stimme war eitel Hohn.

„Wenn du glaubst, ich setze mich unter lauter Bullen hin und esse, dann kannst du mir im Mondschein begegnen. Schlag ’ne ordentliche Bude vor, verdammt noch mal!“

Also gingen wir in den Rathauskeller am anderen Ende des Kronoberg-Parks. Ich bestellte Steaks, denn sie hatte laut und vernehmlich erklärt, ein Stück blutiges Fleisch würde ihr gut im Magen liegen. „Was zu trinken? Vielleicht ein Bier?“

„Spendierst du Nasenbluten?“

Da ich etwas später noch Auto fahren musste, bestellte ich mir nur ein Bier, für Ragna jedoch eine Karaffe Rotwein. Nachdem sie den ersten Schluck getrunken hatte, streckte sie sich behaglich.

„Jetzt wird man allmählich wieder Mensch. Bin heute früh von Kopenhagen gekommen."

„Mit dem Zug?"

„Nee, ich konnte bei einem Jungen einsteigen, einem Musiker, der ins Ambis wollte – in das ‚Ambassadeur'. Er fuhr einen schnittigen Lotus. Junge, hundertachtzig Sachen vor Gränna!"

„Auf der Autobahn – wo nur hundertzehn zulässig sind?"

„Yeep – genau! Und dabei hat er noch nicht mal alles rausgeholt."

Leichte Röte färbte ihr Gesicht.

„Er fing an, mir von seiner Wohnung zu erzählen, und meinte, wir könnten doch für den Vormittag zu ihm fahren und uns noch eine schöne Stunde machen. Aber nein – never! ‚Ich mag deine Visage nicht', sagte ich. Auf seinen Wagen war ich scharf, nicht auf ihn. Er fuhr auf die Tumbaer Autostraße, als wir Södertälje hinter uns hatten, und dann auf einen kleinen Weg. Dort stoppte er das Auto und fing an, mir an der Kutte herumzugrapschen. Doch da gab es für ihn die große Überraschung. Ich habe zweimal Karate in der Woche. Stauchte den Kerl zusammen, dass er einen Blechschaden davontrug und wahrscheinlich die Karosserie ausbügeln lassen muss. Er glaubte felsenfest, ich wäre 'ne ganz gewöhnliche Zusteigenutte."

„Und das bist du also nicht?"

„Na hör mal, Junge … !"

Das Hauptgericht wurde serviert, und wir aßen. Sie trank fleißig vom Rotwein.

„Was machst du denn in Kopenhagen?"

„Gehe auf die Malschule."

Sie sah mein erstauntes Gesicht und fuhr in eiferndem Ton fort:

„Glaubst du etwa, ich treib mich da rum und lebe vom Stipendium? Wie so 'ne dreckige Bohemepflanze, die im Sommer das

Pflaster vom Ströget bemalt? Ich kann zeichnen, und zwar ziemlich gut, kann ich dir sagen. Gib mal den Kuli her – nee, ich hab 'nen Bleistift in der Tasche."

Sie schob den Teller beiseite und nahm die Speisekarte. Sah mich an und zeichnete mit raschen, sicheren Strichen mein Porträt.

„Erkennst du die Visage wieder?"

Ich glaubte, in eine Art Graphitspiegel zu schauen. Sehr gut gemacht.

„Ich kapituliere. Du kannst zeichnen und bist in Ordnung!"

Sie lachte, und auf einmal klang ihr Lachen richtig angenehm. Ein gutes und ansteckendes Lachen. Sie hieb auf das Steak ein.

„Teufel, Teufel – als ich heute früh in Vaters und Stellas Wohnung kam, waren da lauter Bullen drin. Ich durfte nicht mal die Nase reinstecken. Was ist denn da eigentlich los?"

Ich berichtete so kurz wie möglich, was geschehen war, und sie hörte mir aufmerksam zu. Den letzten Bissen würgte sie hinunter.

„Du, das ist ja grauenhaft! Dass du Stella unterm Bett gefunden hast, meine ich. Spendier noch 'nen Kaffee und 'nen Kognak. Jetzt brauche ich noch 'n bisschen was Hartes."

Ich bestellte und fragte dann weiter.

„Warum bist du nach Stockholm gekommen?"

„Ich bin manchmal hier oben. Wenn man Arbeit für 'ne Zeichnerin hat. Für 'ne Zeitung oder für 'n Buch oder so."

„Triffst du dich mit deinem Vater, wenn du in Stockholm bist?"

Der Kognak kam, und sie kippte dankbar einen Schluck. Er schien ihr zu schmecken.

„Wir haben kaum noch Verbindung. So ist das nun mal, verstehst du. Vater und Mutter ließen sich scheiden, als ich klein war. Mutter hatte sofort einen anderen, und Vater bekam das Sorgerecht für mich. Er sorgte für mich, so gut er konnte, natürlich."

Ein weicher Klang kam in ihre Stimme. „Erzählte mir Märchen und so. Richtig lieb war er. Nahm mich mit ins Kino und in den Zirkus. Aber es ist ja klar, er hatte mit seinem Kram zu tun, und es ist hinderlich für 'nen Mann, 'ne kleine Göre auf dem Hals zu haben. Ich war also noch gar nicht so alt, als ich allein klarkommen musste. Ich fand 'ne Menge prima Kumpels in den benachbarten Buden und in der Penne, und so hatte es keine Not. Als ich dreizehn war, schrieb eine seiner Tanten, ich solle doch zu ihr nach Dänemark kommen, sie könne besser auf mich acht geben. Ich hatte wenig Lust, hier abzuhauen, aber Vater meinte, das sei 'ne gute Idee."

„Gefällt es dir in Kopenhagen?"

Sie lächelte breit.

„Jungchen, wem zum Teufel sollte es in Kopenhagen nicht gefallen? Das ist 'ne Stadt, sag ich dir! Als die Tante, die mir bei meiner Ankunft schon recht tattrig vorkam, allmählich immer bekloppter wurde, sorgte ihr Hausarzt dafür, dass sie in ein Pflegeheim kam, und da sitzt sie auch jetzt noch und stiert den ganzen Tag vor sich hin. Sie müssen sie mit dem Löffel füttern. Ich war sechzehn, als man sie wegbrachte, und seitdem habe ich ihre Wohnung und schlage mich allein durch. Vater hat jeden Monat ein paar Piepen auf eine Kopenhagener Bank überwiesen, so dass ich Malen lernen kann."

„Wie gut hast du deine Stiefmutter gekannt – Stella Karlberg?"

Sie zuckte die Schultern und betrachtete sehnsüchtig ihr leeres Kognakglas, doch ich tat, als verstünde ich den Wink nicht. Sie seufzte enttäuscht.

„Habe sie nur ein einziges Mal gesehen, und das war auf der Hochzeit. Vater hatte geschrieben und angefragt, ob ich etwas dagegen hätte, wenn er wieder heiratete, und ich antwortete ihm, das kümmere mich einen Dreck. Er lebte sein Leben und ich das meine. Doch dann fiel die Hochzeit mit einem Illustrationsjob in Stockholm zusammen, und so fuhr ich hin und futterte mich mal gratis durch. O ja, sie wirkte sehr feierlich, aber als sie 'n bisschen was intus hatte, fing sie mit einem der Kellner an zu liebäugeln. Hätte Vater diesem nicht mit einer Abrechnung unter vier Augen gedroht, wer weiß, wo sie in der Hochzeitsnacht gelandet wäre."

Sie kicherte und schien vergessen zu haben, dass die Frau, von der sie sprach, unter einem Tuch im Leichenhaus lag. Doch sie war nur völlig unsentimental, wusste, was sie wollte, und war gewohnt, sich durchzuboxen. Sie lebte bestimmt in kümmerlichen Verhältnissen, machte sich aber nichts daraus; sie nahm das Leben, wie es kam, und fand immer einen Ausweg. Ragna Karlberg war lebenstüchtig.

„Darf ich mal etwas Persönliches sagen?“, fragte ich.

Ihre dunklen Augen bekamen einen heiteren Glanz.

„Willst du bei mir vor Anker gehen?“

„Nicht unbedingt. Aber ich habe noch nie eine Frau gesehen, die mich dem Äußeren nach so sehr an Bambi erinnert und dabei so viel Dynamit unter der Haut hat wie du.“

Sie kicherte abermals. Der Kognak hatte kleine Rosen auf ihre Wangen gezaubert.

„Das habe ich von Mama. Sie ist übrigens mit einem Architekten verheiratet.“

Plötzlich schien sie persönliches Interesse an mir zu haben.

„Bist du gebunden?“

Ich schüttelte den Kopf.

„Geschieden?“

Ich nickte. Sie verzog die Lippen zu einer drolligen, mitleidigen Gebärde.

„Belämmert für dich! Männer kommen im Allgemeinen schlechter zurecht als Frauen. Wer war schuld?“

Das ging sie nichts an. Absolut nichts! Ich hätte sie bitten sollen, den Schnabel zu halten.

„Ich“, sagte ich kurz. „Ich, ganz und gar. Ich war ein Vollidiot.“

„Alle Männer sind Idioten, und die meisten Bräute auch. Wie sollten sie sonst zurechtkommen?“

Sie widmete sich dem Kaffee, und ich starrte vor mich hin, eingeschlossen in die beschämenden Erinnerungen, die ihre Worte geweckt hatten.

Cilla, die ich unmittelbar nach meiner Entlassung vom Militärdienst geheiratet hatte. Ihr weiches Wesen, das ich für Feigheit hielt, ihre Wärme, in der ich typisch weibliche Künste sah, ihr Ernst, der mir langweilig vorkam. Ich erwies mich als gänzlich unreif für die Ehe, die das Ergebnis eines meiner Einfälle gewesen war. Ich ging zur Polizeischule und redete mir ein, diese Büffelei verlange eine Abwechslung. Wie viel Alkohol habe ich wohl in der Zeit unserer Ehe konsumiert? Wie viel Böses habe ich ihr eigentlich zugefügt? Ihre ständig ernsten Augen, die immer gequälter dreinblickten. Sie hoffte, ich würde mein wildes Leben aufgeben, wenn ich die Schule absolviert hatte und ernstlich bei der Polizei zu arbeiten begann, doch das Gegenteil war der Fall. Jede Nacht ging es hoch her. Sie weinte, und ich bedachte sie mit Flüchen. „Du verdammte trockene Kuh!" Redete breit und ausführlich mit den Kumpels über meine triste Alte daheim. Schleppte mich frühmorgens zur Wohnung, kam oft nicht die Treppe hinauf, so dass der Taxifahrer mir helfen musste, und verteilte großzügig Trinkgeld. Cilla bekam selten etwas vom Gehalt, alles ging in Kneipen drauf, und noch heute begreife ich nicht, wie sie überlebte. Sie muss sich Geld von ihrer Mutter geliehen haben, die mich wegen meines Verhaltens ihrer Tochter gegenüber hasste. Bereitwillig ging ich mit jeder beliebigen anderen Frau, der ich begegnete – sie brauchte nur den Finger zu krümmen –, und gab mir nicht die geringste Mühe, es heimlich zu tun. Cilla weinte, und ich lachte nur, wenn sie die Lippenstiftflecke aus meinen Hemden wusch. Ich frage mich, wie es mit mir wohl weitergegangen wäre, hätte mir Ruda nicht eines Nachts die Leviten gelesen – in jener Nacht, als ich reifte. Er brachte mich dazu, dass ich einsah, was für ein Patentekel ich bislang gewesen war, und als ich ihn am Morgen verließ, fühlte ich mich erleichtert – ein neuer Mensch mit einer neuen Zukunft. Aber Cilla glaubte mir nicht. Sie hatte genug und verließ unsere Wohnung.

„Wenn ich mir jetzt begegnete – dem Mann, der ich vor vierzehn Jahren war –, ich würde mir selbst ein paar in die Schnauze hauen", seufzte ich schwer.

Ragna lachte fröhlich und legte mir die Hand auf den Arm.

„Dummheiten machen wir alle. Hast du sie später mal getroffen?"

„Einmal. Wir sind Freunde."

„Aber du hast doch wohl verdammt viele andere Bräute gehabt, in all den Jahren? Denn nach der Scheidung bist du doch bestimmt kein Eunuch geworden?"

Es war zu früh am Tage, um Liebesdinge zu diskutieren, und sie hatte Kognak getrunken, nicht ich.

„Das erzähle ich dir ein andermal. Kommen wir jetzt auf deinen Vater zurück. Wenn er nicht in der Wohnung am Valhallavägen ist, wo könnte er sich dann aufhalten?"

„Weiß ich nicht."

„Überleg mal! Es ist sehr wichtig. Hat er nie von einem Versteck gesprochen? Von irgendeinem Schlupfwinkel? Ich will damit natürlich nicht sagen, dass er sich früher hat verstecken müssen – aber einen Ort, wohin er sich zurückziehen konnte? Wenn er nicht nach Hause gehen wollte, wohin ging er dann?"

Sie strengte sich wirklich an, und plötzlich bemerkte ich in ihren Augen einen unsicheren Schimmer.

„Mir fällt da etwas ein … Es hat sicher nicht viel zu bedeuten, aber … Vater und ich hielten uns vor vielen Jahren mal in Söder auf. Wir waren im Kino gewesen, im Göta Lejon. ‚Tarzan und das Sklavenmädchen' wurde gespielt, wenn ich mich recht entsinne … Übrigens ein Klassefilm … ja, und wie wir da so gehen, tritt ein Kerl an Papa ran und quasselt auf ihn ein, und ich weiß noch, dass er sagte, er wolle den Schlüssel wiederhaben, denn er brauche die Wohnung für einen Monat."

„Hat er noch etwas gesagt?"

Sie rieb sich die Stirn, als wolle sie ihrem Gedächtnis nachhelfen.

„Ja, das hat er. Daher hab ich es nicht vergessen. Irgendetwas wie: gute Lage in der Bondegatan, nicht weit bis zum Bus. So ungefähr." Sie lachte auf. „Aber du dicker Hund – das ist ja über zehn Jahre her!"

Trotzdem. Valentin Karlberg hatte über eine Wohnung in der Bondegatan verfügt, wir waren um eine Information reicher. Ermittlungsarbeit besteht darin, dass man Informationen sammelt und an allen Fäden zieht, die man ausfindig machen kann. Irgendeiner führt vielleicht weiter. Ich zahlte, und wir verabschiedeten uns vor dem Restaurant auf der Sankt Eriksgatan.

„Wenn Vater nicht zu Hause ist und Stella den Löffel abgegeben hat, kann ich doch wohl über die Wohnung verfügen? Ich habe einen Schlüssel dazu."

„Ich werde mit Kommissar Ruda sprechen. Ruf ihn morgen an."

Sie kicherte abermals.

„Ruda!* Verrückter Name! Muss man da 'ne Tüte Regenwürmer mitnehmen?"

Sie hob grüßend die Hand und schlenderte zur U-Bahn hinunter, um zum Hauptbahnhof zu fahren, wo sie ihren Koffer aufgegeben hatte. Auf meine Frage, wo sie wohnen würde, hatte sie erklärt, sie habe eine Menge Bekannte, bei denen sie schlafen könne.

Ruda war wegen der neuen Information nicht über die Maßen begeistert. Er bohrte mit dem kleinen Finger im Ohr.

„Eine Nadel im Heuhaufen."

„Das ist wohl meistens so. Vorher hatten wir aber nur den Heuhaufen."

„Ein paar verwehte Worte, gesprochen vor einem Jahrzehnt. Ein Mädchen, das sich verhört haben kann. Oder das sich vielleicht nicht richtig erinnert. Oder sich interessant zu machen sucht."

„Eine Chance ist es auf jeden Fall."

„Haben wir Zeit für Chancen? Du weißt doch, wie viel Arbeit noch daliegt und wartet, und die Geschichte mit diesem Karlberg beansprucht allmählich zuviel Zeit und zu viele Leute."

Nachdenklich rieb er sich die Bartstoppeln mit Daumen und Zeigefinger.

„Aber bitte sehr! Geh hin, schau nach! Komm mir aber nicht mit Überstundenvergütung! Du weißt, wie rasend schnell die zulässigen Überstunden eines Jahres draufgehen. Und du isst heute Abend bei uns, vergiss das nicht!"

* *(schwed.) ruda = Karausche*

„Danke, bestimmt nicht. Gehst du zeitig nach Hause?"

„Nein, Rut hat heute Abend Italienisch, ich kann also noch eine Weile arbeiten. Komm so gegen acht."

Viertel vor vier war ich in der Bondegatan und fing an, die Namenstafeln in den Hauseingängen zu lesen. Karlberg hatte noch 1961 und 1962 einen Unterschlupf in dieser Straße gehabt, das war eine nicht zu unterschätzende Information. Die Häuser waren alt, die Mieten niedrig – und Wohnungen knapp. Hatte man einmal eine zentral gelegene Bleibe, gab man sie nicht so leicht auf. Ich schlug den Mantelkragen hoch und merkte, dass meine Handschuhe zu dünn waren für die Kälte – einige Minusgrade, die ein eisiger Wind noch spürbarer machte. Die Bondegatan ist eine typische Straße in Söder – dem Süden Stockholms –, die ihre Jahre mit einer gewissen verschlissenen Würde trägt. Jedes Grundstück hat seine ihm eigene Fassade und Prägung, und man kann Unmengen von hübschen Alltagsdetails entdecken, wie man sie in den gleichgerichteten Kasernen der Vororte nirgends findet. Die gelben Ziegel der Acht, bis ganz hinauf, Seite an Seite mit der neu verputzten schokoladenfarbenen Zehn. Die heiteren Fensterrundbögen der Drei im ersten Stock mit den heraldisch beschwingten Löwen, von Vasen oder Säulen flankiert, während sich an dem spitzen Giebel Altäre mit lodernden Feuern befinden. Der lustige, runde Schild, der aussieht, als wäre er aus einem Benzinfass herausgesägt, mit dem für Uneingeweihte kryptischen Wort „Athen". Kleine Industriebetriebe, Niederlassungen, staubige Depots, vergitterte Fenster, Büros von Firmen, die auf der Börsenliste weit unten stehen, Bäckereien, Chemische Reinigungsanstalten, Damenfriseure, eine kleine Möbelfabrik. Hier und da an den Fensterblechen Antennengerippe, die danach gieren, etwas zu empfangen. Polizeibeamte im Einsatz lernen die Stadt kennen, weil sie jeweils in kleinen Bezirken arbeiten.

Die Bondegatan ist ziemlich lang, doch die Hauseingänge liegen dicht nebeneinander, und ich benötigte nur etwa zwei Stunden, um festzustellen, dass auf der Seite mit den ungeraden Hausnummern kein Karlberg wohnte. Ich beschloss, auf der anderen

Seite zurückzugehen und die geraden Nummern zu prüfen. Fand ich nichts, musste ich es gründlicher anstellen. Vielleicht stand der Name Karlberg nur auf einem kleinen weißen, mit Reißzwecken angehefteten Stück Pappe über einem anderen Namensschild, und wenn ich auch dann nichts entdeckte, blieben mir noch die Hausmeister.

Ich war bis an das Ende der Bondegatan zurückgegangen, wo die Götgatan beginnt und stand vor Hennes großen Schaufenstern, die um das bügeleisenförmige Gebäude zwischen Bondegatan und Katarina Bangatan herumlaufen, als ich plötzlich etwas sah, was mich frösteln machte. An dem Zeitungskiosk stand ein Mann und las gespannt in einer Abendzeitung. Er schnitt eine Grimasse, und die Zunge glitt über seine Lippen. Nachdem er die erste Seite gelesen hatte, blätterte er eifrig bis zur Mitte und studierte dort den Text. Ich wusste, was er las.

So einfach konnte es doch gar nicht sein! Fahnden – das muss Müdigkeit bedeuten, Hunger und schmerzende Füße. So schnell darf man nicht zu Ergebnissen gelangen! Aber manchmal …

Fünf Meter vor mir stand Valentin Karlberg und las den Bericht über den Mord an seiner Frau.

8

Karlberg wurde von dem, was er las, schwer mitgenommen. Die Zeitung fiel auf die Straße, seine Hände hingen kraftlos an den Seiten herab, er richtete den Blick aufwärts und schloss die Augen, als suchte er Trost von oben. Dann hob er die Hände an die Wangen und schwankte hin und her. Ich überlegte, was am besten zu tun wäre. Sollte ich auf ihn zugehen oder abwarten? Ich entschied mich für letzteres, weil ich herauskriegen wollte, wo er wohnte. Nun fuhr er sich mit der Hand über die Augen – mit einer Gebärde, als wolle er den Kummer wegwischen –, sah sich dann um und überquerte langsam die Götgatan. Es war, als wäre er in sich zusammengesunken, und ich fragte mich, ob er den Tod seiner Frau betrauerte oder sich vor dem gleichen Schicksal fürchtete. Unschlüssig verhielt er vor dem Hochhaus des Finanzamts den Schritt und schien nicht recht zu wissen, welche Richtung er einschlagen sollte. Er löste das Problem, indem er stehen blieb und Carl Axels Schaufenster betrachtete; die Objekte seiner Betrachtung jedoch waren Teenagerkleider, und damit war klar, dass er den Kopf voller anderer Gedanken hatte.

Langsam ging er über den Åsötorget, den öden Platz vor dem Finanzamt, und verharrte einen Augenblick grübelnd unter den pathetisch gestützten Bäumen in der Mitte der steinernen Kreise im Asphalt. Ich fragte mich, was in seinem Gehirn wohl vorgehen mochte. Ein Mann kann nicht stillschweigend seine Frau ermorden lassen, irgendetwas muss er doch tun. Mit uns Verbindung aufnehmen? Oder mit jemand anders? Würde der Mord irgendwelche wirtschaftliche Folgen für ihn haben? Beinahe schleppend ging er die Götgatan hinunter. Vor den Fenstern des Reisebüros blieb er stehen und betrachtete Plakate über Südamerika, Reklame der Brazilian Airways. Vielleicht erwog er die Flucht ins Ausland. In diesem Fall allerdings musste er etwas getan haben, was ihn vor uns fliehen ließ – oder fürchtete er sich vor jemand anders?

Karlberg drehte sich um, und unsere Blicke trafen sich; aber wir waren uns ja noch nie begegnet, und ich schaute völlig desinteressiert drein und bewegte mich weiter in seiner Richtung. Er ging schräg über die Götgatan, betrachtete den Neonvogel der Fassade und den Pfeil, der auf das Restaurant „Pelikan“ zeigt. Beides schien ihn anzuziehen, denn er bog zögernd in die Blekingegatan ein, wo die Hauswände Wunden von abgefallenem Putz haben und aussehen, als schämten sie sich über ihren Verfall und schnitten nun mit gesprungenen Ziegelzähnen entschuldigende Grimassen. Ich glaubte, er wollte in den „Pelikan“, doch er blieb zehn Meter vorher vor dem Restaurant „Port Arthur“ stehen und studierte die Schnellimbisskarte in dem verglasten Aushang. Er zögerte noch einen Augenblick und ging dann hinein. Als ich sicher war, dass er in dem großen Speisesaal saß – einem drittklassigen der staatlichen Restaurantgesellschaft SARA –, huschte ich ebenfalls hinein.

Das Telefon hing im Vorraum gleich rechts an der Wand, und ich rief Ruda an.

„Ich habe Valentin Karlberg gefunden und beschatte ihn gerade."

Rudas dumpf dröhnendes Röcheln bekundete Zufriedenheit.

„Bravo! Bravissimo! Es ist auch verdammt an der Zeit, dass wir etwas an der Angel haben. Wo bist du?"

„Karlberg sitzt im ‚Port Arthur' und will etwas essen, wie mir scheint."

„Im alten Pottan? Da drin bin ich auch mal gewesen und habe mir zwei Weiße und einen Braunen genehmigt, zu Olims Zeiten. Und was gedenkst du weiter zu tun?"

„Ich warte, bis er gegessen hat. Dann beschatte ich ihn bis zur Wohnung. Wenn er etwas zu verbergen hat, müssen wir ermitteln, wo er wohnt. Greife ich ihn mir vorher, lügt er vielleicht nur das Blaue vom Himmel."

„Soll ich noch einen Mann schicken?"

„Ja. Er hat mich gesehen, und es ist immer gut, wenn man den Schatten auswechselt."

„Wollen sehen. Gar nicht so einfach, ich habe wenig Leute. Pelle hat sich dünngemacht. Da bleibt mir wirklich nur noch der sympathische Simon. Ich hörte zwar, er habe Nadja versprochen, ihr heute Abend bei der großen Wäsche zu helfen, aber ein Polizist darf nicht nur ans Vergnügen denken. Ich schnappe ihn mir, bevor er ebenfalls verschwindet. In einer Viertelstunde ist er am Pottan."

Als ich eben den Hörer aufgelegt hatte und in den Speisesaal hineinsah, kam Karlberg heraus. Wir stießen in der Tür zusammen. Offenbar reute es ihn, das Lokal betreten zu haben, vielleicht war ihm aber auch der Appetit vergangen, als er in die Brieftasche schaute. Er kam mir mit der Entschuldigung zuvor, mit leiser Stimme, doch dann zog er die Augenbrauen zusammen und musterte mich mit einem scharfen Blick. Ich schaute ihn harmlos an. Dann bewegte er sich rückwärts auf die Straße hinaus und eilte die Blekingegatan hinunter. Nun war es schwerer, ihn zu beschatten. Er wollte sich nicht anmerken lassen, dass er sich verfolgt glaubte, aber sein ruckartiger Gang verriet seine Nervosität, und er benutzte die Schaufensterscheiben, um die Gegend hinter sich zu beobachten.

Ich musste versuchen, ihn auch weiterhin zu beschatten. Mir blieb keine Zeit, Ruda anzurufen oder den Oberkellner zu bitten, dass er Simon Bescheid sagte, wenn dieser eintraf. Karlberg eilte in die Östgötagatan hinein und passierte das Viertel mit den Neubauten. Schließlich blieb er vor der Nummer 73 A stehen und vollführte eine kleine Pantomime, die für mich bestimmt war. Er sah sich um, schaute auf die Uhr und schlenderte langsam in den Hauseingang.

Mein Vater war Taxichauffeur gewesen, bis er sich im letzten Kriegsjahr eine Holzgasvergiftung zuzog und 1946 vorzeitig in Pension gehen musste. Als kleiner Junge durfte ich manchmal mit ihm in dem protzigen Lincoln Zephyr, den der Eigentümer des Fuhrgeschäfts als Taxi laufen ließ, in der Stadt herumfahren. Vater verdiente nicht viel und war wütend auf alle, die ihn um das Fahrgeld zu prellen versuchten; er merkte sich alle Häuser in der Stadt, die zwei Eingänge hatten. Die Kunden, die sich verdrücken wollten, gingen zu dem einen Eingang hinein, nachdem sie den Taxifahrer gebeten hatten, er möge doch warten. Dann machten sie sich durch den zweiten aus dem Staube, während der Fahrer in seinem Taxi saß und auf das Geld wartete, das er nie bekam. Die Unerfahrenen mussten hohes Lehrgeld zahlen, aber Papa hatte verschiedene Leute am Kragen gekriegt und zur Entrichtung des Fahrpreises gezwungen. Durch ihn hatte ich die bekanntesten Häuser der Taxipreller kennen gelernt. Östgötagatan 73 A war schon damals, als mein Vater noch hinter dem Lenkrad saß, eine bekannte Gauneradresse. Ich eilte durch den langen Hausflur der ARE-Gesellschaft, machte mich klein und beobachtete aufmerksam den Hauseingang Gotlandsgatan 56. Einige Sekunden später tauchte Karlberg dort auf und schaute nach der Östgötagatan, wobei er über den dummen Verfolger zu feixen schien. Rasch lief er die Gotlandsgatan hinab, und ich ließ ihm einen Vorsprung, ehe ich ihn auf der gegenüberliegenden Straßenseite weiter beschattete. Er ging an dem Hof mit den grauen Holzbaracken vorbei, die an die Notunterkünfte der Kriegsjahre erinnern und jetzt als Junggesellenwohnungen dienen, und bog in die Brännerigatan ein. Nun konnte ich den Abstand um einiges verkürzen und rannte ein Stück. Als ich vorsichtig in die Straße hineinschaute, sah ich ihn an dem niedrigen, windschiefen gelben Gebäude entlanggehen, das im 18. Jahrhundert eine königliche Brennerei war und später zu einer Irrenanstalt gehörte, die man in Vaters Kindheit allgemein die Katarina-Klapsmühle nannte. Plötzlich überquerte er die Straße und betrat ein Haus.

Nun war für mich die Zeit zum Eingreifen gekommen. Ich war überzeugt, dass hier sein Unterschlupf sein musste, zwar nicht in der Bondegatan, doch in ihrer unmittelbaren Nähe; vermutlich hatte er im Lauf der Jahre die Wohnung gewechselt. Ich stürzte in den Hausflur und sah ihn eine halbe Treppe hoch vor einer Tür stehen. Er drehte sich um, und sein Gesicht schien zu Eis zu erstarren. Ich ging zu ihm hinauf und zeigte ihm meinen Ausweis.

„Wir haben Ihnen ein paar Fragen zu stellen, Herr Karlberg."

Er feuchtete sich die Lippen an, gab aber keine Antwort.

„Ich muß Sie bitten, mir zu folgen."

„Worum handelt es sich?", flüsterte er mit glasdünner Stimme.

„Um Verschiedenes. Und …"

Plötzlich wurde die Tür geöffnet. Ein großer Mann in den Fünfzigern stand breitbeinig in der Öffnung. Er hatte einen heiteren Zug um den Mund und gemütliche Lachfältchen um die zwinkernden blauen Augen. Erst sah er Karlberg an und dann mich. Karlberg griff sich an den Hals und sagte mit halb erstickter Stimme: „Er … ist von der Polizei … hat mich verfolgt … Glaubte ihn abgeschüttelt zu haben … Ich wußte nichts von dem …"

Der Große nickte, und das heitere Lächeln lag wie gemalt auf seinen Lippen.

„Doch, ich glaub dir schon. Die Polizei ist ja heutzutage sehr tüchtig."

Mit einer unerwarteten Bewegung packte er meine Hand und riss mich in die Wohnung. Da ich darauf nicht vorbereitet war, hatte dies Schleuderwirkung, und ich schoss im Flur der Länge nach hin.

„Du … ich komme wieder … Grüß ihn und sag, der Preis hat sich erhöht … Stella, du weißt … Und vor Ende nächster Woche … Du verstehst?“

Der Große lachte heiter.

„Aber ja doch, Valentin, ich verstehe schon und werde deine ergötzlichen Neuigkeiten auch berichten. Sie werden ihn bestimmt ungemein erfreuen.“

Karlberg fuhr zusammen.

„Ich will nur sagen, es ist versteckt, und wenn er glaubt, dass er mit mir dasselbe machen kann, dann … dann kommt er an den … Verlass dich darauf!“

Er versuchte einen forschen Ton anzuschlagen, doch seine schrille Stimme verriet ihn. Ich stand auf und ging zur Tür, doch hinter mir war plötzlich jemand. Ich wurde von festen Händen gepackt und in ein Wohnzimmer gezerrt. Vom Flur her hörte ich die Abschiedsworte des Großen:

„Natürlich vertrauen wir dir. Du bist ja so zuverlässig. Du weißt, wo du anzurufen und das Geschäft perfekt zu machen hast.“

Die Tür klappte zu, und der Große kam ins Zimmer. Der Mann, der mich festhielt, hatte mir den Arm auf den Rücken gedreht, so dass ich mich nicht bewegen konnte. Der Große lachte.

„Aber Tobbe, so behandelt man doch keinen Gast! Lass ihn los!“

Der Schmerz hörte auf, und ich sah nun, wer mich gepackt hatte: ein kräftiger, jüngerer Mann mit harten Augen und schmalen Lippen. Ich erkannte ihn wieder und hoffte, er würde mich nicht wieder erkennen. Er war einer von den „Torpedos“, Mitglied einer der Banden, die Pornoklubs und Spielhöllen stürmten, die Einrichtungen demolierten, das Personal misshandelten und die Kasse mitgehen ließen. Die Torpedo-Bande florierte, da weder

Pornoklubdirektoren noch Spielhöllenbesitzer es wagten, Anzeige bei der Polizei zu erstatten.

Auf dem breiten Sofa des Zimmers saßen noch zwei Männer, einer von ihnen war so alt wie Tobbe und trug eine eng anliegende, taschenlose Hose und eine kurzärmelige Frotteejacke, die Arme voller Tätowierungen freigab. Das Haar fiel ihm auf die Schultern, und sein Gesicht zierte ein starker, herabhängender Kosakenbart. Er betrachtete mich mit halbgeschlossenen Lidern. Der andere auf dem Sofa war ein Mann in mittleren Jahren. Er hatte stumpfe, grobe Züge und kleine, wässrige Augen, die eine Art von dummer Verschlagenheit ausdrückten. Die Jacke, die er über den breiten Schultern trug, saß schlecht, und das Hemd wies Soßenflecke auf. Er atmete schniefend mit offenem Mund.

„Was is 'n das für 'n komischer Vogel, Schiffer?", fragte er mit undeutlicher, heiserer, gepresster Stimme und sah mich prüfend an.

Der Große, der offenbar „der Schiffer" genannt wurde, zuckte die Schultern.

„Tja, Jonne, wenn man das wüsste! Aber wir können ihn wohl auf höfliche und zuvorkommende Art fragen. Er ist Polizist, und wir sind doch so vernarrt in die Stützen der Gesellschaft, nicht wahr?"

Der Tätowierte erhob sich ohne Eile und kam lässig auf mich zu. An seiner Haltung sah ich, was er vorhatte. Als er plötzlich zuschlug, wich ich seitwärts aus und setzte ihm die Faust in die Zwerchfellgegend. Röchelnd nach Luft schnappend, sackte er langsam zusammen und legte sich auf den Fußboden, beide Hände auf den Leib gedrückt. Der Schiffer stemmte die Hände in die Hüften und lachte dröhnend:

„Das ist ja eine prima Unterhaltung! Eben noch saßen wir missmutig da, und sieh mal an, wie lustig es jetzt bei uns zugeht! Ist dir nicht gut, Rixen? Kommt dir das Essen hoch? Nicht auf den Teppich, und das Bad ist besetzt. Du musst es wieder runterschlucken und dabei fröhlich lächeln."

Der Schiffer machte eine großmütige, einladende Handbewegung.

„Setzen Sie sich doch, bester Herr Polizist!"

„Ich habe keine Zeit."

„Ach, Zeit hast du schon. Es ist das einzige, was du im Augenblick hast."

Er grinste breit, wie um die Drohung abzuschwächen. Doch er verstärkte sie damit nur. Ich wusste, dass ich in Feindesland war, und in meinem Kopf hämmerten Selbstvorwürfe: Idiot! Idiot! Idiot! Wie hatte ich nur so sträflich dumm sein können, Karlberg allein festnehmen zu wollen! Ich hätte irgendwo ein Telefon ausfindig machen und Verstärkung anfordern müssen. Alles nur, weil ich angenommen hatte, er wäre allein! Warum aber hatte ich das angenommen? Ich war ein Idiot! Trotzdem, ich durfte nicht einen Augenblick lang Unsicherheit zeigen.

„Ich habe hier nichts mehr zu tun."

„Aber ja! Du bist doch extra hergekommen."

„Ich bin Valentin Karlberg nachgegangen."

„Und was willst du von ihm, mein lieber Vertreter der Ordnungsmacht?"

Rixen erhob sich stöhnend. Ein heftiger Schlag auf den Magen betäubt für eine Weile, doch das geht relativ schnell vorbei. Er warf mir hasserfüllte Blicke zu und ging gekrümmt zum Sofa zurück.

„Das wirst du noch bereuen, du verdammtes Bullenschwein!", zischte er.

Ich versuchte es mit einem Bluff.

„Karlbergs Frau ist ermordet worden. Wir wollen sein Alibi für den Zeitpunkt des Mordes überprüfen."

Der Schiffer überlegte. Das heitere Lächeln lag noch immer auf seinen Lippen.

„Und das wäre alles – das?" fragte er gedehnt.

„Was soll denn da noch sein?"

Ich wusste, was er dachte. Wenn ich die Wahrheit sagte, hatten sie keinerlei Anlass, mich festzuhalten. Unannehmlichkeiten mit der Polizei sind das Schlimmste, was es gibt, wenn man dem gegnerischen Lager angehört. Ich hatte Karlberg zwar bis zu ihnen hin beschattet, doch das war eine Bagatelle. Vielleicht war es unklug, mich grob zu behandeln. Fuhr man nicht besser, wenn man die Angelegenheit ausbügelte und mich laufen ließ? Das konnte für mich die Chance sein. Ich sah, dass der Schiffer zwischen Friedenspfeife und Streitaxt schwankte.

Das Zimmer war nicht groß, doch es war überraschend elegant und persönlich möbliert. Eine kleine elektronische Orgel mit Notenständer, ein breites, mit hellbraunem Kalbsleder bezogenes Sofa, ein Sessel aus dem gleichen Material, ein niedriger Sofatisch mit eingelegtem Mosaik, ein großer Märta-Måås-Fjetterström-Teppich am Boden, eine vollendet geschnitzte Stehlampe mit rotem Seidenschirm, ein Farbfernseher und ein Bücherbord aus Jakarandaholz mit schönen Büchern, kleinen Vasen und Keramikfiguren.

„Das Aas kriegt es noch von mir!“, murmelte Rixen und hielt sich den schmerzenden Bauch.

„Angefangen hast du“, sagte der Schiffer, ohne ihn anzusehen.

Im Bad ließ jemand das Wasser aus der Wanne laufen. Der Schiffer kratzte sich das Genick.

„Du verträgst doch einen Spaß?“

„Willst du damit sagen, dass der Mann da auf dem Sofa Spaß gemacht hat?“

„Was haben unter Freunden schon einige Püffe zu bedeuten?“

„Ihr seid mir völlig wurscht. Karlberg will ich haben und keinen anderen. Kennt ihr ihn gut?“

Bedauernd und breit lächelnd, hob der Schiffer die Hände seitwärts.

„Wir? Er will uns bloß anpumpen. Rennt rum und jammert uns die Ohren voll. Man muss ja schließlich mal nein sagen. Wir haben uns nur ein paar Mal in Solvalla gesehen, aber du weißt ja, wie schwer es mitunter ist, zufällige Bekanntschaften wieder loszuwerden.“

Er wandte sich an die anderen: „Was meint ihr, Jungs? Unser Freund von der Polente will weiter, und ich denke, wir sollten ihm dabei nicht hinderlich sein. Wir haben ja anderes zu tun.“

„Lass ihn laufen!“ murmelte Tobbe.

Jonne drehte sich unwillig zur Seite. Er gehörte offenbar nicht zu den Menschen, die gern Entschlüsse fassen.

„Weiß nicht. Ich schließe mich euch an“, näselte er.

„Du hast zu bestimmen“, murmelte Rixen.

Eine Woge der Erleichterung durchflutete mich. Trotz seines verspielten Gemüts war der Schiffer ein sehr gefährlicher Mann, und ich war mir sicher, dass er absolut rücksichtslos vorgehen konnte. Tobbe war einer der schlimmsten Torpedomänner, und sein Ruf als Schläger war wohlbegründet. In einem Pornoklub hatte er einmal eines der Models so zusammengeschlagen, dass die Frau völlig entstellt war; sie erstattete Anzeige, zog sie aber wenig später zurück und sagte, sie habe sich geirrt. Sie wollte auf jeden Fall am Leben bleiben, auch wenn ihr Aussehen futsch war. Rixen gehörte wohl auch nicht gerade zu den Sanften, und der stumpfe Jonne tat, was man ihm sagte, ganz gleich, was es sein mochte. Mir war gar nicht wohl in ihrer Gesellschaft.

Im Bad spülte die Toilette.

„Sind wir nun fertig mit unserem Palaver?“, fragte ich. „Ich muss raus und nach Karlberg Ausschau halten.“

„Natürlich kannst du Karlberg nachschnüffeln. Ich denke nicht dran, dich zu hindern. Hoffentlich kriegst du ihn. Richte ihm schöne Grüße aus. Weiß die Polizei übrigens, wer seine Frau ermordet hat?“

„Vielleicht war er's selber?“

Der Schiffer schnalzte mit den Lippen.

„Wo er so gut und lieb aussieht? Aber man weiß nie. Muss übrigens ein mieser Beruf sein, Polizist – jetzt, wo die Straßen so unsicher sind. Ich möchte nicht mit dir tauschen.“

Ich wollte hinaus, doch nicht so eilig, dass man mir am Ende meine Furcht anmerkte. Da konnten sie mich vielleicht fragen, warum ich Angst hätte. Ruhig und nonchalant ging ich auf die Flurtür zu.

Die Tür zum Bad wurde geöffnet. Ich hörte jemanden sagen: „Kalt. Nicht sein warmes Wasser. Schlecht …“

Und dann ein Brüllen: „Du dableiben!“

Ich drehte mich um. Im selben Augenblick begriff ich, dass ich verkauft war. Von Stanislaw Bilatski hatte ich keine Gnade zu erwarten!

9

Ein paar Sekunden der Ewigkeit standen wir alle völlig reglos da – wie Wachsfiguren in einem Panoptikum. Der Schiffer kapierte schnell. Seine Worte fielen zischend mit der Luft, die er ausatmete.

„Was, du bist dieser Bulle?“

Er stand etwa einen Meter von mir entfernt. Tobbe, Rixen und Jonne saßen auf dem Sofa, und der Pole stand vor dem Bad, ein großes Frottierhandtuch um sich geschlagen. Hinter mir war keiner. Meine Chance – vielleicht meine einzige Chance!

Ich warf mich herum und stürzte zur Flurtür. In die Männer kam wieder Leben. Wütende Schreie. Ich fummelte am Türschloss herum. Warum kriegte ich die Tür nicht auf? Gab es da eine Sperrvorrichtung? Polternde Schritte kamen immer näher. Mein Daumen spürte einen kleinen runden Knopf an dem Patentschloss und schob ihn zur Seite. Jetzt musste ich die Tür aufkriegen. Musste …

Es war zu spät. Sie waren über mir und zerrten mich mit kräftigen Armen in das Zimmer zurück. Jonne mit seinen in Schlägerposition herabhängenden Schultern schnitt mir jede Rückzugsmöglichkeit ab. Tobbe hielt die Arme um meine Brust geschlungen und blockierte meine Hände. Ich richtete mich schnell auf, und als er der Bewegung entgegenarbeitete und mich nach unten drückte, beugte ich mich plötzlich nach vorn. Er folgte mechanisch, als wäre es ein Teil seiner eigenen Bewegung. Ich schob einen Fuß hinter seine Wade und ruckte an. Tobbe fiel hintenüber und musste mich loslassen. Rixen griff mich an. Ich versetzte ihm einen kräftigen Tritt vor das Knie, und er brüllte auf wie ein verwundetes Tier. Ein Gentleman tritt nicht. Aber da ich kein Absolvent des Eton College bin, wandte ich alle mir zu Gebote stehenden Mittel an.

Das Zimmer hallte von dem dröhnenden Gelächter des Schiffers wider. Er saß auf dem Sofa, bequem zurückgelehnt, die Beine lässig auf dem Tisch – ein Fürst, der wohlgefällig dem Spiel seiner Hofnarren zusieht.

„Jonne, stopp nun unseren Freund, damit er nicht größenwahnsinnig wird!"

Seine Worte klangen humorvoll gleichgültig, als bitte er einen Kameraden, die Fliegenklappe zu holen. Jonne kam langsam auf mich zu. Seine kleinen Augen waren fest auf mich gerichtet. Er besaß keinerlei Phantasie, aber er war wie eine Dampfwalze. Nichts würde ihn aufhalten können. Ich versuchte es mit einem Tritt. Er stöhnte auf, schien einen Augenblick lang von Schmerz gepeinigt, ließ sich jedoch nicht aufhalten, sondern kam, alles zermalmend, auf mich zu und fuchtelte mit den langen, muskulösen Armen. Tobbe hatte sich inzwischen vom Boden erhoben, ich hörte seine katzenartigen Schritte hinter mir. Ich versuchte es mit einem wilden Sprung rückwärts, doch der ging daneben. Tobbe konnte meinen Fuß packen und hielt ihn trotz meines Strampelns fest. Ich kam aus dem Gleichgewicht, Jonne hob die geballte Faust und schlug zu.

Er traf mich am Hinterkopf dicht über dem Nacken, und für eine Weile war die Welt für mich uninteressant. Als die Dinge rundum zu tanzen aufhörten, hing ich in Jonnes Armen. Der Schiffer war aufgestanden, hatte sich eine Zigarette angezündet und betrachtete mich mit seinem heiteren Lächeln.

„Was hast du dir da bloß eingebrockt! Warum bist du nicht lieber zur Post gegangen, wenn du partout eine Uniform haben musstest?"

„Was sollen wir mit ihm machen?"

Jonnes heisere, gepresste Stimme erklang dicht an meinem Ohr.

Der Schiffer strich sich das Kinn.

„Das muss gut durchdacht werden. Wir werden uns nicht übereilen."

Stanislaw hatte das Frottiertuch fallen lassen und stand wie ein nackter Rachegott mitten im Zimmer. Sein Mund war ein hassverzerrter, schmaler Strich.

„Ich wissen, was machen", murmelte er mit starren Lippen. „Ich wissen – machen mit ihm wie mit Dame."

Der Schiffer lachte und klopfte dem Polen auf die nackte Schulter.

„Du hast doch immer eine Masse Vorschläge parat, Stan. Ich werde es mir überlegen."

Rixen rieb sich das Knie.

„Ich zahle es ihm heim", sagte er dumpf. „Und versuch ja nicht, mich daran zu hindern!"

Der Schiffer schaute ihn verwundert an.

„Warum sollte ich dich denn hindern? Bis zum Kinderprogramm im Fernsehen ist ja noch eine halbe Stunde Zeit – warum sollte ich dir bis dahin nicht ein bisschen Zerstreuung gönnen?"

Er ließ sich wieder auf das Sofa fallen und sah vergnügt zu, als Rixen sich vor mir aufbaute und mit der Faust auf meine Magengrube zielte. Rixen grinste, und ich bemerkte in seiner Zahnreihe ein schwarzes Loch, das ein verschwundener Eckzahn hinterlassen hatte. Ich hörte auf zu denken. Was da kam, musste kommen, ich konnte nichts dagegen tun. Ich fühlte mich frostig, fern, als betrachte ein unsichtbarer Roland Hassel den angehenden Sandsack. Rixen hatte keine Eile. Er nahm umständlich Maß und visierte andere Punkte meines Zwerchfells an, um die größtmögliche Wirkung zu erzielen. Dann holte er weit aus. Ich spannte die Bauchmuskeln, so dass sich das Zwerchfell wie eine Trommel straffte. Mit voller Kraft schlug er zu, wobei er die Faust korkenzieherartig bewegte. Mir wurde die Luft aus der Kehle gepresst, ich wollte mich vornüber beugen, um den heftigen Schmerz zu dämpfen, doch Jonne hielt mich aufrecht. Er grinste keuchend, es klang wie bei einem Asthmaleidenden. Rixen schlug abermals zu, auf die gleiche Stelle, und ich wurde unter Jonnes Griff zu einem Putzlappen. Vermochte nur schwer zu atmen, die Luft schien keinen Weg durch meine Kehle zu finden, und von der Magengrube her breiteten sich fürchterliche Schmerzen aus wie Ringe auf dem Wasser.

„Und dann haben wir ja noch das kleine Knie", knurrte Rixen grimmig. „Jetzt wirst du spüren, wie verdammt weh das tut."

Stanislaw sah bei alldem zu, und da er nackt war, konnte er mir nur ein paar heftige Schläge ins Gesicht versetzen. Ich spürte, dass mir Blut aus der Nase in den offenen Mund lief.

„Nee! Immer nur einer auf einmal, wie das Mädchen sagte!" Der Schiffer lachte. „Lass auch noch was für uns andere übrig, bester Rixen!"

Rixen hockte sich hin und krempelte mir das eine Hosenbein hoch.

Nicht das Knie, bat ich lautlos und flehentlich, zertritt mir nicht das Knie. Ich kann dann nicht gehen. Muss vielleicht ewig im Gipsbett liegen. Zertritt mir nicht das Knie. Lass mich gehen …

Rixen richtete sich auf und betrachtete zufrieden mein bloßes Bein. Er betastete die Spitze seines Lederschuhs. Pendelte mit dem einen Fuß.

„Und jetzt – du Satansbulle!"

Lass das Bein ganz. Nicht kaputt machen! Dann kann man nicht mehr gehen. Der Knochen kann zersplittern. Man kann Invalide werden. Zertritt mir nicht …

Sein Tritt war furchtbar. Durch den roten Nebel der Schmerzen hörte ich heulende Klagelaute. Ich selbst war es, der da jammerte und schrie.

„Und nun noch den anderen Ständer!"

Ich schwankte und streckte die Arme zur Seite. Jonne musste einen Augenblick unaufmerksam gewesen sein, denn plötzlich stand ich frei da. Doch was nützte es mir! Mein Bein war ein einziger Schmerzensherd, ich konnte damit nicht auftreten, und das Zwerchfell durchwogten dumpf pochende Schmerzen. Jonne glaubte offenbar, ich wollte ihn angreifen. Seine Faust fuhr hoch und traf meinen Kiefer.

Mich umfing wunderbarer Friede. Die Schmerzen schaukelten auf Wolken davon. Ich fühlte mich in Watte gebettet. Noch ehe ich umfiel, war ich bewusstlos.

Ich wollte nicht ins Leben zurückkehren. Wollte in dem dunklen Land des Glücks bleiben, aber das Licht drängte sich unbarmherzig herein. Meine Augenlider schienen geschwollen wie nach langem Fieber, ich konnte sie nur schwer öffnen. Plötzlich wurden mir die Schmerzen im Magen und im Knie bewusst. Ich hatte das Gefühl, mein Bein sei in einer Wäschemangel gelandet und irgendwer hielte gleichzeitig einen Schweißbrenner darauf.

„Dreißig Minuten", hörte ich den Schiffer ironisch sagen. „Halbe Stunde. Das war nicht viel. Die Bullen sind heutzutage aus hartem Holz."

Ich lag am Boden eines Raums, den ich nicht kannte. Die Rollgardinen waren heruntergelassen, die Möbel weiß und zierlich, und der mächtige Körper des Schiffers wirkte fremd in dem offenbar als Mädchenzimmer gedachten Raum. Als ich mich auf die Seite wälzen wollte, um die Schmerzen zu lindern, stellte ich fest, dass ich gefesselt war – gebunden mit dünnen Lederriemen. Im Mund fühlte ich einen würgenden Stoffstreifen. Der Schiffer saß auf der vorderen Kante eines weißen Stuhls mit blauem Polster, und hinter ihm stand der Pole, jetzt in den Kleidern, die er in Stellas Wohnung getragen hatte.

„Hörst du mich jetzt, kleiner Bulle?" fragte der Schiffer und lächelte mir vergnügt zu.

Als ich nicht antwortete, versetzte er mir ein paar verspielte Ohrfeigen.

„0h ja! Du hörst schon! Wie ich annehme, bist du bestimmt an deiner nächsten Zukunft interessiert. Du musst wissen, wir haben in der Zwischenzeit eine kleine Beratung abgehalten. Ohne Protokoll und Holzhammer und Sekretär zwar, doch ich denke, es ist dabei trotzdem nach allen Regeln zugegangen."

Er lachte leise und rieb die Handflächen aneinander. Die Hand des Polen verschwand in der Jacke, und eine Sekunde lang glaubte ich, er würde sein dünnes Messer ziehen, doch er brachte nur ein

Taschentuch zum Vorschein und schnäuzte sich mit einem Trompetenstoß. Tobbe und Rixen standen in der Tür, und Rixen schien erheitert, als er sah, wie ich mich quälte.

„Du hast uns vor ein Problem gestellt", fuhr der Schiffer fort. „Wärst du nur ein gewöhnlicher Mitbürger, hätten wir dich mit einer gehörigen Tracht Prügel und der Androhung ernsterer Dinge für den Wiederholungsfall laufen lassen, aber das geht ja nun nicht. Du bist ja 'n Bulle, und man kann schwedischen Polizisten nachsagen, was man will, aber nicht, dass sie Geheimnisse voreinander haben. Kämst du wieder in euer reizendes Haus in der Kungsholmsgatan hinauf, dann würdest du – davon bin ich überzeugt – vor Krethi und Plethi ausbabbeln, man sei hässlich zu dir gewesen."

Er seufzte und spielte den Teilnahmsvollen.

„Du tust mir leid, aber du begreifst sicher, dass du diesen Tag nicht überleben wirst. Ich verehre die Ärzte, die es wagen, ihren Patienten die Wahrheit zu sagen, und in gewisser Hinsicht bist du jetzt ja mein Patient, du verdammter Bulle. Die Symptome deuten auf einen schnellen Tod."

Er lachte, und mir wurde klar, dass er die Situation genoss. Der Schiffer war ein Mann, der gern den lieben Gott spielte, ein Mann, der über andere herrschen wollte, ein Mann, der mit einem Fingerknipsen über Leben und Tod entschied. Und nun entschied er über mein Leben, und er hatte mit dem Finger geknipst.

„Wir haben uns Gedanken darüber gemacht, auf welche Art du zu Harfe und Flügeln kommen sollst. Unser Freund aus Polen hat natürlich mit seinem trefflichen Messer gewinkt, doch das stößt auf gewisse Schwierigkeiten. Du musst wissen, wir haben diese Wohnung für kurze Zeit als Untermieter übernommen, und der Eigentümer würde sich bestimmt nicht freuen, wenn Blutflecke auf dem Teppich wären. Er würde vielleicht sogar zu deinen Kollegen laufen. Weiß man denn, was für Grillen sich die Leute in den Kopf setzen? Stanislaw hat zwar erklärt, es würde kein Tropfen Blut nach außen dringen, aber man kann ja nie wissen."

Er vermochte das Lachen nicht mehr zu unterdrücken, das in seinen letzten Worten bereits geblubbert hatte. Da geschah etwas Unerwartetes: Tobbe richtete seine kalten Augen auf ihn.

„Du quasselst zuviel, Schiffer!"

Das Lächeln des Schiffers wurde ein wenig forciert.

„Was willst du damit sagen, lieber Freund?", fragte er weich.

„Ich bin nicht dein lieber Freund, und ich mag dein Gequassel nicht. Der Bulle fährt zur Hölle, du aber hör gefälligst mit deinem Geblödel vom Tod auf. Ich hatte auf der Penne mal 'nen Biolehrer, der quatschte genau wie du. Er tat so, als liebe er einen, und dann kriegte man eine geknallt. Ich habe den Satan gehasst – und du machst es ebenso wie er. Du bist ein widerliches Schwein, Schiffer."

Der Schiffer sah ihn lange an, die freundliche Maske war von ihm abgefallen; er sah nur noch kalt und bösartig aus. Tobbe starrte ihn genauso an.

„Na ja", meinte der Schiffer, „du brauchst ja nicht hinzuhören, und ich werde an deine Worte denken. Ich habe mit unserem verehrten Bullen hier noch einiges mehr zu bereden und denke, du gehst solange in die Küche und genehmigst dir ein Bier."

Tobbe zog eine verächtliche Grimasse und verschwand. Rixen und Jonne sahen ihm nach. Stanislaw musterte mich und schien zu bedauern, dass man seiner Geschicklichkeit mit der Stichwaffe nicht traute. Der Schiffer wurde wieder verspielt heiter.

„Ich will dich nicht mit allzu langen Einzelheiten ermüden, aber wir hatten recht viele treffliche Vorschläge, wie du dieses Jammertal verlassen sollst. Leider waren die meisten mit erheblichen Nachteilen behaftet. Wir müssen doch die Schale der Polizistenseele hinterher spurlos verschwinden lassen. Mir fiel etwas Wunderbares ein. Etwas ganz Wunderbares. Du weißt ja, man hat seine Verbindungen nach verschiedenen Seiten. Na ja, wie gesagt, ich will dich nicht mit Einzelheiten ermüden, aber es wird wirklich angenehm für dich, wenn du deine letzten Augenblicke erlebst. Fast könnte ich dich beneiden. Ein ganz einmaliger Tod!"

Er erhob sich und sah auf die Uhr.

„Wir werden dich jetzt deinen letzten Gedanken überlassen. Vielleicht willst du auch beten, was weiß ich. Ich bedaure nur, dass wir keinen Feldprediger haben; aber es wird wohl auch so gehen. Jonne leistet dir solange Gesellschaft."

Grinsend verließ er den Raum, die anderen folgten ihm. Jonne setzte sich auf den Stuhl, auf dem eben noch der Schiffer gesessen hatte. Mäuschenstill hockte er da und sah mich an. Er hatte den Befehl, mich zu bewachen, und würde die Instruktionen bis ins kleinste Detail befolgen. Er arbeitete wie ein Roboter, und als ich mich mit einem dumpfen, würgenden Stöhnen umdrehte, trat er mir gegen das verletzte Bein, nicht aus Bosheit, sondern nur, weil meine kleine Bewegung den Wunsch andeuten konnte, ich wollte mich frei machen.

Mein ganzer Körper schien zerfetzt, und ich hatte große Mühe, durch die Nase zu atmen, da geronnenes Blut die Luftzufuhr behinderte. Schmerzen überall, sterben aber wollte ich nicht. Auf welche Weise wollten sie mich wohl töten?

Das Risiko, misshandelt zu werden, gehört zum Alltag des Polizisten. Man kann getreten, mit harten Gegenständen geschlagen, mit Messern gestochen werden, man kann eine zersplitterte Flasche ins Gesicht bekommen, kann mit Steinen beworfen werden. Stets läuft man Gefahr, körperliche Schäden davonzutragen. Aber ich hatte noch nie von einem vorsätzlichen Mord an einem Polizisten gehört. Polizeibeamte sind bei ihrer Arbeit beschossen worden, hin und wieder mit tödlichem Ausgang. Dies geschah jedoch in explosiven Augenblicken, in denen der Kampf zwischen dem Angegriffenen und dem Polizisten im Gange war und ersterer jede Chance nutzte, um zu entkommen.

Mich jedoch würden sie umbringen, überlegt und ruhig, und ich konnte sie nicht daran hindern, konnte nicht um mein Leben kämpfen, konnte meine Büttel nicht einmal um Gnade anflehen, die sie mir doch nicht gewähren würden. Als Polizist war ich gefährlich für sie. Sie wussten, dass sie mich nicht mit Drohungen zum Schweigen bringen konnten; das hatte der Schiffer recht gut erkannt. Tobbe und wahrscheinlich auch Rixen waren Torpedos, damit vertraut, Menschen zu misshandeln und zu bedrohen. Und die Grenze zwischen schwerer Misshandlung und Mord ist äußerst schmal. Jonne würde eine ganze Kompanie töten, wenn man es ihm befahl. In seinem kleinen Gehirn war kein Raum für Überlegungen. Stanislaw war bereits ein Mörder. Dem Schiffer bereitete der Gedanke, ein Leben auszulöschen, sichtliches Vergnügen; er war eindeutig anormal veranlagt. Polizist sein im Stockholm von heute, sehen, wie die Gewalt sich überall breit macht, unaufhaltsam wie eine Flutwelle – und so wenig dagegen unternehmen zu können!

Ungeachtet der Blicke Jonnes versuchte ich, mich in eine andere Lage zu wälzen; ich war bereit, Tritte und Schläge hinzunehmen, wenn ich mich nur anders hinlegen konnte. Das steife Daliegen war unerträglich. Unablässig bohrten die Gedanken. Eine ganz einmalige Todesart. Was meinte er damit? Wie sollte ich sterben? Wie viel Zeit blieb mir noch, bis … Den Tag nicht überleben! Es war mittlerweile Abend, nahm ich an. Die Lampe an der Decke brannte, die Rollgardine war von tiefem Blau.

Ja, bestimmt war es bereits dunkel. Die Januarkälte draußen war schneidend, doch ich hätte sie gern wieder verspürt. Wünschte, den eisigen Wind an den Wangen zu fühlen. Wünschte, zur U-Bahn gehen und nach Hause fahren zu können. Meine Wohnung zu betreten. Die Wärme zu spüren, die mir dort entgegenschlug. Mich in den großen, weichen Sessel zu setzen. Das Hemd aufzuknöpfen. Miles Davis aufzulegen und die Töne mit ihrer weichen Heiterkeit den Raum füllen zu lassen. Ich wünschte mir, einfach nur Mensch zu sein, Herr über das eigene Leben.

Wie sollte ich sterben? Was meinte er mit dem einmaligen Tod? Was war ein einmaliger Tod? Der Tod ist doch immer einmalig für den, der ihn erleidet. Ein Drama, in dem der Betroffene die Hauptrolle spielt. Aber man kann ja dem Tod auf so vielerlei unterschiedliche Weise begegnen. Im Bett liegen, von einem Auto überfahren werden, einen Schuss ins Herz bekommen, ertrinken, langsam hinüberdämmern – es gibt tausend Arten, die Grenze zu überschreiten. Aber auf welche Weise sollte es in meinem Fall geschehen? Auf die tausendunderste Art? Warum hatte der Schiffer so ungemein zufrieden ausgesehen? Was hatte sein erfindungsreiches Gehirn ausgeknobelt? Den Tag nicht überleben … Nur noch Stunden. Vielleicht nicht einmal das. Wie sollte ich sterben?

Die Ewigkeit verteilte ihre armseligen Augenblicke in Portionen, während ich bewegungsunfähig am Boden lag und überlegte, auf welche Art die Welt Roland Hassel wohl loswerden würde. Ob Cilla mich vermisste? Eine kurze Zeit vielleicht – Bedauern oder Konvention; aber dann würde ich für sie vergessen sein. „Mein verstorbener erster Mann …“ Nur ein kleiner Einschub im Leben einer Frau. Meine Freunde. Welche Freunde? Ja … doch, ich hatte Freunde. Vielleicht. Aber keine richtigen … Mein Brüderlein würde vielleicht trauern. Torsten war in Ordnung. Großer Chef bei Unilever. Luxuriöses Büro. Ruhe. Farbige Telefonapparate, junge, tüchtige Sekretärin, Bombengehalt. Aber Torsten würde mich betrauern. Torsten mit seinem klugen Kopf. Der niemals den Überlegenen spielte. Nein, Torsten war schon prima. Wenn ich bloß wüsste, wie ich sterben sollte …

Jemand betrat die Wohnung. Ich hörte, dass an der Tür geklingelt und gleich darauf leise gemurmelt wurde. Dann das ewige verhasste, gemütliche Lachen des Schiffers. Schritte auf den Raum zu, in dem ich lag. Die Tür wurde aufgestoßen. Und dann die Stimme des Schiffers: „Ja, Bulle – nun geht's auf deine letzte Fahrt!“

10

Der Schiffer und die beiden anderen trugen gelbe Overalls, die mir sehr bekannt vorkamen. Er warf auch Jonne einen zu.

„Hier, stülp dir das über!“

Jonne stand auf, kroch in den Overall und knöpfte ihn zu.

„Wir sehen vielleicht nicht gerade schön aus“, sagte der Schiffer entschuldigend zu mir. „Aber die Overalls für die Stockholmer

Kommunalarbeiter werden nicht von Dior geschneidert. Man muss schon nehmen, was man kriegt."

Rixen schleppte eine Persenning in das Zimmer, doch der Schiffer winkte ab.

„Zuwenig Platz hier drin. Tragt den Satan von Bullen lieber in den großen Raum."

Jonne und Tobbe schleiften mich in den Nebenraum, und ich schlug mit dem Rückgrat auf die Türschwelle. Tobbe hatte mich am Bein gepackt, und ich stöhnte hinter dem Knebel vor unerträglichen Schmerzen, als er die Finger in die Trittwunde presste, um besser zugreifen zu können. Jonne und Tobbe schoben Möbel beiseite, und Rixen rollte die graue Persenning auseinander. Stanislaw sah zu und wirkte ein wenig irritiert in seinem gelben Overall. Sie schleiften mich auf den einen Rand der Persenning, und ich nahm den herben Geruch von rauem Segeltuch war, das lange im Freien gelegen hatte. Der Rand der Persenning wurde über mich geschlagen; dann rollten Jonne und Tobbe mich in den Stoff ein.

„War das nicht Kleopatra, die sich so einrollen ließ, um sich ungesehen zu Antonius bringen zu lassen?", fragte der Schiffer. „In einen Teppich? Ich weiß es nicht mehr genau. Mathematik war in der Schule mein bestes Fach, nicht Geschichte; aber das kann dir ja gleich sein, du Drecksbulle."

Rundherum, immer rundherum, und immer mehr Persenning legte sich um mich. Mein Kopf war einen halben Meter von dem einen Rand entfernt, und wenn ich nach oben blickte, konnte ich wie durch ein abgeflachtes Rohr hinausschauen.

„Auf geht's! Angepackt, Jungs!"

Sie hoben die Rolle an beiden Enden an, und einer stützte in der Mitte. Wie eine Wurst wurde ich aus dem Zimmer getragen. Schemenhaft tauchte ein paar Mal der grüne Anstrich des Treppenhauses in meinem Blickfeld auf. Die Haustür wurde geöffnet, und die Kälte drang sofort in die Persenningrolle ein. Flüchtig gewahrte ich einige Schneeflocken im Schein einer Straßenlaterne und dann einen gelben Lkw. Sie blieben einen Augenblick mit mir stehen, dann quietschten Scharniere. Man warf mich auf die Ladefläche, und ich schlug mit dem Rücken auf. Mein Stöhnen drang nicht durch das dicke Gewebe.

„Rixen fährt, Jonne und Tobbe steigen vorn mit ein, der Pole und ich sitzen hinten bei unserem Liebling."

„Du opferst dich gern, was?", hörte ich Tobbe sagen.

„Wieso?"

„Es macht dir wohl Spaß, neben dem Bullen zu sitzen. Pfui Teufel, was bist du doch für 'ne miese Figur, Schiffer!"

Die Stimme des Schiffers wurde wütend und schrill.

„Ich bestimme hier, und damit basta! Los, vorne rein und mach deinen Kram. Wir reden über das Ganze noch ein andermal."

„Mein letzter Job mit dir", knurrte Tobbe, und dann hörte ich, dass er in die Fahrerkabine stieg.

Sie hatten das Ende der Persenning zugestopft, so dass ich nur noch einen schwachen Lichtschein wahrnehmen konnte. Eine leichte und eine schwere Person sprangen auf die Ladefläche; dann hörte ich, dass man einige Gurte festschnallte. Die Ladefläche war also verdeckt, und sie konnten dort sitzen, ohne Aufmerksamkeit zu erregen. Das Auto fuhr an. Wohin? Was würde geschehen? Die leise Stimme des Schiffers, vor Wonne schnurrend, drang an mein Ohr:

„Wir wollen dich ein bisschen informieren, damit du nicht völlig ahnungslos in das große Dunkel gehen musst. Ja, du sollst wissen, mein lieber, dreckiger Bulle, dass wir auf einem Lkw der Stockholmer Stadtverwaltung fahren. Das steht auch auf dem Auto. Und wir tragen Overalls der Stadtverwaltung. Du wunderst dich wahrscheinlich, was diese Maskerade soll ..."

Seine Stimme kollerte vor Vergnügen wie die eines Truthahns.

„Ich bin so etwas wie ein Psychologe. Wenn man entsprechend angezogen ist und sich verhält wie andere in der gleichen Situation, interessiert es kein Aas, was man macht. Alle glauben, man sei mit etwas völlig Legitimen beschäftigt. An der Stelle, wohin wir dich bringen, erregen wir keinerlei Aufmerksamkeit, wenn wir hantieren wie Kommunaljobber."

Seine Stimme sank um eine Oktave, und er flüsterte in die Öffnung der Persenning:

„Wohin wir dich bringen und wo du sterben wirst! Wo du sterben wirst, du verdammter Bulle!"

Ich glaubte, einen leichten, tätschelnden Schlag am Körper zu verspüren, fast wie eine Liebkosung. Der Schiffer liebte mich, weil ich ihm einen Genuss verschaffte, dem ihm kein anderer, keine Frau, niemand zu geben vermochte. Aber früher oder später würde er von meinen Kollegen gefasst werden. Man würde seinen Geisteszustand gründlich untersuchen. Er würde in Sicherungsverwahrung kommen. Der Schiffer war das, was man früher einen Psychopathen nannte. Dergleichen sollte es ja nicht geben, wie ich in den Zeitungen gelesen hatte. Ich war mir da nicht so sicher. Die Debatte wurde ja von so vielen Stimmen bestritten. Aber wenn der Begriff Psychopath wieder zu Ehren kommen sollte, dann war der Schiffer ein Mensch, auf den die Bezeichnung zutraf.

Früher oder später würde man ihn festnehmen. Für mich zu spät …

Das Auto bog scharf von der Straße ab; der Weg wurde holprig und abschüssig. Eisige Kälte breitete sich in mir aus, eine Kälte, die nicht von der winterlichen Luft herrührte. Erst jetzt begriff ich, was geschehen würde. Das Eis des Todes und des Entsetzens ließ mir das Blut in den Adern erstarren. Jetzt, jetzt … Gleich! Wir mussten am Ziel sein. Bald würde ich nicht mehr existieren. Mir war übel, das Würgen des Knebels ließ mich fast erbrechen, doch im letzten Augenblick konnte ich es noch unterdrücken. Der Erstickungstod durch Erbrechen hätte bedeutet, dass ich ihnen zuvorkam, aber ich wollte die Sekunden strecken.

Das Auto hielt. Jemand sprang aus der Fahrerkabine, und dann hörte ich Jonne rufen:

„Niemand hier!"

Die Plane wurde aufgeschnallt, und der Schiffer sprang vom Wagen. Offenbar inspizierte er den Ort, und ich gab mich verzweifelten Gedanken hin. Gab es denn keine Möglichkeit … Nein. Ich konnte mich nicht rühren. Konnte nicht einmal sprechen. Es gab keine Möglichkeit. Mein Lebensfunke war am Erlöschen.

Der Schiffer kam zurück.

„Du sollst dein Grab sehen. Wird spannend, was?"

Er rollte so viel von der Persenning auf, dass ich etwas sehen konnte. Anfangs wusste ich nicht, wo ich mich befand. Auf alle Fälle in einer mächtigen Grube. In einiger Entfernung erblickte ich hohe Wälle von braunem Sand. Weit oben Häuserfassaden, schräg über mir Stahlskelette schmaler Brücken … Aber kannte ich die Fassade des einen Hauses nicht? Und den Kirchturm? Doch …

Plötzlich, als habe es in meinem Gehirn einen Ruck gegeben, wusste ich, wo ich mich befand. In der großen Baugrube, wo zuvor der Brunkebergstorg gewesen war. Irgendwo zwischen Drott ninggatan und Brunkebergsgatan. Hoch oben verliefen die provisorischen Fußgänger- und Autobrücken, und der Lichtschein, der von ihnen ausging, drang schwach in die sonst völlig dunkle Tiefe. Ich konnte mehrere Einzelheiten erkennen. Auf den Wällen sah ich schemenhaft herausgerissene Blechrohre, Bohlenenden und Bruchholz. Und einen Schuppen, aus dem lange Eisenstangen herausragten, vermutlich ein Lager für Armiereisen. Blaue und graue Arbeiterbaracken.

„Weiß du nun, wo wir sind, mein lieber Bulle? Mein geliebtes kleines Bullenschwein?"

Der massige Schiffer war in so verzückter Stimmung, dass sich seine Stimme beinahe überschlug. Aber was würde nun hier in der Brunkeberg-Baugrube geschehen? Ich blickte auf große Betonflächen, aus denen einzelne gebogene Eisenstangen wie anklagende Finger herausragten. Der Schiffer kroch ganz dicht an mich heran und flüsterte mit geifernder Stimme:

„Ich kenne einen, der zufällig hier jobbt. Er ist sogar so was wie 'n kleiner Polier. Er pariert mir, verstehst du, und er gehört zu einem Bautrupp, der hier Betonfundamente gießt. Und nun pass auf! Er hat einen Betontransporter für Überstunden bestellt, ist sogar selber hingegangen und hat ihn abgeholt. Tüchtiger Mann, dachte die Betonfirma. Ich auch. Um diese Zeit, halb zehn abends, sind wir hier ungestört. Wir sind ganz allein."

Betonfundamente? Was … Beton …? Ein schwindelnder Schreckensgedanke ließ meinen Nacken zu einem Stück Eis erstarren.

„Ich bin in der Kommunalpolitik nicht so bewandert", fuhr der Schiffer fort, den Mund an meinem Ohr. „Deshalb weiß ich auch nicht, was man hier gerade bauen will. Du verstehst, der Beton, in den wir dich packen werden, ist vor dem Erstarren wie bodenloser Flugsand. Stell dir vor, wie du langsam in die Pampe einsinkst! Wie der Beton um deinen Kopf quillt!"

Er kicherte aufgeräumt.

„Du sinkst bestimmt bis auf den Grund, bevor der Beton fest wird. Wie gesagt, vielleicht bauen sie einen Bankpalast über dir. Ist doch ein schöner letzter Gedanke, was? Dass weit oben ein Millionär über deinem Kopf dahintrabt. Man sollte es mit allen Bullen so machen, sollte sie als Betonfüllsel verwenden."

Rixens Gesicht erschien in der Öffnung der Plane.

„Vicke kommt!"

„Gut. Dann kann die Vorstellung gleich losgehen. Wie gefällt dir die Schlagzeile: ‚Der Mann, der im Beton erstickte!'? Großartig, nicht?"

Ein schweres Auto kam dröhnend näher.

„Da, sieh mal, du Bullenaas – so kann ein Leichenauto auch aussehen!"

Ein Betontransporter mit rotierendem, blaugestreiftem Mischbehälter kam langsam herangefahren und stoppte. Ein Mann sprang aus der Fahrerkabine und ging mit schnellen Schritten auf den Schiffer zu.

„Seid ihr soweit?", fragte jemand mit heiserer Alkoholikerstimme.

„Schon lange. Wie viel Beton hast du mit?"

„Zweieinhalb Kubik. Reicht dicke, es bleibt noch was übrig. Habe tüchtig Wasser beigemischt, schöner weicher Teig."

Rixens aufgeregtes Gesicht tauchte plötzlich auf wie ein Dia auf der Leinwand.

„Da kommt so 'n Aas mit 'ner Lampe. Hat wohl auch 'n Hund mit!"

Blitzschnell schlug der Schiffer die Persenning über mich und sprang abermals vom Wagen. Seine Stimme klang unberührt ruhig und gemütlich.

„Grüß dich! Gehst du auf Fuchsjagd?"

Eine fremde Stimme, abwartend und distanziert:

„Ich bin der Wachmann. Was macht ihr hier?"

„Wir wollen den Beton überprüfen. Die Kumpels wollen morgen 'ne Sohle gießen, aber der Polier behauptet, es wäre da so 'n neues Zeugs in der Mischung, und da woll 'n wir prüfen, ob er bis morgen richtig abbindet."

Wenn man einen Knebel im Mund hat, ist es schwer, einen Laut hervorzubringen. Trotzdem versuchte ich, weit unten im Hals zu stöhnen: „Hör mich … hör mich …!"

Der Schiffer fuhr in seinem scherzhaften Ton fort:

„Aber ist das nicht zum Kotzen? Die Alte hat Geburtstag, wir haben 'nen halben Liter Sprit besorgt und wollten 'n bisschen feiern, und da muss man hier rausfahren und jobben. Typisch! Und im Fernsehen läuft auch grade so 'n schöner alter schwedischer Film. Thor Moden, der immer so prima spielt und da muss man nun hier rumlungern und frieren."

Es blieb ein Weilchen ruhig. Ich stieß knurrende Laute aus und spürte, dass draußen an der Persenning eine Hand nach meinem Mund tastete. Sie musste Stanislaw gehören, der ja noch auf dem Lkw saß.

„Bleibt ihr lange hier?"

„Vielleicht 'ne halbe Stunde. Ich glaube nicht, dass da was mit dem Beton ist. Bestimmt bindet er gut. Wir wolln uns hier nicht häuslich niederlassen. Beschissener ist es ja für dich, du musst doch wohl die ganze Nacht hier rumlatschen?"

Die Stimme des Wachmannes klang freundlicher.

„Na ja, ich habe meine Runden. Die Leute klauen ja auf den Baustellen wie die Raben. Komm, King!"

Die Schritte des Wachmanns entfernten sich. Meine einzige Hoffnung – und sie war von vornherein nur schwach gewesen. Die Wagenplane wurde hochgeschlagen, und der Schiffer kam wieder herauf.

„Die Gefahr ist vorbei, du kannst dich wieder über deinen Heimgang freuen."

Vickes heisere Stimme ertönte:

„Fangen wir nun an mit Füllen?"

„Wüsste nicht, worauf wir noch warten sollten. Mein lieber kleiner Bulle liegt hier und sehnt sich danach, im Beton zu ersticken. Wir wollen ihn nicht enttäuschen. Lass die Schmiere reinlaufen."

Der Wagen mit der Mischtrommel fuhr rückwärts an einen Holzrahmen heran, und die Trommel neigte sich allmählich. Der Schiffer gab diensteifrig technische Erläuterungen.

„Der Beton, den sie hier sonst verwenden, ist vibriert, aber das wäre nicht das Richtige. Darin würdest du ja nicht einsinken. Dieser Beton aber, siehst du, ist so hübsch unvibriert und so mit Wasser angereichert, dass du keinen Widerstand finden wirst, wenn du erst in der Suppe gelandet bist."

Eine Klappe wurde geöffnet, und die Mischtrommel erbrach grauen, flüssigen Beton. Während sie sich leerte, trat Vicke an den Schiffer heran und sagte:

„Müßte etwa drei Meter hoch werden. Das reicht."

Der Grabesbeton floss aus seinem Behälter.

Der Schiffer streichelte mir die Wange, als hielte er ein geliebtes Kleinkind in den Armen. Mein Bein schmerzte, als wolle es zerspringen.

„Nun wird der Schiffer dem kleinen Bullen noch einiges erzählen. Eine gewöhnliche Sohle ist nicht so dick, nur etwa einen Meter, aber man muss ja auch Tragpfeiler gießen. Du verstehst, man wird große Häuser über dir bauen, und da müssen die Dinger halten. Du landest zwölf Meter tief unten in der Säule, wenn du ankommst und nicht mehr sinkst. Denk daran, dass du ordentlich stirbst, denn der Beton wird dann fest, und du bleibst für ewige Zeiten in deiner Todesstellung erhalten."

Hörte der Beton denn niemals auf zu fließen? Er strömte in das Loch, in dem ich lebendig begraben werden sollte.

„Der Vicke hier, ein tüchtiger Kerl, achtet morgen früh darauf, dass das Loch zugegossen wird. Alles ist genau durchdacht und klar, man braucht den vibrierten Beton nur hineinzugießen, und keinem wird dabei auffallen, dass das Loch statt zwölf nur neun Meter tief ist. Das macht der tüchtige Vicke, nicht wahr?"

Heiseres Lachen.

„Ich garantiere für das Gießen."

Der Schiffer versetzte mir einen liebevollen Klaps.

„Hab ich dir nicht einen einmaligen Tod versprochen? Oder kennst du jemanden, der schon als Füllsel in der Brunkeberg-Baugrube steckt?"

Der Beton hörte auf zu fließen. Vicke sprang in die Fahrerkabine, der birnenförmige Tank wurde langsam herumgeschwenkt und die Klappe geschlossen. Rixen sprang vor, er schien nervös zu sein.

„Sollten wir nicht 'n bisschen hinmachen?"

Der Schiffer sah mich an – mit einem langen Blick voller Hass und Wonne.

„Rein mit ihm!"

Alle packten an. Sie trugen die Persenning hinüber an den Holzrahmen, eine Betonform, und tuschelten dabei leise.

„Wenn jemand sehen? Oben da?"

Der Pole zeigte hinauf zu der Fußgängerbrücke.

„Um diese Zeit stellt sich dort keiner hin und glotzt. Es ist zu dunkel. Außerdem liegt der Satan ja tief unten in einem Loch. Und jetzt runter mit ihm!"

Sie legten die Persenning auf den Boden und rollten mich heraus – schnell und konzentriert. Kein Zweifel, sie würden jetzt einen Menschen töten, und dann wollten sie rasch wieder weg.

Der Pole fingerte an meinem Handgelenk herum, und meine Uhr verschwand in seiner Tasche. Belanglos. Im Totenreich braucht man keine Uhr.

„Wartet mal noch!"

Vicke rannte zu dem Transporter und kam mit einem Strick zurück.

„Man könnte es vielleicht hören, wenn er reinklatscht. Wir seilen ihn erst ein Stück ab, und dann lassen wir los."

„In Ordnung", sagte der Schiffer und sah mich mit strahlenden Augen an. „Er soll nicht einfach runtersacken wie 'n Stein. Er soll noch ein Weilchen Zeit haben."

Tobbe warf ihm einen verächtlichen Blick zu. Er tat, was er tun musste, hatte aber keinen Spaß daran. Sie griffen mir unter die Arme und trugen mich an den Rand des Loches. Vicke zog ein Seil unter meinen auf den Rücken gebundenen Armen hindurch.

„Und nun seilen wir ihn ab!"

Der Schiffer hob meine Beine über den Rand. Die Säule war nicht dick, der Durchmesser betrug weniger als einen Meter. Dann baumelte ich an einem Strick und sank nach unten. Sie seilten mich ab und hielten dabei beide Enden des Stricks. Ein Meter … zwei Meter … drei …

„Loslassen!"

Sie gaben das eine Strickende frei. Ich schlug mit dem Kopf gegen die Säulenverschalung, meine Beine schleiften daran, aber nichts vermochte den Fall aufzuhalten. Ich versuchte zu schreien, doch es wurde nur ein gequälter Jammerlaut.

Die Füße platschten in den Beton. In einer verzweifelten Hoffnung hatte ich gedacht, er sei vielleicht schon ein wenig erhärtet, so dass er mich aufhalten würde, aber meine Füße und Beine glitten in eine Art dicken, ekelhaften Milchbrei. Bevor ich zur Seite fiel, war ich bis zu den Hüften in dem Beton eingesunken, und nichts hinderte meinen Körper daran, die Fahrt in die Tiefe fortzusetzen. Mein Gesicht tauchte ein. Ich streckte den Rücken und bekam den Kopf wieder aus dem Brei heraus. Weit, weit oben hörte ich die Stimme des Schiffers.

„Nun nichts wie weg! Den letzten Meter muss der Bulle allein schaffen."

Die Betonmasse saugte mich gierig in die Tiefe, ich war schon bis zur Brust darin versunken. Wenn ich mich nicht bewegte, sondern mich völlig reglos verhielt, sank ich etwas langsamer. Mein Gesicht war voller Sand und Kalk. Im Mund spürte ich widerlich schmeckendes Wasser, das in den wenigen Sekunden, die mein Kopf in die Masse gedrückt wurde, durch den Knebel eingedrungen war.

Die Autos starteten und fuhren davon, ich glaubte ein heiseres Lachen zu hören.

Es wurde still um mich. Keine Lichter, kein einziger Mensch, nichts – nur ein unendlich langes Rohr über mir.

Der Beton leckte in den Achselhöhlen. Tiefer, immer tiefer sank ich ein.

Ich war allein in meinem Grab.

11

Der raue Betongeruch war würgend widerlich. Kalt und scheußlich. Ein Geruch des Todes ... Ich wollte schreien, doch der Lappen in meinem Mund erstickte alles. Der Laut wurde zu einem Schluchzen, das in dem langen Grabesrohr seltsam widerhallte.

Meine Füße fanden noch immer keinen festen Halt. Den gab es erst einige Meter tiefer, aber dann würde ein Meter Beton über mir stehen. Später würden über mir Fußböden gegossen werden. Wer sie entlangging, konnte nicht ahnen, dass tief unter ihm die kläglichen Reste eines verreckten Polizisten lagen. Wie nannte man eigentlich diese Todesart? Ertrinken? Ersticken?

Die Schultern waren nun unter dem Beton. Ich konnte die Oberfläche der Masse sehen, die mich grau und rau umgab. Ja, sehen! In wenigen armseligen Sekunden würde ich sie von unten sehen. Die Augenhöhlen würden sich mit dem sandigen Milchbrei füllen. Ich wollte das Gesicht nach oben richten, doch das würde das Leben nur um eine Sekunde verlängern. Eine Sekunde, während der ich mit schmerzenden Augen auf den kleinen, runden Fleck des dunklen Himmels starrte, der über der Rohröffnung sichtbar war. Und dann ging's hinab …

Mein Kinn tauchte ins Nasse. Der Beton war kalt, und mir war, als würde ich vom Tod selbst umarmt. Die Kälte kroch mit eisigen Fingern an die Haut und lähmte mich. Die Füße konnte ich nicht bewegen, trotzdem bahnten sie meinem Körper den Weg.

Die Ohrläppchen. So nahe am Gesicht, schien der Beton schon in die Nasenlöcher einzudringen, noch ehe er sie erreicht hatte. Ich spannte alle Muskeln zu einem letzten, vergeblichen Versuch, doch die Lederriemen dehnten sich nicht einmal. Roland Hassel gab auf. Er war ja nicht der erste, der starb. Viele würden ihm nachfolgen. Was dachte ich da? Alle würden folgen! Alle würden wir uns jenseits der Grenze treffen. Dort würden wir schweigend Seite an Seite liegen und uns mit leeren Augenhöhlen anstarren.

„King! Was hast du, King? Hierher!"

Der Beton kämpfte mit meinem Mund. Ich streckte die Kiefer nach oben, aber es war ein ungleicher Kampf. Das sandige Chemikalienwasser fand durch die Mundwinkel seinen Weg.

„Was hast du denn?"

Ein kläffender Laut. Das kurze Jappen eines Hundes. Ein schwarzer Schatten über der Öffnung.

„Hast du was gefunden, King?"

Der Betonbrei stand drohend vor meinem Mund. Gleich würde er hereinquellen. Wie viel konnte man schlucken, bis man …? Ein blendender Lichtkegel traf meine gepeinigten Augen.

„Ist da jemand? Ist da … aber … was in Gottes Namen?!"

Und dann schrie jemand mit aller Kraft:

„Hilfe! Hilfe!"

Meine Halsmuskeln dehnten sich. Die Betonsuppe füllte die Mundhöhle. Hastende Schritte. Weitere Lichtkegel huschten vorbei. Erregte Stimmen.

„Was ist los, Gösta?"

„Hat man dich überfallen?"

Darauf die fast weinerliche Stimme des Wächters.

„Ein Mann steckt im Beton, in dem Loch. Weiß nicht, ob er reingefallen ist oder … Schnell, ein Seil!"

Mein Kopf war voll von Betongeruch.

Gleich … gleich … unter die Oberfläche … nie wieder hinauf …

„Ist an der Bude. Lauf, zum Teufel!"

Würde der Beton auch in mir erstarren? All das, was ich jetzt schlucken musste? Die Betonoberfläche lag nun fast auf gleicher Höhe mit meinem nach oben gewandten Gesicht.

„Ich bin am dünnsten. Lasst mich schnell runter, Jungs! Armer Teufel! Lebt er noch? Scheint so … schneller!"

Ein Lichtschein tanzte über die Rohrwand. Was tat sich da? Lasst mich in Frieden! Ich bin im Begriff zu sterben.

Zwei Zentimeter noch, und der Beton fließt über meinem Gesicht zusammen.

„Ruhig. Das wird schon!"

Eine Hand tastete sich durch den Beton und packte mich am Kragen. Ich wurde für einen Augenblick niedergedrückt, und alles wurde zu einer grauen Haut.

„Ziehen! Los, zieht kräftig!"

Langsam, unendlich langsam kam mein Kopf wieder über den Beton.

„Ich leg ihm das Seil um die Arme …"

Die Hand planschte in dem Brei. Ein Strick wurde um mich herum gezogen. Hatte ich nicht eben noch einen anderen Strick um den Körper gehabt?

„Er lebt, ich sehe, dass er blinzelt! Haltet das Seil fest!"

Der Mann kletterte an dem Seil hinauf und verschwand über den Rand des Rohrs. Mir war alles unendlich gleichgültig. Sollte geschehen, was da wollte. Das Seil straffte sich, man zog mich nach oben. Der Tod im Beton wurde seiner Beute beraubt, und mir war, als spürte ich den Druck seiner Klauen am ganzen Leib.

„Anziehen … !"

Ich schlug gegen die Wand. Mit einem gurgelnden Laut verließen meine Füße den Beton. Das Seil schnitt unter den Armen ein.

„Seht mal! Er ist gefesselt! Man wollte ihn ermorden!"

Ich wurde über den Rand gehoben und auf die Erde gelegt. Einen Augenblick lang starrten mich die Männer wie gelähmt an. Dann kehrte ihre Tatkraft zurück.

„Raus mit dem Fetzen aus dem Maul!"

„Ich schneide den Strick durch."

„Wer ruft die Polizei an?"

„Polizei? Erst mal die Ambulanz!"

Der Knebel wurde gelöst. Betonwasser lief mir aus dem Mund. Ich versuchte etwas zu sagen, konnte es aber nicht. Die Lederriemen wurden durchgeschnitten. Meine Hände fielen kraftlos zur Seite. Waren das meine Hände, diese schweren, schlaffen Klumpen?

„Ich alarmiere die Ambulanz. Bewegt ihn nicht. Er kann schwer verletzt sein."

Einer rannte davon. Ich wollte sprechen. Einiges musste ich sagen. Hört doch! Steht nicht bloß herum! Mein offener, ekelhaft riechender Mund und der Unterkiefer bewegten sich wie bei einem Spastiker. Ein heiseres Zischeln und ein jammerndes Stöhnen.

„Will er etwas sagen?"

„Nein, er ist weggetreten. Wer zum Teufel kann wohl ..."

„Aber wartet mal, Jungs!"

Einer ließ sich neben mir auf die Knie nieder. Der Lichtkegel wurde abermals auf mein Gesicht gerichtet. Der Mann selbst befand sich neben der Lichtquelle; ich konnte ihn nicht sehen. Ich hustete Schleim und Sand aus und formte die Lippen zu einem Flüstern. Der Wächter beugte sich über mich und legte das Ohr an meinen Mund.

„Was willst du? Ich glaube, er sagt doch was. Aber was?"

Mein Mund versuchte sich aus seiner Verkrampfung zu befreien. Die Zunge kam mir vor wie eine tote Masse.

„Ruda."

Der Wächter schüttelte den Kopf.

„Was hat er gesagt?", fragte ein anderer voller Spannung.

„Ich glaube, er hat nicht mehr alle beisammen. Flüstert etwas von Ruda oder Bude."

Er musste mich verstehen. Es war wichtig. Es gab nichts Wichtigeres auf der Erde.

„Kommissar Ruda … anrufen … Ruda … Polizei … Ruda."

Der Wächter erhob sich.

„Er sagt, wir sollen einen Polizisten anrufen, der Ruda heißt. Ihr bleibt hier und wartet auf die Ambulanz. Ich rufe diesen Ruda an."

Plötzlich fühlte ich mich federleicht. Mein Körper war kein Körper mehr, er war ein schöner, schwebender Ball, der angenehm auf einem weichen Teppich sprang. Der Mann hatte mich verstanden. Er würde Ruda anrufen.

Leicht, ganz leicht fühlte ich mich.

Alles war weiß. Ganz weiß – rundherum. Die Gesichter, die sich über mich beugten, waren weiß. Ich hatte den Eindruck, aus einem weit entfernten Radioapparat Stimmen zu hören. Mehrere Gesichter summten vorbei wie Masken in einem seltsamen Kaleidoskop. Mir war, als spräche ich mit Papa. „Hattest du nicht eine Holzgasvergiftung, Papa?" – „Nein, das war ein Irrtum." – „Bist du nicht gleich nach dem Krieg gestorben, Papa?" – „Nein, das war ein Irrtum." – „Willst du mir etwas sagen, Papa?" – „Spiel nicht Fußball, wenn Andersson aus der Vier dich sehen kann. Er beschwert sich sonst beim Hauswirt." Dann fühlte ich mich wieder in den Beton hinab gezogen, glaubte tiefer zu sinken, zählte die Meter. Elf, zwölf, dreizehn … Schrie auf und war in kalten Schweiß gebadet. „Fünfzehn … sechzehn … siebzehn … Nein, nein, nein!" Entsetzen schüttelte mich, ich spürte einen stechenden Schmerz im Arm. Weit entfernte Stimmen. Weiße, weiße Gesichter.

Ich setzte mich in dem Krankenhausbett auf. Fühlte mich gestärkt wie nach langer, dringend gebotener Ruhe. War allein im Zimmer. Neben dem Bett lagen Früchte auf einem kleinen Tisch, die Weintrauben hatten sich schon ein wenig verfärbt, als faulten sie, doch sie schmeckten noch saftig. Als ich die Bettdecke wegzog, sah ich, dass eines meiner Beine einen kräftigen Stützverband hatte. Ich setzte den Fuß auf den Boden und belastete ihn allmählich. Es ging vorzüglich. Ich stolperte ein wenig, als ich zu gehen versuchte, war anfangs merkwürdig unsicher, im großen und ganzen aber war alles gut, bis auf den Umstand, dass mich das lächerliche Nachthemd beim Gehen behinderte. Auf dem kleinen Tisch befand sich ein Klingelknopf, und nach einigen Signalen kam eine Schwester in mittleren Jahren herein. Sie schlug die Hände zusammen.

„Aber Herr Hassel, Sie dürfen doch nicht aufstehen!"

„Warum darf ich das nicht? Wie lange liege ich schon hier?"

„Heute sind es fünf Tage. Und der Doktor …"

„Fünf Tage!"

Fünf Tage aus meinem Leben gestrichen. Ich fuhr tastend über die Bartstoppeln.

„Ich muss mich rasieren, bevor ich nach Hause fahre. Wo sind meine Sachen?"

Die Schwester schüttelte den Kopf.

„Sie können jetzt nicht nach Hause. Es ist noch zu früh. Außerdem haben Sie keine Sachen im Krankenhaus."

Das traf wahrscheinlich zu. Was ich getragen hatte, war bestimmt völlig hinüber.

„Wo kann ich telefonieren?"

„Ein Telefon für Patienten ist draußen auf dem Flur, Herr Hassel, aber …"

Auf dem Tisch lagen die Dinge, die ich in den Taschen gehabt hatte, was man hatte retten können. Ich nahm Kleingeld und ging hinaus in die Halle. Neben dem Telefon stand ein Stuhl, doch ich setzte mich nicht. Ich musste mir meine ausgezeichnete Form selbst demonstrieren. Dumpf rollend, wie üblich, grunzte Ruda seinen Namen. Seine Stimme bekam einen freudig erstaunten Klang, als er hörte, wer ihn anrief, und mich durchflutete eine warme Woge der Freude, dass ich noch existierte. Man braucht so wenig – nicht mehr, als dass sich jemand freut, wenn er von einem hört.

„Ich habe hier keine Sachen, Yngve. Lass doch bitte bei mir zu Hause einen Anzug und den Rasierapparat holen. Wo stecke ich übrigens?"

„Im Sabb – im Krankenhaus auf dem Sabbatsberg. Kannst du wirklich ..."

„Ja."

„Okay, ich komme selbst."

Die Schwester hatte einen Arzt geholt, einen jungen Mann mit zu kleinem Kinn, der den Mund zu einem Flunsch verzog. Er bemühte sich, dem Doktormythos von absoluter Autorität zu entsprechen, verschränkte die Arme über der Brust und maß mich mit einem gereizten Blick, als ich wieder ins Zimmer trat.

„Ich kann mich nicht erinnern, Sie gesund geschrieben zu haben, Herr Hassel!"

„Mag sein."

„Hier habe nun wirklich ich zu bestimmen, an welchem Tag Sie das Krankenhaus verlassen."

Ich war nicht in der Stimmung, den Hochmut seiner Innung zu nähren.

„Den Teufel haben Sie zu bestimmen! Sie können bestenfalls Empfehlungen geben. Ich fühle mich in der Lage, nach Hause zu fahren, also fahre ich nach Hause. Wenn ich merke, dass ich ins Krankenhaus muss, dann fahre ich ins Krankenhaus. So einfach ist das, und ich gebe Ihnen den Rat, nicht den Halbgott in Weiß zu spielen."

Das kleine Kinn klappte herunter.

„Sie werden in einem völlig zerschlagenen Zustand hier eingeliefert, und wir behandeln Sie –irgend eine Form von Dankbarkeit dürfte man doch eigentlich erwarten!"

Im Nachthemd ist man gehandikapt, aber ich war einen halben Kopf größer als er und konnte auf ihn herabsehen.

„Auf Dankbarkeit seid ihr Ärzte immer aus. Am liebsten sollten die Patienten wohl Opferkerzen für euch anzünden; aber der

Teufel sollte doch dreinfahren, wenn ihr bei eurem Gehalt hier keine gute Arbeit leistet."

Die Schwester drückte sich an die Wand und sah mich vorwurfsvoll an. Wie konnte ich es wagen, so mit dem Herrn Doktor zu reden!

„Sie verlassen das Krankenhaus auf Ihre eigene Verantwortung", sagte er aufgebracht. „Ich wasche meine Hände …"

„Ich kann ohne Schwierigkeit gehen. Es ist vielleicht noch eine Nachkontrolle erforderlich, und dazu werde ich mich einfinden. Habe ich mir irgendeinen Knochen gebrochen?"

„Nein, aber …"

„Na also! Jeder Job hat sein Risiko, und Schwellungen und Brüche muss man in Kauf nehmen, wenn man bei der Polizei ist. Ein anderer braucht mein Bett bestimmt dringender. Warum zum Beispiel nicht ein Nierenpatient, der sonst vielleicht sterben muss, ehe ihm Hilfe zuteil wird?"

Er antwortete nicht, machte auf dem Absatz kehrt und ging hinaus. Sein weißer Arztkittel flatterte, und seine Wangen glühten rot vor Verärgerung. Ich lächelte der Schwester zu.

„Sie habe ich nicht gemeint, Schwester. Aber Ärzte, die sich für kleine Götter halten, sind mir schon immer zuwider gewesen. Das sitzt in mir, seit sie meine Mutter verkehrt behandelt haben, als es ihr so schlecht ging … Die Ärzte gaben ihre Fehldiagnose nicht zu, und sie musste für den Rest ihres Lebens leiden."

„Doktor Ström ist sehr tüchtig", murmelte sie und verließ das Zimmer, ohne auf mein Friedensangebot zu antworten.

Nach einiger Zeit kam Ruda und trug ein großes Paket unter dem Arm. Er warf es auf das Bett und drückte mich an sich wie ein Bär.

„Junge", sagte er dumpf rollend, „es tut höllisch wohl, dich wieder auf den Beinen zu sehen! Hast du Hunger?"

Ich war hungrig, und er lud mich sofort zum Mittagessen ein. Es war halb vier. Als ich mit dem Anziehen eines klein karierten Sportanzugs fertig war, kam die Schwester ins Zimmer und bat mich mit verhaltener Stimme, die Scheine zu unterschreiben, die für meine Entlassung erforderlich waren. Ich bedankte mich bei ihr für die gute Pflege.

„Nichts zu danken! In einem Krankenhaus braucht man doch nicht dankbar zu sein, nicht wahr, Herr Hassel?"

Auf die schneidende Kälte war ich nicht vorbereitet, und Ruda prustete, als wir über die Straße zum Auto gingen.

„Ja, ja, wieder mal Nordpol! Letzte Nacht hatten wir achtundzwanzig Grad."

Der Fahrer des Wagens war ein Polizeibeamter, und wir begrüßten uns kameradschaftlich.

„Aurora!", bestimmte Ruda. „Du siehst aus, als hättest du eine tüchtige Portion Fleisch nötig."

Das Auto bog an der Munkbro ab und hielt vor dem schönen Petersenschen Palast. Ruda bat den Polizisten, zum Amt zurückzufahren. Unten im Kellergewölbe saßen nur wenige Gäste; es war noch zu früh zum Abendbrot und zu spät zum Mittagessen. Der Kellner richtete es so ein, dass wir einen Tisch für uns allein unmittelbar unter einem Rundbogen bekamen. Ruda studierte die Speisekarte.

„Das ist ein Festmahl, und bei meiner Seele, ich werde es aus eigener Tasche bezahlen. Und wenn wir mit sieben Fass Heringen beginnen müssten!"

Er sah mich fragend an.

„Wäre jetzt nicht ein Harter das Richtige?"

Ich nickte, und Yngve bestellte zufrieden zwei Skåne-Aquavit. Als die Gläser vor uns standen, hob Yngve das seine und brachte einen Toast aus.

„Fröhliche Wiederkehr, alter Junge! Eine Zeitlang glaubte ich wirklich, du wärst zur Hölle gefahren."

Der Alkohol durchflutete die Adern wie heiße Lava.

„Was hat sich inzwischen getan?", fragte ich. „Erzähl mir alles."

Yngve lud einen Berg Heringsstücke auf seinen Teller.

„Drei von der Bande haben wir fest. Der Pole und Torbjörn Axen sind noch auf freiem Fuß.“

„Wie konntest du denn wissen, wen du festnehmen musst?“

Er sah mich erstaunt an.

„Nachdem du ihre Namen genannt hattest, war das doch keine Kunst.“

„Hab ich das?“

„Du hast doch vier Stunden lang im Verbrecheralbum geblättert, das wir dir ins Krankenhaus gebracht hatten. Du kanntest ihre Spitznamen, und da war es wirklich nicht schwer. Erinnerst du dich nicht mehr?“

Ich überlegte. Hatte ich Fotos gesehen?

„Nein, da sind bei mir weiße Flecke. Schieß los!“

Ruda wischte sich Heringstunke von den Fingern.

„Möchtest du noch einen Harten? Nein? Ich denke, ich genehmige mir noch einen mit vier Sternen, und dann wollen wir uns an ein ordentliches Steak machen. Ja, es waren lauter alte Bekannte. Tobbe oder Torbjörn Axen ist ja ein uns wohlbekannter Torpedo und hat drei Jahre in Hall eingesessen – wegen Misshandlung eines Rentners. Rixen heißt Einar Andersson, aber er trieb sich vorwiegend in Norwegen herum, wo man ihm den Namen Rixen gegeben hat. Weshalb, ist mir unbekannt. Er wird dort wegen Raubes gesucht. Wahrscheinlich ist er Torpedo gewesen wie Axen. Jonne heißt John Lindman und ist in den Strafanstalten ein und aus gegangen wie ein Jojo. Armer Hund! Ist fast infantil. Was hat er für Chancen gehabt?“

Der zusätzliche Schnaps verschwand mit einem Schmatzen in der Rudaschen Tiefe und wurde mit ein paar kräftigen Schlucken Bier hinuntergespült.

„Und dann haben wir noch diesen Schiffer …“

„Den Schiffer, ja“, sagte ich düster. „Den darf man nie wieder freilassen. Der hat nicht alle beisammen.“

Der Kellner räumte die Heringsteller weg und brachte vorgewärmte Teller mit großen, saftigen Fleischstücken und gebackenen Kartoffeln.

„Wir trinken wohl eine Flasche Rotwein? Ruffino, den wir in Italien immer trinken. Das ist der beste Wein, die Bordeauxpichler mit ihren Jahrgängen und ihrer sauren Brühe können mir gestohlen bleiben."

„Wer ist der Schiffer?"

„Lars Söderstam. Er diente im Krieg auf einem Zerstörer. Darum wird er wohl der Schiffer genannt, obwohl er nur Bootsmann war. Saß einundfünfzig wegen Heiratsschwindels, dreiundfünfzig wegen Einbruchs, fünfundfünfzig abermals wegen Einbruchs, achtundfünfzig wegen Spritschmuggels, zweiundsechzig und vierundsechzig wegen Misshandlung, fünfundsechzig wiederum wegen Einbruchs. Während eines Hafturlaubs achtundsechzig wurde er unter Mordverdacht verhaftet, aber aus Mangel an Beweisen freigesprochen. Alles in Göteborg. Siebzig war Beihilfe zum Raub fällig, und er bekam zwölf Monate. Wurde erst vor einem Monat entlassen. Den Polen kennst du ja."

„Hat einer von ihnen gestanden?"

„Nein. Der Schiffer lächelt nur, wir kriegen kein Wort aus ihm heraus. Aber von Andersson wissen wir, dass der Pole sie bezahlt hat. Wird interessant, Bilatski zu verhören, wenn wir ihn schnappen."

„Gibt es Spuren?"

„Von ihm nicht, aber von Axen. Wir haben in der inneren Ermittlung einen Kontakt von ihm aufgetan."

Wenn man sich in der Stadt aufhält und einen kürzlich freigelassenen Verbrecher oder einen Verdächtigen sieht, der etwas ausbaldowert, dann notiert man, mit wem diese Leute Umgang haben, wo sie sich bewegen und so weiter. Diese Informationen können ungemein wertvoll sein, wenn es um die Aufklärung eines Verbrechens geht.

„Bolinder – du kennst ihn ja – hat Axen einmal festgenommen und kennt ihn gut. Er sah ihn im Winter mehrmals mit einem Hippiepaar unten am Stureplan. Die beiden können uns bestimmt Auskunft geben."

Eine Zeitlang aßen wir schweigend. Fünf Tage weggetreten, und die Welt hatte sich weitergedreht. Ich wollte so vieles wissen.

„Habt ihr Karlberg gefunden?"

Yngve zuckte die Schultern.

„Noch immer Fehlanzeige. Aber erinnerst du dich an seinen Chef? Konsul Holst? Der war vorgestern bei uns und berichtete, etliche Personen seien zu ihm ins Büro gekommen, hätten nach Karlberg gefragt und sehr wichtig getan. Einer habe unter anderem erklärt, er komme von einem gewissen Ahlin, und Karlberg müsse die Karten auf den Tisch legen, sonst werde es ihm übel ergehen."

Ahlin kannte ich gut. Großer Boss beim Spielsyndikat, auch wenn sein Ruf im Laufe der letzten Jahre ein wenig gelitten hatte.

„Das deutet darauf hin, dass Karlberg für Ahlin gearbeitet hat und dass der Kreisel in der Hagagatan letzterem gehört. Damit bricht die Hypothese vom ausländischen Kapital zusammen."

Ruda schabte die gebackene Kartoffel mit dem kleinen Löffel aus; seine Unterlippe glänzte fettig von zerlassener Butter.

„Falls Ahlin sich nicht mit anderen Interessenten zusammengetan hat. Denn leider: Ahlin ist letzten Sonntag verstorben!"

„Verstorben?"

„Ganz natürlich. Das Herz. Ahlin war ziemlich alt und hatte mit der Gesundheit geaast."

Neue Perspektiven taten sich auf.

„Vielleicht versucht jemand, Forderungen Ahlins einzutreiben. Jemand, der Ahlins Thron einnehmen will."

„Vielleicht", sagte Ruda trocken. „In dieser Branche gibt es ja andauernd Streitereien. So, und nun beenden wir unser Mahl mit einem Kaffee und einem kleinen Kognak."

Wenig später hob er das golden schimmernde Glas.

„Ich denke, wir lassen auch den Wächter leben, der dich gerettet hat."

„Gern. Warum ist er eigentlich noch einmal zurückgekommen?"

Ruda schmunzelte zufrieden.

„Pfiffiger Bursche! Als er vom Auto wegging, in dem du wie ein Krautwickel verpackt lagst, machte er sich seine Gedanken.

Die Männer, mit denen er sich unterhalten hatte, wirkten ja glaubwürdig, sie trugen Overalls und hatten ein Auto und alles andere. Aber im Schein seiner Lampe sah er zum ersten Mal Jobber mit Wildlederschuhen – in einer Baugrube! Das hieße ja gleichsam, in gestärktem Hemd und mit einer Samtfliege daherkommen, um Asphalt zu kochen. Also geht er hin und ruft den Platzmeister der Schonischen Zement AG an und erfährt, dass man überhaupt keine neue Betonsorte verwendet, und da kommt ihm das Ganze verdächtig vor. Er glaubt natürlich, dass die Brüder Baumaterial stehlen wollen, und geht mit dem Hund zurück. Überlege mal, diese Wildlederschuhe sehen – und die richtigen Schlüsse ziehen! Solche Leute möchte ich in meiner Mannschaft haben. Ich werde versuchen, ihn hereinzubekommen, auch wenn er im Augenblick noch nicht will. Er meint, Wächter verdienen recht gut, und es sei weniger riskant; aber sein Platz ist bei der Polizei."

„Ich werde mich noch persönlich bei ihm bedanken", sagte ich mit einem Gefühl der Wärme.

Ich gähnte. Die Müdigkeit kam geschlichen, obwohl ich mich gerade noch so in Form gefühlt hatte, dass ich glaubte, Bäume ausreißen zu können. Ruda bemerkte mein Gähnen, rief den Kellner und bat um die Rechnung und ein Taxi.

„Ich bringe dich nach Hause", sagte er. „Ich muss dir noch einiges zeigen."

Wir fuhren nur wenige Minuten bis zu meiner Wohnung. Ruda zog einen Schlüssel aus der Tasche und schloss die Haustür auf.

„Ich habe mit der Immobiliengesellschaft gesprochen, und die hat ein ordentliches Schloss in die Haustür einbauen lassen."

Als wir zur Wohnung hinaufkamen, zog er einen zweiten Schlüssel hervor.

„Da du so wenig Unternehmungsgeist besitzt, haben wir auch an deiner Tür ein Sicherheitsschloss angebracht."

Er öffnete und gab mir den Schlüssel. Die Wohnung war nach Sune Bengtssons Untersuchung ordentlich aufgeräumt. Ruda schnüffelte in den Zimmern herum, sah in die Garderobenschränke und unter das Bett.

„Was suchst du? Leichen sind da wohl nicht mehr?“

Er sah ängstlich aus, wie eine ältere Dame, die gerüchtweise gehört hat, es seien Mäuse im Haus.

„Gefällt mir nicht, daß Tobbe und der Pole noch auf freiem Fuß sind. Sie mögen dich nicht, und man kann nie wissen.“

Er zeigte auf eine neu angebrachte Kette an der Innenseite der Tür.

„Hänge sie ein, wenn du dich schlafen legst. Dann lässt sich die Tür nur einen Spalt weit öffnen. Einige Nächte lasse ich das Haus noch bewachen.“

„Alle Wetter, du redest ja wie die Äbtissin eines Nonnenklosters! Ja, ich werde die Kette einhängen und eine Kommode vor die Tür schieben, wenn es dich beruhigt. Ich geh jetzt zu Bett. Wir sehen uns morgen früh.“

„Wie du willst. Du hast allerlei zu lesen, falls du mal dazu imstande bist. Ich habe Zeitungen aufgehoben, und darin sind auch Bengtssons Berichte abgedruckt. Vergiss die Kette nicht!“

Mit einem letzten, unruhigen Blick nach der Deckenlampe – als hätte sich vielleicht ein Zwerg mit vergifteten Blasrohrpfeilen hinter dem Schirm versteckt – verabschiedete er sich und wartete draußen, bis er das Einrasten der Sicherheitskette hörte. Ruda ist zuweilen wie ein Vater, dachte ich und war froh, dass ich ihn hatte. Das Bein kam mir jetzt etwas steifer vor als zu dem Zeitpunkt, an dem ich das Krankenhaus verließ, aber das kam wohl nur von dem ungewohnten Gehen. Ich legte die Kleider ab und zog den Schlafanzug an, machte mir eine Tasse Tee, setzte mich in den großen, weichen Sessel, legte die Beine auf die Armlehne und fing an, die Zeitungen durchzuackern. In den ersten Tagen brachten sie Riesenschlagzeilen über den Mordversuch an einem Polizeibeamten, dazu dasselbe miserable Foto von mir als Blickfang. Wilde Theorien, seltsame Vorschläge und selbstverständlich Kombinationen mit dem Mord an Stella. Am vierten Tag war ich nur noch eine Notiz auf irgendeiner Innenseite. Sie schrieben, ich sei zu schwach, um selbst berichten zu können. Die Zeitungen hatten mit Rudas Informationen vorlieb nehmen müssen, und er teilte ihnen dabei immer nur so viel zu, dass sie sich zufrieden gaben.

Halb acht. Ich hatte die Sendung „Rapport" verpasst und musste mich mit den Fernsehnachrichten begnügen. Ich wollte doch wissen, was sich sonst noch in der Welt ereignet hatte; es waren aber nur die üblichen Katastrophen und Weltbrände. Das Kiefergelenk knackte, wenn ich gähnte, und die Muskeln schmerzten. Jonne hatte mich dort malträtiert. Es stimmte, was Ruda gesagt hatte: Jonne konnte einem leid tun. Nach seiner ersten Strafe war er zum ewigen Kreislauf durch die Vollzugsanstalten verurteilt. Ich schaltete die Glotze aus und vertiefte mich in Sunes Berichte. Über den Mord hatte er nicht allzu viel mehr zu berichten, als ich schon wusste. Interessant war jedoch, was er über Stellas Verhältnisse schrieb.

Plötzlich hörte ich hinter mir ein schabendes Geräusch. Ich drehte mich blitzschnell um. Die Türklinke wurde langsam nach unten gedrückt. Die Sicherheitskette – aber was hatte die schon für Tobbe oder Stanislaw zu bedeuten! Die Büros waren geschlossen. Ich war allein im Haus. Ein gutes Schloss hindert keinen daran, die Tür einzutreten. Und dann …

Doch diesmal wollte ich nicht unvorbereitet dastehen und stürzte an meinen Schrank. Das Futteral war leer! Selbstverständlich hatte sich die Bande die Pistole geschnappt, als ich bewusstlos war. Daran hatte ich nicht gedacht, als ich mit Ruda zusammentraf. Ohne Waffe konnte ich nicht viel ausrichten, wenn sie das Zimmer stürmen sollten. Die Türklinke wurde abermals niedergedrückt, diesmal viel bestimmter. Auf leisen Sohlen schlich ich zum Telefon. Es würde nur ein paar Minuten dauern, bis Hilfe eintraf, und so lange würde ich sie wohl aufhalten können.

Ich nahm den Hörer ab und wählte. Ebenso gut hätte ich ein Stück Holz ans Ohr halten können. Es rauschte nicht einmal.

Das Telefon war völlig tot.

12

Mit dem Hörer in der Hand stand ich da und sah, dass die Türklinke ein drittes Mal niedergedrückt wurde. Ein paar kräftige Klopfzeichen an der Türscheibe. Ob ich es am Fenster versuchen sollte? Ich konnte ja hinausschreien. Von draußen wurde die Klappe des Briefschlitzes mit einem Finger nach oben gedrückt.

„Hallo da drinnen! Roland! Du pennst doch wohl nicht schon?"

Ragna Karlberg! Was in aller Welt ... Ich rasselte mit der Kette und hakte sie aus. Ragna trat ein, ihre hohen schwarzen Stiefel hinterließen Schneespuren. Sie betrachtete mich mit großen Augen.

„Was hast du denn da für 'nen schäbigen Pyjama an! Falls du den auch trägst, wenn deine Bräute kommen, ist es kein Wunder, wenn sie wieder abhauen."

Sie zog die Reißverschlüsse ihrer Stiefel herunter, ging auf Strümpfen zum Garderobenhaken und hängte ihren Mantel auf.

„Was hast du anzubieten? Hast du 'nen Topf Nasenbluten da?"

„Was willst du?"

Ich hörte selbst, wie brüsk meine Frage klang, doch sie ließ sich davon nicht beeindrucken.

„Mit dir über 'n paar Sachen reden. Der Fischbulle sagte, du wärst nach Hause gefahren, und du hast dich ja am Telefon nicht gemeldet. Also musste ich herkommen."

Sie ging durch das Zimmer und bückte sich.

„Aha, du hast den Stecker rausgezogen. Dann ist es ja kein Wunder!"

Sie drückte den Stecker in die Dose, und ich verwünschte im Stillen Sune, der das unterlassen hatte.

„Ich bin müde. Was denn für Sachen?"

„Du musst 'n bisschen munter gemacht werden. Hast du keinen Schnaps im Haus?"

„Wenn du unbedingt etwas trinken musst, koch Kaffee."

Ragna glitt in die Miniküche und klapperte dort mit Topf und Filter. Sie trug ein hellblaues Kleid, das vom Hals bis zum Saum geknöpft war und straff an ihrem grazilen Körper anlag. Ich holte einen Morgenrock, um meinen schäbigen Schlafanzug zu bedecken.

„Hier, Alter! Setz dich, dann wird dir Mutter Ragna einen guten Kaffee servieren."

Sie nahm alles so selbstverständlich, und ich verspürte einen unguten Impuls.

„Siehst du da – in der Mitte des Teppichs? Ja, genau da, wohin ich zeige. Dort ist Stella verblutet, bevor man sie in das Schlafzimmer schleifte."

Ragna betrachtete interessiert die Stelle; sie war keineswegs geschockt oder entsetzt.

„Soso, dort ist sie also von uns gegangen. Du hast den Teppich doch wohl chemisch reinigen lassen? Möchtest du Zucker und Sahne?"

Ich wurde nicht klug aus ihr. War sie wirklich so kalt – oder war das alles nur Fassade?

„Immerhin war sie ja deine Mutter", murmelte ich.

Sie wurde plötzlich wütend.

„Verdammt noch mal! Meine Mutter heißt Viola Lindman, und wenn sie abfährt, werde ich heulen. Aber die da, die mein Vater heiratete, um wieder Wärme ins Bett zu kriegen, mit der bin ich nicht verwandt. Vergiss das nicht! Ich hab Stella nicht gekannt, und ihr Tod geht mich nichts an."

War sie eifersüchtig? Hatte sie ihren Vater so sehr geliebt, dass sie seine Gefühle nicht mit einer anderen teilen wollte? Aber das passte auch wieder nicht zu Ragna. Ich seufzte. Begriff nichts. Der schlechteste Psychologe der Welt.

„Ich kenne sie vielleicht besser als du", sagte ich und nahm die Berichte zur Hand, die Ruda mir gegeben hatte. „Möchtest du etwas über ihre Verhältnisse hören?"

„Nicht unbedingt. Hast du wirklich keinen Schnaps da?"

„Wirklich nicht. Weißt du, Stella war achtundvierzig …"

Ragna schnitt eine anerkennende Grimasse.

„So sah sie noch nicht aus. Tüchtige alte Dame!"

„Ich hab es auch nicht für möglich gehalten", murmelte ich und fühlte mich nicht im Geringsten schuldig. „Und ich glaube nun auch zu wissen, warum sie Polizisten nicht mochte. Sie war in ihrer Jugend zweimal in einem Erziehungsheim. In dem Bericht steht, dass sie beim zweiten Mal von Polizisten in das Heim getragen werden musste; sie schrie und weinte."

Ragna trank nachdenklich einen Schluck Kaffee und streckte ihre langen Beine aus.

„Vielleicht war sie in Hinsan – dem Knast von Hinseberg. Ein verdammtes Loch. Ich kenne ein Mädchen, das da drin gesteckt hat. Sie reden dort nur von Sex und Sex und wieder Sex, rund um die Uhr! Vom Personal hilft ihnen niemand, und Stoff gibt's genug. Kannst du mir ein Mädchen nennen, das in Hinsan gebessert wurde?"

„Das Personal ist nicht ausreichend, und für diese Leute ist es auch eine Hölle. Aber im Grunde hast du wohl Recht. Leider. Hinseberg macht keinen froh."

Sie verschränkte die Hände im Nacken und richtete ihre sanften Augen auf mich.

„Du redest ja richtig menschlich! Bist du in deinem Leben immer Bulle gewesen?"

„Solange ich erwachsen bin."

„Hast du patrouilliert und den Gummiknüppel geschwungen und wichtigtuerisch dreingeschaut?"

Ich konnte wegen ihrer herausfordernden Fragen ein Lachen nicht unterdrücken.

„Streife müssen alle Polizisten gehen. Ich hatte damals den gleichen Gesichtsausdruck wie heute, und als ich anfing, trug ich sogar noch einen Säbel. Der Gummiknüppel kam erst ein paar Jahre später auf."

„Macht es dir Spaß, Bulle zu sein? Gibt es keinen anderen Job, den du lieber hättest?",

Wir saßen ein Weilchen schweigend da. Fühlte ich mich wohl als Polizeibeamter?

„Manchmal wünsche ich mir, ich wäre Dreher geworden“, sagte ich langsam. „Wenn einem alles zuwiderläuft und wenn man in Pech und Teer tritt. Und wenn man Dinge tun muss, die man … Na ja. Zuweilen ist es so, dass man darauf spucken möchte, aber hin und wieder fühlt man doch, dass es einen Sinn hat. Ja, ich fühle mich wohl in meinem Job, und ich bleibe Polizist bis zu meiner Pensionierung. Natürlich nur, wenn man mich nicht vorher totschlägt.“

„Schade“, sagte sie leise. „Für einen Mann wie dich sollte es doch Möglichkeiten geben, die Moneten leichter zu verdienen.“

Ich konnte den Blick aus den halbgeschlossenen Augen nicht deuten. Hatte sie etwas Bestimmtes gemeint? Sollte ich etwas kapieren? War ich zu dumm?

„Warum bist du gekommen?“ fragte ich abermals. „Worüber willst du mit mir reden?“

Sie schien unsicher. Die langen, schmalen Finger mit den perlmuttschillernden Nägeln zogen eine Zigarette hervor. Sie zündete sie nicht gleich an, sondern ließ Daumen und Zeigefinger der anderen Hand daran auf und ab gleiten.

„Ich konnte vor drei Tagen in die Wohnung einziehen. In Vaters Wohnung also. Der Fischbulle hat es genehmigt. Sie liegt in einem besseren Viertel als die von Aina, ist also prima. Aber …“ Sie zündete die Zigarette an, und der Rauch ringelte zur Decke empor. „Am ersten Abend war dort jemand an der Tür. Ich hörte, dass ein Schlüssel eingesteckt wurde, sprang natürlich hinzu und drückte die Klinke herunter, um behilflich zu sein. Da rannte die Person davon, und als ich die Tür auf hatte, war sie schon weit unten auf der Treppe. Das hat sich noch zweimal wiederholt. Vorsichtiges Hantieren am Schloss – und wenn ich dazukam, ging ’s im Eiltempo die Treppe hinunter.“

„Warum hast du nicht gewartet, bis er öffnete?“

„Du hast gut reden! Ich war alle drei Male in der Nähe der Tür, und so geschah es denn.“

„Hast du eine Ahnung …?“

Ragna nickte ernst.

„Todsicher war das mein Vater! Ich habe hinter ihm her gerufen, aber er hat wohl nicht gehört, dass ich es war. Ich rannte ans Fenster und sah die Gestalt gebeugt davonlaufen, und ich könnte Gift darauf nehmen, dass es mein Alter gewesen ist. Was zum Teufel soll ich tun?“

„Wenn du glaubst, dass es dein Vater ist, dann lass ihn das nächste Mal die Tür öffnen. Ich werde Kommissar Ruda morgen berichten, was du mir mitgeteilt hast.“

„Der Fischbulle ist schwer in Ordnung.“

„Wie hart bist du eigentlich verpackt, Ragna?“

Sie sah mich belustigt an.

„Hältst du mich für hart verpackt? Ein Mädchen muss wohl oft so sein.“

„Aber doch nicht immer. Gibt es auch eine weichere Ragna Karlberg, oder bist du nur ein hübsches Gesicht mit einem harten Jargon?“

Sie lachte leise.

„Willst du das wirklich wissen – oder willst du nur die Unterhaltung am Leben erhalten?“

Ich war so müde, dass mein zweiter Name Morpheus war, doch in Ragna war eine fremdartige Innigkeit auf gekommen, nach deren Erklärung ich suchte.

„Ich will es wissen. Vielleicht, weil ich wirklich gut von dir denke.“

Ragna wurde ernst. Sie sprach leise und überlegt.

„Ich weiß, dass die Art, wie ich rede, nicht besonders fein ist. Aber ich hab ja keine Erziehung. Ich meine, keine Schulen und so weiter. So, wie ich rede, haben wir in unserer Clique geredet; das war, bevor ich nach Dänemark übersiedelte, und es ist das einzige Schwedisch, das ich kann. Ich bin ja ziemlich oft in Stockholm, doch dann habe ich nur Umgang mit Künstlern und so, und denen ist es wurscht, wie man spricht.“

Sie neigte sich nach vorn und stützte das Kinn auf die gefalteten Hände.

„Ich bin ja nur eine vollkommen durchschnittliche Tussy … Wo, glaubst du, wäre ich wohl gelandet, wenn ich ein Kerl wäre? Solo mit sechzehn und von Männern umschwärmt wie von Fliegen? Aber ich habe mich nie ausnutzen oder zu irgendwelchen Sachen zwingen lassen, verstehst du. Man muss ja zeigen, dass man nicht auf jeden x-beliebigen hereinfällt. Man muss sich doch Respekt verschaffen. Doch wenn ich will, kann ich auch sehr, sehr weich sein."

Obwohl es bestimmt nicht das war, was sie hören wollte, glaubte ich doch, ihr einen guten Rat geben zu müssen. Die Menschen sind selten erbaut über einen guten Rat, und warum sollte Ragna eine Ausnahme sein?

„Ragna, sei vorsichtig mit dem Alkohol. Ich weiß, wie das ausgehen kann …"

Das war so unbeholfen ausgedrückt, dass es ein Zitat aus einem Erbauungsbuch für Sonntagsschüler um die Jahrhundertwende hätte sein können. Fehlte nur noch, dass ich dazu ein Wandbild mit einer Schrumpfleber hervorholte. Aber Ragna nahm meine Hand und drückte sie, und ihr Lächeln war wirklich zärtlich.

„Ich verstehe, du meinst es gut mit mir. Doch so gefährlich ist es nicht. Ich mag Schnaps, bin aber noch kein Fall für die Gegenseitige Trinkerhilfe. Finde es prima, dass es Männer gibt, die einen nicht unbedingt betrunken machen wollen."

Ich vermochte das Gähnen nicht zu unterdrücken. Ragna sah mich an, ein mutwilliger Ausdruck war in ihren schrägen Augen. Ihre Zunge machte einen kleinen Spaziergang über die breiten, vollen Lippen.

„Möchtest du, dass ich heute Nacht hier bleibe?"

Ich starrte sie an.

„Und warum solltest du das?"

Als sie lachte, zeigte sich auf ihren Wangen ein Grübchen, das ich zuvor noch nicht bemerkt hatte.

„Du scheinst tatsächlich tipptopp zu sein – mein kleiner schmucker Beamter!"

Die letzten Worte sprach sie dänisch. Es schien mein Schicksal zu sein, Versuchungen von Seiten der Damen Karlberg widerstehen zu müssen. In einer Blitzvision sah ich das Schlafzimmer, das Bett und den Fußboden darunter, wo das Blut von Ragnas ermordeter Stiefmutter kaum trocken war. Makaber wie bei den Gebrüdern Grimm.

„Nimm es nicht persönlich, aber ich schlafe am liebsten allein. Heute Nacht jedenfalls."

Ragna erhob sich und sagte heiter:

„Du bist wirklich schwer in Ordnung. Wollen mal sehen, ob sich das Angebot wiederholen lässt. Jetzt aber grunz mal erst einen weg!"

Nachdem sie gegangen war, legte ich die Kette wieder vor, gähnte, als sei dies mein neues Hobby, und bestellte telefonisches Wecken. Ich weiß nicht, wie ich ins Bett gekommen bin. Ich muss im Fallen eingeschlafen sein.

In Rudas Dienstzimmer musste ich eine Menge Hände schütteln. Der sympathische Simon strahlte. Pelle Pettersson sah glücklich aus. Der junge Kenneth Häger wirkte entzückt. Sogar Sune Bengtssons Brille funkelte anerkennend. Nach einer lauten Kaffeerunde, während der ich eine Unmenge von Fragen beantworten musste, schlug Ruda symbolisch mit der Faust auf den Tisch.

„Liebe Leute, jetzt heißt es aber an die Arbeit gehen! Wir müssen uns den Fall Karlberg nun ernstlich vornehmen!"

Mir war bekannt, dass die Kollegen eine Menge anderer Aufträge zu erledigen gehabt hatten, während ich im Krankenhaus lag. Jede Ermittlung kommt auf eine ihr eigene Weise voran. Manchmal muss man sie aufschieben und etwas Akutes erledigen. Die Ermittlungen in einem Fall können zeitweilig ruhen, aber früher oder später werden sie abgeschlossen. Detail kommt zu Detail, und allmählich erkennt man ein Muster.

„Ragna Karlberg war gestern Abend bei mir", sagte ich.

Pelle stieß einen Pfiff aus.

„Du bist ja geschwind wieder auf den Beinen, alle Wetter! Aber das kenne ich. Weiß noch, wie ich nach meiner Blinddarmoperation nach Hause kam und Gullan …“

Ruda warf ihm einen missbilligenden Blick zu.

„Heb dir deine unanständigen Erinnerungen für deine Memoiren auf. Was wollte Fräulein Karlberg? Aufgewecktes Ding übrigens.“

Ich berichtete, was mir das aufgeweckte Ding anvertraut hatte, verschwieg jedoch das Angebot, mir die Nacht über Gesellschaft zu leisten. Meiner Meinung nach ging das die Kollegen nichts an.

„Was für Schlüsse können wir daraus ziehen?“, fragte Ruda nachdenklich. „Ein Papa, der sich nicht zur eigenen Tochter hineingetraut?“

„Der Witz ist wohl der, dass er nicht weiß, dass Ragna dort wohnt. Kommen wir darauf zurück, weshalb er sich ferngehalten hat. Es sieht so aus, als ob unsere Theorie stimmt, Yngve. Valentin Karlberg ist als Leiter des Spielklubs an irgendetwas herangekommen. Er weiß aber, dass er ein gefährliches Spiel spielt. Seine Chance ist, sich zu verbergen und den Kontakt per Telefon aufrechtzuerhalten. Er hat etwas zu verkaufen, was wohl das reinste Dynamit ist. Als ich Karlberg bis in die Brännerigatan beschattete und in die Wohnung hineingezerrt wurde, hörte ich seine Konversation mit dem Schiffer. Er sagte, der Preis sei gestiegen, aber er habe das Handelsobjekt versteckt. Warum haben sie Karlberg nicht umgelegt? Warum ließ man ihn in der Brännerigatan laufen? Ja, weil er als Person uninteressant ist. Man weiß, dass er die Sache nicht bei sich trägt, fürchtet aber, dass sie zum Vorschein kommt, wenn er stirbt. Man muss also warten, bis die Verhandlungen abgeschlossen sind.“

„So weit ist das ja ganz plausibel“, sagte Ruda. „Wir wissen, dass Karlbergs Wohnung gründlich durchsucht wurde. Von oben bis unten. Der Pole und seine Clique dürften das bewerkstelligt haben. Aber da Karlberg mit ihnen noch über geschäftliche Dinge sprechen wollte, haben sie wohl nicht gefunden, was sie suchten. Sie zerschnitten Bilder und blätterten in Büchern. Das Gesuchte muss also ein solches Format haben, dass man es zwischen Bücherseiten verstecken kann. Ein Stück Papier – eine Art Dokument."

„Weiß die Tochter etwas?", fragte Simon nachdenklich.

Darüber hatte ich mir auch Gedanken gemacht. Was hatte sie am Abend zuvor gemeint, als sie von leichter zu verdienenden Moneten sprach?

„Schwer zu sagen. Wenn wir uns an das halten, was uns bekannt ist, weiß sie nichts. Sie wohnt in Kopenhagen, und ihr Vater hat keine Ahnung, dass sie sich in seiner Wohnung aufhält. Als er sich hineinschleichen will und merkt, dass jemand drin ist, kriegt er einen Schock und verschwindet fluchtartig. Warum tut er das? Weil entweder die Polizei da ist oder die andere Seite, die nach dem Papier sucht. Er kommt noch zweimal. Ich kann mir nicht helfen: Das Papier, das er und die anderen – wer sie auch immer sein mögen – und auch wir haben möchten, muss sich noch immer in der Wohnung im Valhallavägen befinden."

Ruda kratzte sich grübelnd mit dem kleinen Finger im Ohr.

„Wir haben die Wohnung durchsucht, als du im Krankenhaus lagst, aber nichts gefunden."

„Vielleicht haben wir nicht gründlich genug gesucht", meinte Häger. Ruda nickte gutmütig.

„Du hast Recht. Wir werden noch einmal suchen. Du und Sune, ihr beide geht hin und seht euch dort so lange um, bis ihr etwas findet. Ich komme nachher rüber. Roland und Simon begleiten Bolinder und sehen mal nach dem Hippiepaar. Vielleicht bringt uns das ein Stück weiter."

„Und ich?" fragte Pelle.

Ruda warf ihm einen viel sagenden Blick zu, und Pelle stöhnte und hielt die mächtigen Hände an die Wangen.

„Schon wieder die Hagagatan!"

„Wir müssen die Überwachung wieder aufnehmen."

Ich wandte mich an Simon.

„Siehst du mal nach Bolinder? Ich muss erst noch einiges mit Yngve besprechen, bevor ich gehen kann."

Als wir allein waren, fragte ich Ruda: „Ist dir einer aus Spielerkreisen bekannt, der jetzt gerade in Långholmen einsitzt? Kein kleiner Fisch, sondern einer, der sich überall bewegt und das meiste kennt. Und er darf noch nicht zu lange dort sein."

Rudas hochrote Stirn legte sich in tiefe Falten.

„Tja, so auf Anhieb ... Es sitzen ja auch nicht mehr viele auf Holmen. Aber ja, freilich, Hugge Sandberg! Er ist wohl schon bei den meisten Klubs in der Stadt Croupier gewesen und hat, wie ich meine, auch ganz beachtliche Summen gesetzt. Kam wegen Postbetrugs in den Knast und hat, wenn ich mich recht entsinne, etwa drei Monate in der Pension Paradies abgesessen. Warum?"

„Ich sah in der Liste, dass Sten Lennartsson heute nach Långholmen überstellt werden soll. Der Indianer, du weißt."

„Der Indianer? Dein alter Plauderer?"

„Ich denke an den Namen Wing. Vielleicht ist er in Spielerkreisen bekannt, und wenn der Indianer aus Hugge Sandberg etwas herauskriegen kann ... Kies braucht er immer, der Indianer."

Ruda nahm den Hörer des Haustelefons ab und sprach leise mit jemandem.

„Sie bringen Lennartsson runter. Über diesen mysteriösen Wing habe ich mir auch schon den Kopf zerbrochen. Wing. Hast du irgendeine Vermutung?"

„Nein. Wie ist übrigens die Razzia in dem Spielklub Hagagatan verlaufen?"

Ruda verzog den fleischigen Mund zu einer Essiggrimasse.

„Geradezu höllisch daneben! Ein Riesenfiasko. Wir drangen ein und fanden die reinste Heilsarmeestimmung vor. Alles war so unschuldig und familienfreundlich, dass nicht einmal der Christlich-Demokratische Bund etwas zu beanstanden gehabt hätte. Das Roulett selbst war alt, ausgeleiert und wertlos."

Ich überlegte.

„Soweit ich mich erinnere, war es neu und elegant."

Der Kommissar nickte bedächtig und kratzte sich mit dem Fingernagel am Kinn, es klang, als gleite Sandpapier über Bartstoppeln.

„Ich hatte das Gefühl, sie waren gewarnt. Jedenfalls mussten wir den Schwanz einklemmen und bald wieder abziehen, obwohl wir uns – um das Gesicht zu wahren – ein bisschen ausgetobt haben.“

„Hast du ein paar Eintrittskarten mitgenommen?“

Ruda zog ein Schubfach seines Schreibtischs auf und warf eine Karte auf den Tisch.

Ich betrachtete sie genau, befühlte das Papier auf seine Qualität und studierte Farben und Druck bei verschiedener Beleuchtung.

„Diese Karte gleicht doch völlig derjenigen, die du hast herstellen lassen!“

„Ich finde auch keinen Unterschied. Aber schau, da kommt ja der Indianer.“

Ein Uniformierter hatte das Zimmer betreten, zusammen mit Sten Lennartsson, einem Mann in den Fünfzigern, ein wenig korpulent, blass, mit krummem Rücken, freundlichen blauen Augen, einem runden Mondgesicht und einer scharf hervorspringenden Habichtsnase, die ihm seinen Spitznamen verschafft hatte.

„Setz dich, Indianer“, sagte Ruda und zeigte einladend auf den Besucherstuhl.

Er nickte dem Kollegen zu, der daraufhin den Raum verließ. Der Indianer erkannte mich, und sein breiter Mund öffnete sich zu einem freundschaftlichen Grinsen.

„Grüß dich, Hassel, wie geht’s denn? Man hat dich in Beton gebadet, wie ich in der Zeitung las.“

„Man muss sich auf vielerlei Weise sauber halten. Ist’s wieder mal soweit?“

„Ja. Was würden Holmen und Kumla wohl ohne mich anfangen!“

„Wie lange?“

„Sechs Monate diesmal. Aber ich werde mich ja ordentlich führen, so dass ich vor Mittsommer wieder raus bin.“

„Nichts Ernstes, hoffe ich.“

„Äh, du kennst mich doch. Hatte mir im Knast von Kumla für hundert Kröten einen Tipp gekauft. Ein Goldschmiedeladen drüben in Kungsholmen, verstehst du. Sollte 'ne einfache Sache sein, vom Hof aus durch 'n Fenster rein zu kommen."

„Und das war es also nicht?"

Der Indianer verzog resignierend das Gesicht.

„Doch, schon – aber man hat schließlich Speck angesetzt. Ich blieb also in dem Loch stecken, und die Funkstreife musste mich rausziehen. Rate mal, ob die gelacht haben!"

„Hat's denn nicht hingehauen mit 'nem Job?"

Seine Mundwinkel zeigten nach unten.

„Wer, glaubst du wohl, wird noch so 'nen alten Barackensitzer einstellen, wenn nicht mal die jungen Spunde was unter die Hände kriegen? Aber das nächste Mal, da ... Ich hab es Bojan versprochen, verstehst du?"

Er fand sich in der Freiheit nicht zurecht. Wollte wohl, war aber dem seelischen Druck nicht gewachsen. Seine ewige Braut liebte seine Märtyrerrolle und wäre wohl enttäuscht, wenn sie ihr aufopferndes Tapferkeitskonfekt nicht mehr lutschen könnte. Er liebte sie und gab ihr alles Geld. Wir hatten schon früher miteinander Geschäfte gemacht.

„Wie sieht's denn bei dir mit den Moneten aus?"

Er lächelte verlegen.

„Das fragst du noch? Belämmert natürlich!"

Er zwinkerte mir zu, und seine runden Augen wurden zu gewölbten Schlitzen.

„Etwas im Gange?"

„Auf Holmen sitzt ein Mann ein – Hugge Sandberg. Kleinerer Boss in Spielerkreisen. Du erzählst ihm, du solltest für Wing jobben, wenn du rauskommst, und dann sagst du mir, was er dir geantwortet hat."

Der Indianer blickte zur Decke hinauf und faltete fromm die Hände.

„Wing? Den Namen hab ich noch nie gehört. Auch von Hugge Sandberg noch nicht. Ist es gefährlich? Man will ja nicht tot getrampelt werden. Du weißt doch, was Sulan Olsson passierte, als er aus Kumla entlassen wurde. Die Zähne und ein Auge sind zum Teufel."

Es schüttelte ihn, Schweißtropfen traten ihm auf die Stirn. Polizeispitzel waren in der Verbrecherwelt nicht viele Öre wert und wurden von Jahr zu Jahr brutaler behandelt – in dem Grad, wie man sich an Gewalttaten gewöhnte.

„Du weißt, dass du dich auf mich verlassen kannst, Sten. Du brauchst Hugge nur zu sagen, man habe dir einen Job in der Spielbranche versprochen, das ist alles. Weiter nichts. Das einzige, was wir wissen möchten, sind Hugges Kommentare über Wing. Mach's geschickt. Du weißt ja selbst am besten, wie du es anstellen musst. Bist doch kein grüner Junge."

An seinem leichten Nicken erkannte ich, dass er bereit war. Er wusste auch, wie weit wir ihm entgegenkommen konnten.

„Bojan braucht einen neuen Mantel. Im MEA, dem großen Konfektionsgeschäft am Norrmalmstorg, gibt es einen, den sie gern möchte. Grün. Sie ist verdammt scharf darauf."

„Er gehört ihr. Ich werde das persönlich regeln. Wir kennen uns ja von früher, Bojan und ich. Nimm Verbindung mit mir auf, sobald du etwas gehört hast."

Der Uniformierte wurde hereingerufen und führte den Indianer hinaus.

„Ein Glück", murmelte Ruda, „daß die meisten ihren Preis haben. Was wären wir ohne unsere Freunde, die Kontaktmänner? Und ein Glück, dass die andere Seite nicht ebenso leicht Spitzel in unseren Reihen findet!"

Ich kam ihm mit einem unangenehmen Hinweis.

„Das hat es immerhin schon gegeben. Wie war das denn mit Pålsson vor drei Jahren? Der von einer Spritschmugglerbande Geld für ein Boot angenommen hat? Was ist eigentlich aus ihm geworden?"

Ruda starrte gequält zur Decke hinauf.

„Hat sich sechs Monate später erschossen. Meiner Meinung nach war er trotzdem ein guter Polizist."

Mein kurzes Lachen hinterließ einen bitteren Geschmack im Mund.

„Nein, verdammt noch mal! Pålsson war ein miserabler Polizist. Kein guter Polizist gibt sich zum Spitzel her, und wenn ich etwas verabscheue, dann sind es schlechte Polizisten."

„Jetzt gehst du wieder hoch. Verräter in den Reihen der Polizei sind sehr seltene Ausnahmen. Wie zum Teufel sollten wir sonst bestehen? Rolle, du weißt, wie weit es erst kommen muss, ehe man einen Kollegen verdächtigen darf. Unsere Arbeit würde nicht funktionieren, wenn man voraussetzt, dass dieser oder jener bestechlich wäre."

„Eben darum sehe ich rot, wenn ich an Pålsson denke. Ich werde ihm keine Blumen aufs Grab legen. Als er Geld von den Spritschmugglern annahm, hat er nicht nur sich selbst verraten, sondern auch Tausende von Kollegen in den Reihen der Polizei. Wie ich die Dinge sehe, besteht unser Job darin, für den Schutz der Allgemeinheit zu sorgen, und an dem Tag, an dem es Kollegen in der Mannschaft gibt, die diese Regel bewusst verletzen, um persönlich Geld abzusahnen – an diesem Tag wandere ich nach den Bahamas aus. Dann will ich nicht länger in diesem Land leben und auch nicht mehr Polizeibeamter sein. Nein, mein bester Yngve, mag sein, dass Pålsson in den technischen Dingen ein Könner war, aber er war ein schlechter Polizist und ein miserabler Kollege."

Yngve hatte mir kaum zugehört. Er kannte meine Einstellung auswendig, und es gab ernstere Probleme, über die er nachdenken musste.

„Wollen nur hoffen, dass der elende Mantel nicht das halbe MEA kostet. Spitzelgelder sind ja so schwer auszuweisen."

Ich erhob mich.

„Dann geh ich jetzt also mit Simon und Bolinder."

„Hoffentlich bringt ihr den Polen mit. Seit einer Woche wird nach ihm gefahndet – wegen Mordverdachts im Fall Stella Karlberg und versuchten Mordes an dir. Es gefällt mir nicht, dass Leute so lange untertauchen können."

„Aber was ist mit Karlberg? Herrgott, er …"

Das Telefon klingelte. Ruda grunzte und schaltete den Lautsprecher ein. Ich hörte Kenneth Hägers Stimme. Sie klang aufgeregt, schrill und abgehackt.

„Wir … Wir sind jetzt in dem Haus … und … und … und …"

„Nimm dich zusammen, verdammt noch mal! Was hast du zu stottern?"

„Niemand antwortet … aber … Wir guckten durch den Briefschlitz … und …"

„Und was?", brüllte Ruda. „So rede doch, Mann!"

Häger versuchte wohl, seine Erregung zu meistern, seine Stimmbänder machten trotzdem Sprünge.

„Sie … liegt vor der Tür … Sie ist angezogen … Sie rührt sich nicht … Wir haben gerufen …" Plötzlich schrie er wie ein Kind:

„Ich glaube, man hat Fräulein Karlberg ermordet!"

13

Ruda kniff die Augen fest zusammen und atmete hörbar.

„Was macht Sune Bengtsson?", fragte er tonlos.

„Er bricht gerade die Tür auf. Er sagte, ich solle anrufen und Meldung machen."

„Ja, ja. Ich komme sofort."

Ruhig legte er den Hörer auf und bestellte über das Haustelefon einen Wagen. Dann sah er mich an und streckte die Hände zur Seite.

„Stella Karlberg ermordet. Ragna Karlberg auch ermordet, vielleicht. Valentin Karlberg verschwunden. Es würde mich nicht wundern, wenn auch er nicht mehr auf dieser Erde weilt. Jetzt reicht's, Roland! Es ist schon viel zuviel."

Der Kommissar sah müde aus.

„Mir gefiel das junge Ding. Sie sprach zwar so, dass die Schwedische Akademie einen Blutsturz bekäme, wenn sie es hörte, war aber sonst in Ordnung. Komm mit, du kennst sie ja!"

Wir eilten die Treppe hinunter zum Ausgang. Ruda schnappte sich Simon und wies ihn an, mit Bolinder in die City vorauszufahren. Wenn ich es zeitlich schaffte und dazu imstande wäre, sollte ich später zu ihnen stoßen.

Im Auto sprachen wir kein Wort. Ragna Karlberg! Hätte ich sie bei mir bleiben lassen, wäre sie vielleicht ... So klug ist man aber ja immer erst hinterher! Ruda atmete schwer und blickte düster auf die Straßen hinaus, die mit Schnee bedeckt waren. Die strenge Kälte, die schon einige Tage wie ein Alpdruck auf Stockholm lastete, pumpte auch weiterhin Leben aus dem Verkehr. Viele Autos standen mit hochgeklappten Motorhauben da, und vor Kälte zitternde Autofahrer starrten machtlos auf eingefrorene Motorblöcke.

Vor der Tür der Karlbergschen Wohnung stand Sune und arbeitete mit einem Stemmeisen. Häger umschwänzelte uns und war nervös, bis Ruda ihm sagte, an dergleichen müsse er sich gewöhnen. Häger verdrückte sich und schien geradezu benommen, weil der Kommissar ihm so grob gekommen war, ihm, dem Genie von der Polizeischule.

„Gleich fertig", sagte Sune. „Ich hatte kein Werkzeug, und es ist ein schwieriges Schloss. Der nächste Schlosser wohnt ziemlich weit von hier."

Ruda bückte sich und blickte durch den Briefschlitz. Er richtete sich wieder auf, und ich nahm seinen Platz ein. Man konnte einige Meter in den Flur hineinsehen, und da lag ein schmaler Frauenkörper auf der Seite, die Hände über dem Kopf. Der Mund war halb geöffnet, die Augen waren geschlossen. Das lange dunkle Haar breitete sich in unordentlichen Wellen aus, und das hellblaue Kleid war weit hinaufgezogen.

„Ich sehe kein Blut."

„Man kann von hier aus nicht alles sehen."

Der Türschnapper knackte.

„Offen."

Der Kommissar umfasste die Türklinke mit einem Taschentuch und öffnete vorsichtig. Er führte die Prozession an, ich war zweiter

Mann, Sune dritter und Häger letzter – mit vorgestrecktem Kopf wie ein neugieriger Vogel. Wir bewegten uns sehr vorsichtig. Sune holte sofort seinen Block hervor und machte sich Notizen. Ruda beugte sich über Ragna, betrachtete sie ein Weilchen, schnupperte in der Luft. Und dann explodierte er.

„Schert euch zu des Teufels Großmutter, verdammt noch mal!“ Er warf Häger einen wütenden Blick zu. „Ihr habt mich unnötigerweise hergelockt. Das ist doch …“

Hägers Gesicht wurde weiß.

„Aber … Aber …“

„Das Mädchen ist nicht tot! Sie atmet doch, sie schnauft. Besoffen ist sie, verdammt noch mal, stinkbesoffen!“

Sune ging in die Küche und kam mit einer leeren Flasche zurück, die er demonstrierend gegen das Licht hielt.

„Sie hat eine große Flasche Bacardi-Rum ausgetrunken. Kein Wunder, dass sie einen Mordsrausch hat.“

Ruda stemmte die Fäuste in die Hüften und holte tief Luft, um loszuwettern, aber Sune warf ihm einen seiner seltenen lächelnden Blicke zu.

„Was hättest du wohl getan, Yngve? Bei den vielen Toten, die wir beide schon gesehen haben, denkt man nicht gleich an Sprit.“

Ruda blickte ihn wütend an, musste ihm aber, wenn auch unwillig, Recht geben.

„Hm … Besoffene Mädchen sind das Schlimmste, was ich kenne. Weckt sie auf!“, fügte er grimmig hinzu.

Sune nahm einen in kaltes Wasser getauchten Lappen, wischte damit über Ragnas Gesicht und schüttelte sie. Nach einigen Minuten blinzelte sie, dann sah sie uns mit leerem Blick an, ohne zunächst etwas zu begreifen, und schüttelte den Kopf. Schließlich schnitt sie, wie von plötzlichem Schmerz gepeinigt, eine Grimasse und rief.

„Vier Kerle um diese Tageszeit. Ihr kommt zu früh!“

Sie streckte mir die Hand hin, und ich half ihr auf die Beine. Sie griff sich an die Stirn.

„Oh, mein Kopf! Was wollt ihr?“

Ich deutete auf Sune.

„Zwei Mann sollten eine Durchsuchung der Wohnung vornehmen. Sie konnten nicht herein, und da schauten sie durch den Briefschlitz. Sie sahen dich reglos am Boden liegen und hielten dich für tot. Wir mussten die Tür aufbrechen, um hereinzukommen."

Ragna gähnte und hielt die Hand vor den Mund.

„Na ja, ich war knille. Is noch was in der Pulle?"

Sie nahm Sune die Rumflasche aus der Hand und schüttelte sie. Als sie sah, dass die Flasche leer war, ließ sie sie unwillig auf den Fußboden fallen. Sie glaubte wohl, bei mir eine verächtliche Miene bemerkt zu haben, denn sie sagte wütend:

„Hör mal, Freundchen! Ich mache, was ich will, verdammt noch mal, und bitte dich nicht erst um Erlaubnis. Ich habe mir seit August nichts Richtiges genehmigt, aber gestern Nacht hatte ich die Schnauze voll, und da floss der Rum. Der Fußboden drehte sich, als ich ins Schlafzimmer gehen wollte, und da bin ich am Boden eingepennt. Darf man das etwa nicht nach schwedischen Gesetzen?"

Ich sah ihr in das gerötete Gesicht.

„Du bist ungemein hübsch", sagte ich ruhig. „Erinnerst mich sehr an Stella Karlberg nach jener Nacht, in der sie jünger aussah."

Sie leckte sich die Lippen und blickte verstohlen in den Flurspiegel.

„Macht doch, was ihr wollt", murmelte sie. „Ich hau mich hin."

Dann packte sie abermals die Wut, und sie schrie den armen Häger an:

„Aber erst muss ich aufs Klo. Baust du dich da etwa in der Tür auf, um das zu überwachen?"

Ruda fuhr mich zum Stureplan. Den halben Weg über machte er ein verbissenes Gesicht, dann aber lachte er hart auf.

„Kann mir nicht helfen – irgendwie ist das Mädchen trotzdem in Ordnung."

Vor dem Sture-Lichtspielhaus stieg ich aus und sah mich nach Simon und Bolinder um. Ich vergrub die Hände tief in den Manteltaschen und forderte mich zum hundertsten Mal auf, wärmere Handschuhe zu kaufen. Ging weiter über die Verkehrsinsel mit dem „Pilz“, diesem Zementgebilde mit schmalem Fuß und breitem Hut – früher einer der beliebtesten Treffpunkte in der Stadt, jetzt durch die Verkehrsumleitung zerstört und trotz heroischer Versuche mit nonfigurativen Skulpturblöcken zu einer öden Fläche verurteilt. Ich passierte gerade das Kino „Spegeln“, da wurde eine Tür des Vorraums geöffnet, und Simon steckte sein Gesicht heraus.

„Komm rein ins Warme. Draußen erfriert man ja!“

Er wie auch Bolinder erklärten mit Nachdruck, sie hätten von dort aus eine ebenso gute Übersicht über den Bereich, in dem sich das Hippiepaar gewöhnlich aufhielt, als wenn sie in der Kälte durch die Straßen galoppierten. Sie meinten, einen Kaffee hätten sie wohl verdient, verdrückten sich in die „Ringbar“, und ich übernahm die Ausschau nach den zwei Leuten, die nach Bolinders Terminologie als Hippiepaar zu bezeichnen waren.

Zwei Stunden später ging ich mit Simon essen, und danach war Bolinder an der Reihe. Gegen vier Uhr trank ich allein eine Tasse Kaffee. Als ich zurückkam, starrten Simon und Bolinder angespannt schräg über die Straße nach dem kleinen Platz vor dem imposanten Gebäude des Johnson-Konzerns.

„Da sind sie“, sagte Bolinder leise.

Ich sah eine Frau mit einem sorgfältig in einen indianischen Tragsack eingepackten Kind auf den Schultern und einen Mann mit schulterlangem blondem Haar und wogendem blondem Bart. Beide trugen hellbraune Pakistanpelze mit weißen Rändern. Die Frau unterhielt sich mit einer dritten Person.

„Texas“, murmelte Bolinder. „Letzten Dienstag entlassen. Zweite Reise wegen Diebstahls.“

Betont gelassen verließen wir den Vorraum des Kinos und warteten vor den gelben Strichen auf den grünen Mann der Verkehrsampel. Die drei standen vor einer Aluminiumskulptur, und Simon fragte:

„Weißt du, was der Haufen Blechschrott dort vorstellen soll?"

„Die Königin und ihr Schiff. Ein Geschenk der Johnson-Reederei."

Langsam gingen wir mit dem Strom über die Straße.

„Mir kommt das Ding vor wie ein Schlackenhaufen von ihrem Avesta-Werk", sagte Simon verächtlich über die Skulptur. „Typisch der reiche Johnson. Die Königin! Ein Frauenzimmer haben die jedenfalls noch nie gesehen."

Das Paar und die dritte Person standen noch immer dort und unterhielten sich, und der Mann, den Bolinder „Texas" genannt hatte, stampfte mit den Beinen, um die Kälte zu vertreiben. Das an der Skulptur entlang rieselnde Wasser dampfte, und sowohl das Gebilde wie auch die Menschen wurden von Scheinwerfern beleuchtet.

„Wir warten, bis wir sehen, was mit Texas passiert", sagte Simon.

Ein paar Meter vor den Schaufenstern des Konzerns blieben wir stehen und taten so, als bewunderten wir die Schiffsmodelle. Ein gelangweilter Pförtner in korrektem grauem Anzug sah uns mit ausdruckslosem Blick an. Der graugrüne Marmorfußboden der Eingangshalle glänzte von Reinigungsmitteln, und die runden Leuchtröhrenlampen an der Decke erhellten die weißen Marmorwände und ließen an den Stahlprototypen des Avesta-Stahlwerks Reflexe aufblitzen. Von der Wand unmittelbar gegenüber dem Eingang starrte uns ein in Mosaik ausgeführter Hüttenarbeiter an, der gerade einen glühenden Guss vornahm – sicher der einzige Handarbeiter in dem ganzen Gebäude. Weiter hinten konnte man postierte Galionsfiguren alter Holzschiffe erkennen.

„Texas ist gegangen", flüsterte Bolinder.

Wir warteten noch ein Weilchen und traten dann ruhig an das Paar heran. Sie sollten nicht festgenommen werden, waren keines Verbrechens verdächtig, und folglich durfte ihre Integrität nicht verletzt werden. Daher hatten wir warten müssen, bis sie allein waren. Das Kind im Tragsack greinte leise, und die Mutter wandte den Kopf und beruhigte es mit einem sanften Lächeln. Die Frau war etwa fünfundzwanzig Jahre alt und hatte ein breites, ein wenig mongolisches Gesicht mit hohen Jochbeinen und hohlen Wangen. Ihr fehlte jegliche Bemalung. Die Augen verrieten Intelligenz und Wärme. Der Mann war einige Jahre älter; seine hellblauen Augen leuchteten mild und vergebend wie die eines alten Heiligenbildes. Wir zeigten unsere Ausweise, und ich merkte sofort, dass sie nicht das erste Mal mit Polizisten redeten.

„Ich bin Kriminalinspektor Hassel", sagte ich und stellte die beiden anderen vor.

Sie nickten. Die Frau strahlte Feindseligkeit aus, während der Mann gleichgültiger wirkte.

„Was wollen Sie?", fragte die Frau kurz. „Wir haben niemandem etwas getan."

„Sie haben hier eben mit einem Mann gesprochen", sagte Simon. „Wissen Sie, wer das war?"

„Er heißt Bo Persson."

„Man nennt ihn auch Texas, und er ist gerade aus der Haft entlassen worden."

Die Frau sah aus, als wolle sie uns anspucken.

„Soo! Ihr bewacht die armen Kerle! Sie sollen sich nicht frei bewegen dürfen, obwohl sie ihre Strafe abgesessen haben. Wie lange wollt ihr euch eigentlich rächen?"

Die Stimme des Mannes war wohlklingend und von ruhiger Sicherheit.

„Wir haben Bo angeboten, bei uns zu wohnen, bis er wieder Arbeit hat. Bei uns hat er es wärmer als in den Herbergen, die die Gesellschaft für Leute wie ihn bereithält."

„Sie sprechen oft mit gerade aus der Haft Entlassenen, nicht wahr?", fuhr Simon fort.

Der Mann nickte.

„Sie sind die am weitesten Ausgestoßenen. Hättet ihr ein Herz im Leibe, dann würdet ihr genauso handeln."

Die Frau sah uns giftig an.

„Polizisten mit einem Herz im Leibe? Das wäre ja was ganz Neues!"

Simon holte die Fotos von Tobbe und Stanislaw hervor.

„Sind Ihnen diese beiden Männer bekannt? Haben Sie sie gesehen? Wissen Sie, wo sie sich aufhalten?“

Die Frau sah die Bilder nicht an, doch der Mann warf einen flüchtigen Blick darauf.

„Möglich, dass wir sie mal gesehen haben. Wir treffen ja so viele.“

Das Kind greinte wieder, und die Mutter beruhigte es.

„Sei still, meine kleine Nilla. Selbst wenn wir wüssten, wo sie sich aufhalten, würden wir es der Polizei nicht sagen. Sie sind unsere Brüder.“

Simon und ich sahen uns an. Simon kratzte sich hinter dem Ohr.

„So einfach ist das nun freilich nicht … Wohnen Sie in der Nähe?“

„Vielleicht.“

„Leider müssen wir darauf bestehen, dass Sie uns Ihre Wohnung zeigen. Die Personen, die wir suchen, sind sehr gefährlich.“

Der Mann strich sich den Bart und sagte leise:

„Das sind sie vielleicht in euren Augen. Aber in einer anderen Gesellschaft …“

„Ach, Lasse, es ist doch gleich, ob sie mit zu uns nach Hause kommen oder nicht. Polizisten geben sich doch nicht eher zufrieden“, sagte die Frau ungeduldig. „Mein Haus, meine Burg, nicht wahr? Der große kapitalistische Mythos! Kommt ruhig mit und dringt bei uns ein!“

Sie gingen voraus, die Frau mit trippelnden Schritten und der Mann mit weich federnden Knien. Aus den Passagen der Biblioteksgatan drangen kleine Menschenströme, die ersten Bürosklaven, die Dienstschluss hatten. Die Weihnachtsdekorationen hingen noch über der Straße, Girlanden und Gehänge von zahllosen Glühbirnen. An einer Hauswand lehnte eine Leiter; die letzten Erinnerungen an Weihnachten sollten wohl weggepackt werden.

Die Lästmakargatan hinauf, am Kino „Bostock“ vorbei, das nach Jahren der Schmach, während der es ein „Sexo“ und kein „Kino“ war, wieder als hübsches kleines Reprisenlichtspieltheater fungierte. Als wir an der zoologischen Handlung an der Ecke der Norrlandsgatan vorbeigingen, zeigte das kleine Mädchen auf einen der drei grünen Papageien, die uns dort aus ihren runden Käfigen anstarrten, und sagte etwas, was man als „Pippi“ deuten konnte. Die Mutter benutzte die Gelegenheit zu einer kleinen gesellschaftlichen Aufklärung.

„Diese Vögel sind genauso wie die Polizisten“, sagte sie mit lauter Stimme, damit uns ihre Weisheit nicht entging. „Sie tun nur, was man ihnen sagt, und können nur wiederholen, was die Herren befehlen. Und sie sitzen in ihrem Käfig, obwohl sie sich dessen nicht bewusst sind.“

Simon schaute belustigt drein, Bolinder aber, der ja noch ziemlich jung war, bekam es in die falsche Kehle. Simon und ich waren schon allzu vielen begegnet, die uns aus mancherlei Gründen nicht grün waren, so das wir uns über so etwas nicht mehr aufregten.

Der Lästmakarbacken wirkte lang und steil – für mich mit meinem Bein, das wieder zu schmerzen anfing –, und ich hoffte, sie würden nicht allzu weit oben wohnen. Als wir an dem netten kleinen Restaurant „Rendez-Vous“ vorbeigingen, dessen Leuchtschild die Trikolore zierte, warf Simon begehrliche Blicke auf die Gemeinschaft der dort Speisenden und seufzte hungrig. Er aß gern oft und reichlich. Vor einer der nächsten Türen machte die Frau einen ironischen Hofknicks.

„Es ist nicht gerade ein Schloss, und ich heiße euch nicht willkommen!“

Das Haus gehörte zu den Sanierungstypen, und die schmutziggrünen Wände des Treppenaufgangs mit ihren Flecken, Rissen und abgeblätterten Putzstellen schienen an einen barmherzigen Farbtopf zu appellieren. In den Winkeln zwischen Wand und Decke verliefen alte Stromleitungen wie zusammengebackene Schlangen. Wir kamen auf den engen Hinterhof, wo uns drei große Mülltonnen melancholisch anstarrten. Ein eingebauter, heulender Ventilator war mit einem Schornstein von Blech versehen, der bis an den Rand der hohen Brandmauer reichte; diese Mauer hielt den Hof das ganze Jahr über im Halbdunkel. Nach drei gewundenen Treppen machte das Paar vor einer gelb gestrichenen hölzernen Tür halt, an der ein Stück hellgrüne Pappe mit den verschnörkelten Namen Lars Fält und Ulla Nylin haftete.

„Wohnt zur Zeit jemand bei Ihnen?", fragte Simon.

„Geht euch einen Dreck an", fauchte die Frau und zog einen Schlüssel hervor.

Simon legte ihr die Hand auf die Schulter, und sie zuckte zusammen, als habe sie sich verbrannt.

„Es geht uns schon etwas an", sagte er bestimmt. „Sie sind oft mit Torbjörn Axen gesehen worden, und dieser Mann ist gefährlich. Wenn er hier wohnt, müssen wir es wissen, um uns zu schützen."

„Dann werdet ihr eure Pistolen ziehen! Wildwest in der Lästmakargatan!".

„Benehmen Sie sich nicht so verdammt komisch!", schnauzte Bolinder. „Antworten Sie und verschonen Sie uns mit Ihren idiotischen Kommentaren: Wohnt er bei Ihnen oder nicht?"

Der Mann, der wohl Fält hieß, sah Bolinder mit sanften Augen an.

„Wir möchten keine Schießerei im Haus haben. Torbjörn ist keinesfalls gefährlich, aber er wohnt nicht bei uns. Wir sind zur Zeit allein."

Als die Frau – Ulla Nylin – die Tür geöffnet hatte, traten wir ein. Bolinder trug den Mantel offen und schnüffelte überall misstrauisch herum. Die Wohnung bestand aus zwei großen Räumen und einer kleinen, unmodernen Küche. Die Wände waren neu gestrichen, wahrscheinlich von den Bewohnern selbst, da ein Hauseigentümer kaum so schreiende Farben zulassen würde. Die Möbel in den Zimmern hatte man wohl auch selbst angefertigt – in der Hauptsache weiß lackierte Spanplatten mit genähten Kissen. Aber ihre Anzahl war so gering, dass die Räume leicht und luftig wirkten. Rings um eine Art Liegesofa waren fünf Kissen aufgebaut. An den Wänden befanden sich ein paar direkt auf die Tapete gemalte Bilder, entweder von den Bewohnern oder von Kameraden verfertigt. Ich war dankbar, dass ich das Plakat von Che Guevara hier einmal nicht zu sehen bekam. In Anbetracht der sonst so engen Verhaltensmuster dieser Gruppe war man hier jedenfalls nicht so konventionell.

Die Räume waren bald durchsucht. Wir fanden keinerlei Spuren einer weiteren Person. Die Frau setzte das kleine Mädchen auf den Fußboden. Es tappte umher, näherte sich Simon, zog ihn am Hosenbein und lachte. Simons Gesicht überzog sich mit freundlichen Falten.

„Wie alt ist sie denn?"

„Das geht euch nichts an!" antwortete die Frau böse.

„Zwei? Meine Kleinste wird nächsten Monat so alt."

„Und was nun? Verschwindet, wenn ihr fertig seid!"

Bolinder blickte sie kühl an und knurrte: „Sie halten sich anscheinend für etwas Besonderes, wie? Träger der Botschaft der Revolution, natürlich! Sie sitzen wohl an den Abenden mit der übrigen Rotweinclique hier und halten Reden über die Ausbeutergesellschaft und wie ihr alles umkrempeln werdet. Habe verteufelt wenig Sinn dafür, dass Sie von Stipendien leben, ohne auch nur ein bisschen Nützliches dafür zu tun. Wir bezahlen Sie, damit Sie sich überlegen und tüchtig fühlen. Machen Sie doch, dass Sie nach China kommen, wenn es Ihnen hier in Schweden nicht passt!"

Unsinn zum Quadrat! Sie hatten ihren Glauben, und den hatten wir lediglich zur Kenntnis zu nehmen. Unsere Aufgabe war, nach Spuren von Tobbe und möglicherweise dem Polen zu suchen, und nicht, mit diesen Leuten über die Gesellschaftsordnung zu diskutieren.

„In China geht es den Menschen besser", sagte die Frau mit innerer Glut. „Merkt ihr denn nicht, dass ihr gesteuert werdet? Manipuliert? Unsere Tochter soll einmal kein Konsument werden, dem die Hochfinanz weismachen kann, das Glück liege in Autos und Stereogeräten und allerlei anderem Kram, nur um die wahren Probleme zu verschleiern. Und außerdem ..."

Ich hob die Hand.

„Das ist ja alles wirklich fesselnd, aber Ihre Argumente sind mir nicht neu, und Sie haben alle unsere Erwiderungen gehört. Wesentlich ist jetzt nur: Wissen Sie, wo sich Torbjörn Axen und Stanislaw Bilatski aufhalten?"

Bolinder war noch immer sauer und donnerte dazwischen:

„Wenn Sie Mörder decken, kann das sehr böse für Sie ausgehen. Es gibt Gesetze, die es verbieten, Verbrechern dieses Kalibers zu helfen. Ich gebe Ihnen den guten Rat, uns zu antworten, und zwar ein bisschen plötzlich!"

Sie hielten den Rat offenbar für schlecht. Die sanften Augen des Mannes waren ausdruckslos, und die Mundwinkel der Frau bogen sich vor Misstrauen.

Die Fotos wurden abermals hervorgeholt. Die Frau sah zu Boden und der Mann zur Decke hinauf. Sie wollten einfach nicht. Ich stand vor dem schlichten weißen Bücherbrett und ließ den Blick über die Bücher gleiten, durchweg kritische Literatur in Taschenbuchausgaben. Auf der einen Bücherreihe lag ein Buch, das anders aussah und auf dem Rücken einen Titel trug, den ich nicht zu deuten vermochte. Ich nahm es herunter und blätterte darin. Den Text konnte ich nicht lesen, aber auf der Titelseite stand der Ort, wo es gedruckt war: Warszawa. Ich hielt ihnen das Buch hin.

„Wem gehört das hier?"

„Weiß nicht. Hat vielleicht einer vergessen."

„Es ist polnisch."

„So? Uns kann das gleich sein."

„Gehört es Bilatski?"

Ulla Nylins Augen flackerten.

„Wir kennen keinen Bilatski."

Sie wirkte ein bisschen unsicher, als lüge sie nicht gern, nicht einmal vor der Polizei. Auf dem Vorsatzpapier war mit Tusche ein breiter schwarzer Streifen gezogen. Ich hielt das Blatt gegen das Licht. Unter dem Strich vermutete ich einen Namen.

„Das leihen wir mal aus. Wollen Sie eine Quittung?"

„Wir nehmen von niemandem eine Quittung", antwortete Fält ruhig. „Wir betrachten so etwas als einen Beweis des Misstrauens."

Als wir über den Hof zurücktrabten, sagte Bolinder gereizt:

„Mir sind diese Rotwein-Linken zuwider! Worte, nichts als Worte – und weiter nichts tun als herumlungern."

„Diese beiden machten einen recht angenehmen Eindruck", entgegnete ich. „Und wenn sie entlassenen Knastologen helfen, tun sie ein gutes Werk."

„Angenehm!", knurrte Bolinder. „Was haben die auf meinem Stereoempfänger herumzuhacken?"

Ich lachte und schlug ihm auf die Schulter.

„Wer besitzt denn kein Stereogerät? Wir sind doch alle manipuliert, du, Bolinder, und ich auch. Bist du manipuliert, Simon?"

„Oj, oj, mit einer russischen Frau und sechs Kindern braucht man keine Stereoanlage."

Ich rief das Amt an und erhielt den Bescheid, dass Ruda zum Valhallavägen zurückgefahren sei. Ich beschloss, ebenfalls dorthin zu fahren. Bolinder erklärte, sein Arbeitstag sei nun wirklich zu Ende, und rannte zum nächsten UBahnhof. Simon wollte auch nach Hause, musste zuvor aber noch einen Einkaufsbeutel aus seinem Dienstzimmer holen. Ich reichte ihm das Buch.

„Gib es den Jungs in der technischen Abteilung und bitte sie, nachzusehen, ob sich unter dem Tuschestrich ein Name befindet. Sie sollen einen kurzen Bericht schreiben und in mein Zimmer legen."

„Es ist spät. Die Jungs sind bestimmt schon nach Hause gegangen."

„Ich muss den Bericht unbedingt in ein paar Stunden haben. Wenn das Buch Bilatski gehört, kann ich mit den Revolutionären über andere Dinge reden als über das Leben in China. Du musst dir einen schnappen und ihm mit Gehaltsabzug drohen, wenn er sich nicht unverzüglich an die Arbeit macht."

Vom Stureplan bis zum Valhallavägen ist es ein Spaziergang von nur zwanzig Minuten, und trotz der Kälte ging es sich angenehm. Würde mir mein Auto nicht die Möglichkeit bieten, zu dem Sommerhäuschen meines Bruders auf der Insel Gräskö hinauszufahren, dann hätte ich es verkauft; denn für einen Bewohner der Innenstadt ist ein Auto eher eine Belastung.

Ein Ruda mit leuchtenden Augen öffnete mir.

„Du kommst gerade recht. Sune hat wahrscheinlich das Versteck gefunden."

In der Küche stand Häger und sah verstohlen auf die Uhr, während Sune den Wasserleitungshahn eingehend betrachtete.

„Wir warten auf den Pförtner", erklärte Yngve. „Er soll Werkzeug holen."

„Wo ist Ragna?"

„Einige Besorgungen machen. Wollte in ein paar Stunden zurück sein oder auch morgen früh. Käme ganz darauf an, meinte sie. Die führen ein Leben, diese jungen Leute, das kann ich dir sagen!"

Ich bat ihn, mir zu erklären, wieso er glaube, Sune habe das Versteck gefunden. Ruda zeigte mit dem Daumen über die Schulter auf Sune, der einen Meter hinter ihm stand.

„Du kennst doch Sune. Das ist dir ein verdammt gründlicher Bursche. Er und Häger kämmten die Wohnung mit dem feinen Kamm durch, und wenn Sune so etwas tut, dann bleiben nicht einmal Schuppen zurück. Nach einer Weile kriegt Häger Durst und will Wasser trinken, und als er das Glas unter den Hahn hält, rieselt das Wasser nur spärlich. Häger macht sich darüber weiter keine Gedanken, aber Sune kommt das komisch vor. Er probiert die anderen Hähne, die es noch in der Wohnung gibt, und da schießt das Wasser nur so heraus. Und wenn man sich die Mutter unmittelbar hinter dem Hahn genau ansieht, entdeckt man schwache Spuren einer Rohrzange."

Es klingelte an der Tür, und Ruda eilte, den Pförtner einzulassen. Häger warf unruhige Blicke auf die Uhr und flüsterte mir nervös zu:

„Ich habe einem Mädchen versprochen, sie um sieben abzuholen, wollte noch etwas anderes anziehen und baden und einiges erledigen. Könntest du nicht mal fragen …"

„Frag doch selber! Sag männlich und geradeheraus, dass du etwas anderes vorhast!"

Er fuhr zusammen.

„Dann warte ich wohl lieber noch ein Weilchen."

Der Pförtner hatte einen Hängebart und eine Rohrzange, und die letztere benutzte er, um den Hahn von der Leitung zu schrauben.

„Ich habe den Haupthahn zugedreht", erklärte er dabei. „Sonst würden wir die ganze Küche vollspritzen."

„Haben Sie diesen Hahn hier auf Herrn Karlbergs Wunsch schon einmal abgeschraubt?"

„Nee. Warum denn?"

Sune richtete seine Brille auf den Pförtner.

„Ich behaupte, dass bei irgendeiner Gelegenheit jetzt im Winter der Haupthahn schon einmal zugedreht worden ist. Möglicherweise bei einer Reparatur."

Der Pförtner wurde verlegen.

„Nee … Nicht, soviel ich weiß. Doch, ja, verflixt noch mal! Ende November waren ja bei der Alten im ersten Stock zwei Dichtungen kaputt. Es stimmt tatsächlich. Wie konnten Sie das wissen?"

„Schrauben Sie den Hahn ab", sagte Sune bestimmt und dachte nicht daran, die Frage des Pförtners zu beantworten.

Noch zwei Bewegungen der Rohrzange, und der Hahn löste sich. Ein wenig Wasser rieselte in das Spülbecken. Sune blickte in das Leitungsrohr, stocherte dann mit einem langen, schmalen Instrument darin herum, und das Ende eines Plastikröhrchens kam zum Vorschein. Er fasste es mit den Fingerspitzen, zog es heraus und drückte es gerade. Durch die dünne Plastikschicht schimmerte weißes Papier.

„Bitte schön, Ruda! Hier hast du Valentin Karlbergs Geheimnis."

14

Andächtig zog Ruda den Inhalt aus dem Röhrchen, und ich sah, dass es vier ausgerissene Blätter eines kleinen Notizbuches waren. Ruda ließ die Augen über die Zeilen wandern.

„Zahlen und Daten. Einzelne Worte ohne Zusammenhang. Na ja, wir werden sehen, was sich nach eingehenderem Studium daraus für uns ergibt."

Behutsam schob er die Blätter wieder in das Plastikröhrchen.

„Ich fahre ins Amt. Kommt ihr mit?"

Sune schüttelte den Kopf, und Häger erklärte stotternd, er habe eine Verabredung.

Ich saß allein mit Ruda im Auto und erstattete Bericht über die Ereignisse des Tages. Ruda grunzte zufrieden, als er von dem Buch hörte.

„Ein polnisches Buch, wenn wir nach einem Polen suchen! Das kann nicht bloßer Zufall sein. Steht sein Name in dem Buch, dann fahren wir zusammen hin und lesen den beiden die Leviten. Natürlich nur, wenn du sonst nichts vorhast", fügte er mit später Rücksichtnahme hinzu.

„Es ist mir ein Vergnügen, Vorgesetzten gegenüber mehr als eifrig zu sein", sagte ich liebenswürdig. „Ich stehe dir also Tag und Nacht zur Verfügung."

„Ach, hör doch auf mit dem Blödsinn, verdammt noch mal!"

„Wie weit ist Nord mit dem Mord an Stella Karlberg gekommen?"

„Er tritt auf der Stelle. Wir müssen ja alle Anhaltspunkte prüfen, doch Nord ist genau wie ich überzeugt, dass dein Freund Bilatski der Täter ist."

Er nahm die winterliche Pelzmütze ab und fuhr sich mit den Fingern durch die grauen Haarbüschel.

„Ja, der Bilatski ist bestimmt ein Mörder", sagte er nachdenklich. „Aber wer hat ihm den Auftrag gegeben? Was hat er dabei zu gewinnen? Wer hat den Polen bezahlt?"

„Vielleicht die Betonbande? Was haben der Schiffer, Rixen und Jonne zu sagen?"

„Sie sind prominente Mitglieder der Gesellschaft ‚Die Muscheln'. Der Mann, den du den Schiffer nennst, ist ständig guter Dinge und lacht, aber man kriegt nichts Vernünftiges aus ihm heraus. Jonne ist dumm, aber eingeschüchtert und deshalb starrköpfig. Rixen dagegen … Kleine Anzeichen deuten darauf hin, dass wir ihn knacken werden. Er ist der Weichste, und Nord hat einen unserer besten Vernehmer auf ihn angesetzt."

Das Polizeigebäude kennt keinen Schlaf; um neunzehn Uhr schien nur unbedeutend weniger Personal im Haus zu sein als am Tage. Ruda betrat sein Zimmer, und ich ging nachsehen, ob irgendein Bescheid wegen des Namens eingetroffen war. Auf meinem Schreibtisch lagen das Buch und das Ergebnis der Analyse: „Unter dem Tuschstreifen steht ‚S. Bilatski, 1964'."

Als ich in Rudas Zimmer kam, hatte er die Blätter vom Valhallavägen vor sich auf dem Tisch liegen und verglich sie mit einem anderen Schriftstück.

„Schriftproben von Karlberg. Das da auf den Blättern ist nicht seine Schrift. Also hat er sich die Blätter irgendwie angeeignet, und derjenige, der sie geschrieben hat, ist bereit, Morde zu begehen, um sie wiederzubekommen. Und bei dir?"

„S. Bilatski, 1964."

Ruda erhob sich.

„Jetzt machen wir den Polen dingfest! Das Paar in der Lästmakargatan weiß todsicher, wo er sich aufhält."

Wenig später saßen wir hinten in einem Funkstreifenwagen, der auf die Lästmakargatan zusteuerte. Ruda summte etwas Italienisches und zog die tiefen Töne schmachtend in die Länge. Er dachte wohl an die Chorproben, die nach der bis Ultimo reichenden Weihnachtspause wieder beginnen würden. Das Auto hielt vor dem Hauseingang, und die Beamten des Streifenwagens erhielten ihre Instruktionen. Die Haustür war abgeschlossen, aber Ruda klopfte, bis ein älterer Mann kam und öffnete.

„Wenn ihr solchen Radau macht, rufe ich die Polizei an", sagte er wütend. „Was? Ach so, Sie sind von der Polizei. Dann entschuldigen Sie nur …"

Er trottete in seine Wohnung im Erdgeschoss, hielt aber die Tür einen Spalt weit offen, und wir sahen, dass er uns mit neugierigen Blicken folgte, als wir über den Hof gingen.

Ulla Nylin öffnete, und als sie das Buch in meiner Hand sah, wurde sie um eine Nuance blasser. Sie ging rückwärts in das Zimmer, wo Fält seiner Tochter gerade eine Strickjacke anprobierte. Ruda nahm das Buch und knallte es auf den niedrigen Tisch.

„Ich bin Kommissar Ruda. Wo ist Bilatski?"

Die Frau schwieg und sah den Mann an, der resigniert die Schultern zuckte.

„Wir können nicht leugnen, dass wir ihn kennen, aber …"

Ruda ließ seine tiefste Bassstimme erdröhnen: „Nichts da mit aber! Wo ist er?"

Die Frau machte einen letzten Versuch.

„Wir müssen nicht sagen, was wir wissen. Das schreibt kein Gesetz vor. Ihr werdet den armen Kerl mit Gummiknüppeln schlagen, bis er schreit …"

Ruda stöhnte und rief im Stillen die Götter an.

„Den Polizisten, der einen Festgenommen mit dem Gummiknüppel schlägt, werde ich persönlich mit der flachen Seite eines Säbels verprügeln. Hören Sie mir jetzt genau zu, damit ich mich nicht wiederholen muss. Stanislaw Bilatski hat mit größter Wahrscheinlichkeit eine Frau mit dem Messer ermordet. Er hat Hassel zweimal umbringen wollen, und beim zweiten Mal wäre es ihm fast gelungen. Vielleicht haben Sie vor ein paar Tagen von dem Polizeibeamten gelesen, der in der Baugrube am Brunkeberg beinahe im Beton erstickt wäre? Das war Roland Hassel, dieser Mann hier, und einer von denen, die ihn da hineingeworfen haben, war Bilatski. Ich rate Ihnen, keinen Mörder zu decken! Also?"

Die Frau warf einen Blick auf mein Gesicht und erkannte mich von den Zeitungsbildern.

„Sie waren das!“, murmelte sie. „Tja …“

Fält kapitulierte.

„Der arme Stanislaw wohnt in einem Abbruchhaus in der Regeringsgatan. Es ist nicht allzu weit von hier. Ich weiß die Nummer nicht, aber im Erdgeschoß ist ein Geschäft, wo Plakate verkauft werden. Rechts, wenn Sie die Lästmakargatan hinauffahren, nur einige Häuserblocks. Die Wohnung hat ihm ein Ungar überlassen, der Sandor heißt.“

Ulla Nylin und Lars Fält sahen uns lange nach, als wir gingen. Ruda hatte ihnen schreckliche Strafen angedroht, falls sie den Polen anriefen und ihn warnten. Fält hatte geantwortet, weder sie noch Sandor hätten Telefon.

Das Haus in der Regeringsgatan war nach Fälts Beschreibung leicht zu finden, und Ruda erteilte abermals Instruktionen.

„Klasson, du folgst Hassel und mir, und du, Lind, bewachst aufmerksam das Haus, für den Fall, dass der Satansbraten zu entkommen versucht.“

In dem Abbruchhaus schienen keine legalen Mieter zu wohnen, wahrscheinlich hatten Obdachlose die leer stehenden Wohnungen okkupiert. Die Heizung war selbstverständlich abgestellt, und das Licht funktionierte nicht. Klasson musste zum Wagen zurückgehen und eine starke Taschenlampe holen. Das Treppengeländer war brüchig, Stücke davon lagen neben Bierdosen, leeren Tüten und Zigarettenstummeln auf den Stufen.

„Home, sweet home“, knurrte Ruda.

Im zweiten Stock entdeckten wir zu unserer Verwunderung einen Zettel mit dem Namen Sandor an einer Tür. Wahrscheinlich hatte der Ungar damit sein Besitzrecht demonstrieren wollen, denn sonst betrachtete man Wohnungen in Abbruchhäusern als Gemeineigentum. Ruda legte das Ohr an die Tür und horchte.

„Drinnen spielt ein Radio.“

Er klopfte laut und bestimmt. Atemlose Stille. Dann erklang hinter der Tür eine mir wohlbekannte Stimme:

„Wer sein da?“

„Polizei! Öffnen Sie sofort, oder wir brechen die Tür auf!"

Ein hörbares Keuchen.

„Wir zählen bis drei. Kommen Sie heraus, die Arme über dem Kopf!"

Wir drückten uns seitlich von der Tür an die Wand. Wenn er mit einer Pistole bewaffnet war, konnte er durch die Türfüllung schießen. In der Wohnung rasselte irgendetwas.

„Eins …"

Vielleicht hatte er sich meine Dienstpistole angeeignet, denn bei den Festgenommenen war sie nicht gefunden worden. Ich war überzeugt, dass er nicht zögern würde, jede nur denkbare Waffe zu gebrauchen, um zu entkommen.

„Zwei …"

Was tat er? Wartete er, bis die Tür aufgebrochen wurde, um ein besseres Ziel zu haben? Ich spürte ein saugendes Gefühl in der Magengrube und sah, dass Klassons Mundwinkel zu einer ängstlichen Grimasse nach unten verzogen waren.

„Drei!"

Ruda legte sein ganzes Körpergewicht hinter den Tritt, und die Tür flog auf, als wäre sie aus Glas. Ruda sprang hinein und sofort wieder zur Seite. Mit dem Revolver in der Hand kommandierte er: „Raus! Und die Arme über den Kopf!"

Das Geräusch eines quietschenden Fensters. Wir ließen uns auf die Knie fallen und versperrten die Türöffnung, die Pistolen im Anschlag. Stanislaw hatte das Fenster geöffnet, und wir sahen, dass er nach irgendetwas an der Außenwand tastete, vielleicht nach einer Dachrinne.

„Lass das! Sie hält nicht!"

Wir stürzten in das Zimmer. Der Pole sah uns kommen, erreichte mit einem verzweifelten Sprung die Rinne und klammerte sich daran fest. Ruda versuchte, ihn vom Fenster aus zu packen, war aber zu weit von ihm entfernt. Das Fallrohr löste sich langsam von der Hauswand. Der Pole spürte, dass sein Halt sich zu neigen begann, und rutschte an dem Rohr hinab – ein verzweifelter Versuch, wieder eine Gleichgewichtslage zu erreichen.

„Er stürzt!“, flüsterte Klasson mit aufgerissenen Augen, und wir sahen, dass sich das Rohr ganz von der Wand löste. In Bilatskis Blick las ich Angst und Panik, als er merkte, dass er verloren war. Er hielt das Fallrohr umklammert, sein Mund öffnete sich zu einem Schrei, doch der blieb aus. Das Ganze glich einer Katastrophenszene in einem alten Stummfilm. Zum ersten Mal sah ich einen Menschen aus einem Fenster fallen. Die Selbstmörder, mit denen ich mich gelegentlich befassen musste, hatten den Sturz ja bereits hinter sich. An ihren zerschmetterten Resten konnte man die Verzweiflung und den Schrecken nur ahnen – den Schrecken, den der Pole nun auf uns übertrug.

Bilatski fiel wie ein schwerer Stein, mit den Armen in der Luft um sich schlagend. Er schlug mit der Brust auf ein abgestelltes Moped auf und wurde dann auf das Pflaster geschleudert. Wie gelähmt standen wir da und starrten auf den mit ausgebreiteten Armen am Boden liegenden Körper. Doch plötzlich – es war unwirklich wie ein Traum – bewegte er sich. Und dann erhob er sich ganz allmählich, erst auf die Knie, und wenig später stand er schwankend auf den Beinen. Er presste die Hände gegen die Brust, und wir hörten ihn noch im zweiten Stock vor Schmerzen stöhnen. Ruda erwachte aus der Lähmung.

„Lind!“, brüllte er. „Lind!“

Aber der saß im Funkwagen auf der Straße, und Bilatskis Fenster ging zum Hof hinaus. Steif und schwer bewegte sich der Pole auf eine Tür an der anderen Hofseite zu.

„Lind! Zum Teufel, Lind!“

Ruda tobte.

„Was macht denn der Döskopp? Ist er eingeschlafen? Lind!“

Nun, Lind saß brav im Auto und bewachte den Hauseingang. Der Kommissar stürzte zur Treppe.

„Los, dalli! Er darf nicht noch einmal entkommen!“

Wir stolperten über den Plunder, der auf der Treppe herumlag, und Ruda schimpfte lauthals. Als Klasson ihm mit der Lampe in der Hand auf den Rücken prallte, stieß er einen Fluch aus, dass die Wände wackelten.

„Hol die Schlafmütze, Klasson! Und du, Roland, kommst mit!“

Ruda und ich rannten auf den Hof, während Klasson hinaus zum Auto flitzte. Als wir den Hausflur betraten, durch den Bilatski gewankt war, sahen wir, dass dieser drei Ausgänge hatte. Einer führte auf einen Nebenhof mit vielen Türen, der zweite zu einer weiteren Haustür in der Regeringsgatan und der dritte auf einen öden Parkplatz. Keine Spur von Bilatski. Klasson kam mit Lind, der uns schuldbewusst ansah.

„Mir war, als hörte ich jemand schreien, aber ich war mir nicht sicher“, entschuldigte er sich. „Und ich hatte ja Anweisung, im Auto zu bleiben.“

Ruda starrte ihn grimmig an, nahm sich jedoch nicht die Zeit zu Vorwürfen.

„Der Kerl muss noch hier in der Nähe sein. Alarmiert weitere Wagen – aber dalli!“

In den nächsten zehn Minuten konnte Ruda die Besatzungen von drei Wagen einweisen, die die Suche nach dem Polen sofort aufnahmen. Ruda knurrte vor Ärger, weil Bilatski wie vom Erdboden verschlungen war, und forderte einen Spürhund mit Führer an. Der Schäferhund kam schließlich, und der Führer brachte ihn in die Wohnung des Ungarn und ließ ihn an einigen Dingen schnuppern, die Bilatski gehörten.

Das Polizeiaufgebot hatte eine Menge Zuschauer angelockt. Ruda wurde wild, als er all die vorgestreckten Köpfe sah, doch er konnte ja nicht das ganze Viertel absperren lassen. Mit der Schnauze dicht über dem Boden trabte der Hund über den Hof und dann in den Eingang, durch den der Pole verschwunden war. Ruda und ich folgten ihm mit kurzen, hastigen Schritten. Der Hund trabte hinaus auf die Regeringsgatan und blieb an der Gehsteigkante jappend stehen.

„Hier hat er offenbar ein Auto bestiegen“, sagte der Hundeführer.

„Auto!", explodierte Ruda. „Auto! Wie soll der noch in ein Auto eingestiegen sein! Die Töle taugt wohl nichts? Mit den Polizeihunden ist heutzutage auch nichts mehr los."

„Rappe ist unser bester Hund", sagte der Hundeführer bedächtig.

Eine Frau in mittleren Jahren trat zögernd an Ruda heran und tippte ihm vorsichtig auf die Schulter.

„Was ist los?" polterte der Kommissar verärgert. „Wenn Sie wissen wollen, was hier passiert ist – ich bin kein Auskunftsbüro!"

Sie biss sich auf die Lippen.

„Verzeihung. Ich wollte Sie nicht belästigen."

Sie drehte sich um, aber Ruda griff nach ihrem Arm.

„Ich muss um Verzeihung bitten. Worüber wollten Sie mit mir sprechen?"

„Ja, mir kam der Gedanke, dass Sie vielleicht nach einem Mann suchen, der krank oder übel zugerichtet wirkte."

„Genau das tun wir. Haben Sie ihn gesehen?"

Die Frau nickte.

„In dem Augenblick, als der junge Polizist aus dem Streifenwagen mit dem anderen Polizisten ins Haus ging, kam der Mann um die Ecke, und er fiel mir auf, weil er so unglücklich aussah. Ein Taxi kam gerade vorbei; er hielt es an und fuhr davon."

„Danke", sagte Ruda schwer, „herzlichen Dank!"

Er brach die Suche sofort ab und gab den Befehl, Verbindung mit dem Taxifunk aufzunehmen und wenn irgend möglich den Wagen ausfindig zu machen, der Bilatski aufgelesen hatte.

Aus der Zuschauermenge lösten sich plötzlich Lars Fält und Ulla Nylin. Sie fuhr auf Ruda los:

„Was habt ihr mit Stanislaw gemacht?" schrie sie ihn an.

„Er ist aus einem Fenster gestürzt", antwortete Ruda schroff.

Die Frau stemmte die Hände in die Hüften. Ihre Augen flammten.

„Gestürzt! Ihr habt ihn hinunter gestoßen. Mordpolizei! Ihr habt ihn natürlich geschlagen, und dann wolltet ihr die Beweise beseitigen. Mörder! Mörder!"

Fält trat hinzu und nahm sanft ihren Arm.

„Laß die Mörder, Ulla! Unsere Zeit kommt schon noch."

„Er ist ohne unser Zutun abgestürzt", sagte Ruda tonlos, doch er wusste, dass sie ihm nie und nimmer glauben würden.

Als wir hinten im Funkwagen saßen und ins Amt zurückfuhren, war Ruda niedergeschlagen und voller Selbstvorwürfe.

„Tjaja! Drei große, kräftige und gut ausgebildete Polizisten kommen, um einen armseligen Kerl festzunehmen. Und dann entwischt der! Ist das noch zu kapieren? Da soll man doch gleich 'n Kind von 'nem Eskimo kriegen! Er springt einfach aus dem Fenster und nimmt ein Taxi. Hätte der Esel Lind doch bloß gehört ..."

Doch als wir dann in seinem Zimmer saßen, fragte er:

„Glaubst du nicht auch, dass er sich bei dem Sturz furchtbar verletzt hat?"

Ich sah den entsetzten Blick vor mir, den rasenden Sturz, das Zucken des Körpers.

„Fürchterlich."

„Hm ... Was tätest du, wenn du in seinen Klamotten stecken würdest?"

„Zum Arzt gehen."

Ruda röchelte zustimmend.

„Er muss sich behandeln lassen. Sagen wir, er fuhr zu einem Bekannten und wollte dort bleiben. Dieser Bekannte wagt es nicht, eine so schwer verletzte Person bei sich zu behalten. Das könnte böse Folgen haben. Also schickt er ihn ins Krankenhaus. Oder Bilatski verkriecht sich irgendwo, wo er ganz allein ist. Dann muss er früher oder später einsehen, dass es ohne ärztliche Behandlung schlimm für ihn ausgeht. Er ist gezwungen, in ein Krankenhaus zu fahren."

„Bliebe noch der Bereitschaftsarzt. Aber der müsste ja bei Bilatskis Zustand alle Hebel in Bewegung setzen, um ihn ins Krankenhaus zu bringen."

„Genau. Doch wenn er dort mit falschen Papieren auftritt oder überhaupt ohne Papiere kommt und einen falschen Namen angibt, kann es lange dauern, bis wir das herauskriegen. Wir müssen also die Krankenhäuser überwachen. Allzu viele davon haben wir zwar nicht in der Stadt, die dafür in Frage kommen, aber …"

Er seufzte und holte die Dienstlisten hervor.

„Woher soll ich die Leute nehmen? Ich muss sie von anderen Aufgaben abziehen. Dass wir bei der Polizei aber auch nichts abschließen können! Dieser dreimal verdammte Personalmangel! Wenn ich doch nur mal für einen einzigen Tag Politiker sein könnte, dann wollte ich der Regierung schon zum Tanz aufspielen und ihr beibringen, dass wir auf den Knien rutschen."

„Eins von den Krankenhäusern kann ich ja für die Nacht übernehmen."

Er stocherte sich mit dem Bleistift im Ohr herum.

„Bist du nicht müde? Du wirst die zulässigen Überstunden für dieses Jahr schon vor Ostern aufgebraucht haben. Aber von mir aus gern. Nimm das Krankenhaus in Söder. Ich muss noch Kopien von Bilatskis Foto für die anderen anfertigen lassen."

Ich erhob mich.

„Klar, dass ich mir die Überstunden anrechnen lasse. Ich habe meinen Beruf gern, aber er ist nicht mein Hobby. Unter normalen Umständen würde ich nach Hause fahren und zu Bett gehen, aber mir ist ebenfalls miserabel zumute bei dem Gedanken, dass er uns reingelegt hat."

Ich trank noch Tee und aß drei stattliche belegte Brote, denn aus Erfahrung wusste ich, dass man in einem Krankenhaus nur schwer etwas zu essen bekommt, wenn man nicht Patient ist.

In der Anmeldung stellte ich zunächst fest, dass sich bisher noch kein Ausländer eingefunden hatte, und dann wies man mir einen Platz auf dem Korridor zu, unmittelbar neben einer Nische, in der einige Tragen in Bereitschaft standen.

„Ruhig heute Abend", sagte ich zu einer abgehetzten Schwester.

Sie sah auf die Uhr.

„Ein paar Minuten Atempause. Doch es geht bald wieder los. Jetzt nach zehn kriegen wir die Betrunkenen. Bitte, da kommt schon der erste."

Zwei Polizisten einer Funkstreife, mir unbekannt, brachten einen weinenden, mit Blut besudelten Mann angeschleppt, der nach denaturiertem Alkohol roch. Er lallte mit zerfetzten Lippen, und in seinen Zahnreihen sah man die Lücken frisch ausgeschlagener Zähne.

„Schlägerei", sagte der eine Polizist und hielt den Mann von sich ab, um sich die Uniform nicht mit Blut zu beschmieren.

Die Schwester nickte, und der Mann wurde in einen der Räume gebracht. Der Gang war lang und führte an den verschiedensten Behandlungsräumen vorbei. Die Polizisten warteten vor der Tür auf Bescheid über den Zustand des Mannes. Wenn nur Pflaster und keine große Behandlung notwendig waren, würden sie ihn wieder mitnehmen, und ich hörte den einen leise zu seinem Kollegen sagen: „Er hat den ganzen Wagen vollgekotzt. Die Karre wird nun wochenlang stinken wie 'n Affenstall."

Die Krankenwagen trafen nun allmählich im Pendelverkehr ein. Verletzte Menschen wurden auf Tragen hereingebracht, die besorgten Angehörigen mussten im Warteraum bleiben. Verkehrsverletzte mit bleichen Gesichtern und provisorischen Verbänden. Fälle von Vergiftungen, die zur sofortigen Magenausheberung eingeliefert wurden. Rauschgiftsüchtige, die Fehlzündung hatten und die Treppe hinabgestürzt waren. Alle wurden rasch in die richtige Abteilung weitergeleitet. Ärzte und Schwestern beurteilten den Grad der Schäden und bestimmten die Reihenfolge der Behandlung.

Nach Mitternacht kamen die Selbstmordversuche. Die einsamsten Stunden des ganzen langen Tages. Man kann nicht schlafen. Man wankt umher und kommt sich vor wie der einzige Mensch in einer stummen, feindlichen Welt. Man empfindet den Druck, der auf einem lastet, plötzlich als unerträglich. Man kann nicht mehr. Am besten, man macht Schluss mit all der Sinnlosigkeit. Warum die Fiktion des Lebens aufrechterhalten, wenn man doch nur noch vegetiert wie ein verbrauchter Schatten? Die einsamen Stunden, in denen der letzte Entschluss gefasst wird. Vielleicht noch ein paar Worte auf einem Zettel für die Überlebenden, man will erklären, warum, und an ihr Verständnis appellieren, vielleicht auch nur ein schlichtes Abschiedswort. Danach Gas. Tabletten. Ein Schuss. Aufgeschnittene Pulsadern. Ein Strick. Aber recht oft werden sie entdeckt. Das Gas wird zugedreht, der Strick abgeschnitten. Man horcht das Herz ab und stellt noch Leben fest. Krankenwagen mit heulender Sirene. Ärzte, die an dem unwilligen Körper herumhantieren. Viele bedanken sich hinterher für ihre Rettung, andere fühlen sich um den Tod betrogen, den sie so sorgfältig vorbereitet haben.

Es wurde zwei Uhr, und ich musste ein wenig in dem langen Gang hin und her gehen, um auf meinem Stuhl nicht steif zu werden. Das Bein schmerzte. Ich würde mal wieder den Arzt aufsuchen müssen. Das brachte meine Gedanken auf die kommende Gerichtsverhandlung, bei der ich den Männern, die mir ans Leben wollten, Auge in Auge gegenüberstehen würde. Ich fragte mich, ob sie ein Geständnis ablegen oder trotz aller Beweise alles ableugnen würden. Die Gerichtsverhandlung würde wieder Schlagzeilen machen, doch das spielte kaum noch eine Rolle. Das Interesse der Presse ist groß, aber von kurzer Dauer. Das Kriterium für eine Weltkatastrophe ist, dass sie sich drei Tage lang auf der ersten Seite hält, um erst dann dem verstauchten Fuß von Lill-Babs zu weichen. Hatte ich diesen Zynismus ausgebrütet? Oder war es ein alter Nachtredakteur gewesen, der, soeben pensioniert, nun etwas angeheitert über die Schattenseiten seines Berufs berichtete? Apropos: etwas angeheitert – was mochte jetzt wohl Ragna Karlberg tun? Schlief sie in ihrem Bett auf ihrem rosigen Ohr, oder hatte sie wieder den BacardiPlatz am Fußboden vor der Tür eingenommen? Und wenn sie im Bett lag – war sie allein? Nun hör aber auf, Roland Hassel, kümmere dich nicht um Dinge, mit denen sich andere verlustieren! Du bist ein missgünstiger Tölpel, Roland, denk bitte an etwas anderes.

Zum Beispiel an den Spielklub in der Hagagatan. Ich hatte mit einem Beamten gesprochen, der an der Razzia beteiligt war und mir mit finsterer Miene von den unschuldigen Antworten berichtete, die man dort gegeben hatte. „Was denn, Spiel? Doch nur zum Vergnügen! Nur aus Jux! Nee, das hier ist doch 'n Klub, und alle Mitglieder sind Besitzer. Mitgliederverzeichnis und Satzungen? Die liegen bei irgendeinem Rechtsanwalt, wir wissen allerdings nicht, bei welchem. Natürlich hat der Klub einen Leiter, aber wir wissen nicht genau, wie er heißt, und er ist heute Abend nicht anwesend. Wer die Bank hält? Mal dieser, mal jener, wir haben dafür keinen besonderen Mann. Wer die Bank halten will, kann es tun – wir spielen ja, wie gesagt, zu unserem Vergnügen. Die Jetons? Der weiße bedeutet zehn Öre, der rote fünfundzwanzig und der blaue eine Krone. Überzeugen Sie sich, hier ist meine Brieftasche. Ich habe nicht mehr als fünfzig Kronen bei mir. Selbstverständlich, Sie dürfen gern in alle Brieftaschen schauen. Niemand hat hier viel Geld bei sich. Wir spielen doch nur zu unserem Vergnügen."

Um halb vier war ich am Einschlafen, wurde jedoch von einer Schwester geweckt, die resolut nach der Trage griff, an die ich mich angelehnt hatte. In einem Behandlungsraum schrie jemand gellend, doch dann brach der Schrei jäh ab – wie mit einer Schere abgeschnitten.

Eine halbe Stunde später musste ich gewaltig gähnen. Und dann schien mir die Hand am Mund anzufrieren. Plötzlich war er einfach da! Wie er gekommen war, weiß ich nicht – mit dem Krankenauto, mit einem Taxi, in einem Privatwagen. Er stand schon im Gang, lehnte an der Wand. Sein Gesicht war grauweiß, seine Haut schien irgendwie zusammengeschrumpft. Er fiel förmlich einen Schritt nach vorn, wobei sein Körper kraftlos der Wand folgte. Sein Blick irrte in die Runde, glitt über mich hinweg, die erloschenen Augen registrierten kein Wiedererkennen. Ich sprang auf.

„Stanislaw Bilatski!"

Sein Körper schien ihm zu schwer zu werden, wie von einer unsichtbaren Kraft wurde er in die Knie gedrückt. Eine Schwester kam angerannt, und als sie seinen Zustand bemerkte, holte sie sofort Hilfe. Der Pole wurde auf eine Trage gelegt und in einen der Räume gebracht. Ich zeigte dem Arzt meinen Polizeiausweis.

„Ich muss mit ihm reden."

„Später."

„Nur zwei kurze Fragen …"

„Später."

Die Tür schloss sich hinter ihm; zu dieser Welt hatte ich keinen Zutritt. Ich rief im Amt an, Ruda war nach Hause gegangen, doch der Diensthabende versprach mir, die Posten aus den anderen Krankenhäusern zurückzuziehen.

Um fünf kam eine Schwester aus dem Raum, um eilends etwas zu holen. Sie lehnte es ab, mit mir zu sprechen.

Um sieben wurde die Tür geöffnet, und ein Arzt trat heraus. Er tastete in der Tasche nach einer Zigarette.

„Es handelt sich um den Patienten da drinnen."

Er stieß einen Seufzer aus und blies dabei den Rauch in die Luft.

„Ich begreife nicht, dass der Mann sich überhaupt noch bis hierher schleppen konnte. Nicht ein Knochen in seinem Leib dürfte noch heil sein. Die Eingeweide sind bestimmt geplatzt, und fünf Rippen sind gebrochen. Eine davon hat den einen Lungenflügel durchbohrt."

„Wann besteht die Möglichkeit, mit ihm zu reden?"

Er sah mich müde an.

„Das müsste in diesem Fall durch ein Medium geschehen. Er hatte keine Chance und ist vor fünf Minuten gestorben."

15

In Bilatskis Hinterlassenschaft entdeckte man das Messer, und das Labor konnte feststellen, dass sich oben am Griff Blut von derselben Blutgruppe befand, wie Stella Karlberg sie hatte. In dem Zimmer im Abbruchhaus fand man auch diverse Akten, die Valentin Karlberg gehörten und seine wirtschaftlichen Transaktionen mit verschiedenen Banken auswiesen. Sie brachten uns jedoch nichts Neues. Möglicherweise waren es diese Papiere gewesen, die Stella als wertvoll für mich angesehen und an dem Abend in der Tasche gehabt hatte, an dem sie von Bilatski getötet wurde.

Zwei Tage lang tat sich in dem Fall nichts, was mich etwas anging. Am dritten Tag wurde ich vom Gefängnis Långholmen aus angerufen, und nachdem man mich ein paar Mal weiter verbunden hatte, hörte ich die Stimme des Indianers:

„Ich hab mit Hugge Sandberg palavert. Du, das ist 'n prima Kumpel. Wir können gut miteinander."

„Gratuliere, aber kauf ihm keine Tipps ab! Hast du Wing erwähnt?"

„Ich sagte alles so, wie du's mir gesagt hast. Und da, verstehst du, sagte er: ‚Schade, dass du gerade jetzt sitzen musst, wo Wing in ein paar Tagen auf einen kurzen Besuch hierher kommt.' "

„Sagte er das genau so? Wann hast du mit ihm gesprochen? Hat er sonst noch etwas über diesen Wing gesagt?"

„Ich habe gestern mit ihm gesprochen, aber da konnte ich nicht anrufen. Es waren genau diese Worte, und dann erzählte er von einer Braut, die er im ‚Strand' getroffen hat."

„Besten Dank, Sten. Ich lasse den Mantel für Bojan sofort zurücklegen."

In Rudas Zimmer traf ich Sune und Häger. Ruda interessierte sich sehr für die Information des Indianers.

„Nun wollen wir das mit Wing mal durchdenken. Achtet auf die Worte Sandströms: ‚Wing kommt auf einen kurzen Besuch hierher.' Worauf deuten die? Auf jemand, der außerhalb von Stockholm wohnt, da ‚hierher' ja Stockholm bedeuten muss. Wing ist ein großer Mann in der Spielbranche, und außerhalb der Stadt gibt es keinen, von dem man das sagen könnte."

Sune putzte die Brillengläser und setzte die Brille wieder auf seine knochige Nase. Drollig, wie klein seine Augen ohne Brille wirkten!

„Du meinst also, dieser Wing kommt aus einem anderen Land? So habe ich das auch ausgelegt. Aber aus welchem?"

Ruda schaute zur Decke hinauf, um sich inspirieren zu lassen. Häger trug ein lila Hemd mit einer lila Krawatte, eine schwarze Weste und ein gelbes Sportsakko. Sune sah ihn ab und zu angewidert an und schien zu bedauern, dass er statt seiner normalen Brille nicht die Sonnenbrille aufgesetzt hatte.

„Zwei Dinge deuten auf England. In erster Linie der Name. Roland sagte, ihm sei es so vorgekommen, als habe der Pole den ersten Buchstaben nach U hin ausgesprochen. Und welches Land nimmt heute im Spielbetrieb eine beherrschende Stellung ein? England. Welches Land hat die meisten Spielhöllen? England. Wir wissen, dass die großen Bosse in London Schweden für einen sehr lukrativen Markt halten. Die Schweden sind ja dumm wie Bohnenstroh und haben viel Geld. Die Engländer haben genügend Kapital, das sie in unserem Land in Roulettes investieren können."

Häger schien das nicht recht einzugehen.

„Und Amerika? Gibt es dort nicht auch Unmengen von Spielerkönigen?"

„Natürlich, aber bedenk doch die Verbindungen! Von Amerika aus kannst du eine Spielhölle in Schweden nicht einmal durch einen Beauftragten unterhalten. Außerdem ist der amerikanische Markt nahezu unersättlich, die brauchen doch nicht über den Fluss nach Wasser zu laufen. Von England aus bist du in ein paar Stunden hier. Du kannst Zusammenkünfte in Paris oder Brüssel oder Kopenhagen arrangieren. Und noch etwas spricht für England. Der Spielhöllenbetrieb in London ist ein offener Kampf. Torpedos gehören zur Tagesordnung. Die Leibwächter und Gorillas sind die härtesten der Welt, und da nehme ich nicht einmal New York aus, das sonst auf allen Listen an erster Stelle rangiert. Die Leute, die ihr Geld in schwedische Klubs investieren, übernehmen jetzt auch die Methoden, sich zu schützen und den Konkurrenten das Leben sauer zu machen. Die Torpedobande ist eine englische Idee, die sich unsere schweren Jungs mit großer Begeisterung zunutze gemacht haben. Nun haben wir einen Mord und einen Mordversuch mit ziemlich vielen Beteiligten, und ich setze voraus, die Herren

Raubeine hatten dabei einen Auftraggeber, der alles verlangte und zahlen konnte. Ich glaube, dieser Wing ist Engländer."

Wir saßen eine Zeitlang schweigend da und überdachten Rudas Worte. Ein Land nach dem anderen war in den letzten Jahren brutalisiert worden. In Frankreich tobte ein schonungsloser Kampf zwischen der Polizei und einem Verbrechertum, das nach fast militärischem Muster organisiert war, und dieser Kampf wurde von beiden Seiten mit erschreckender Härte geführt. Deutschland – dort erlebte die Gewalt eine neue Renaissance. Kopenhagen, die Stadt des heiteren Lächelns – hemmungslose Gewalt und eine steil ansteigende Kurve der Straftaten. England – der Preis eines Menschenlebens lag weit unter Kurs. Und nun unser Schweden! In Stockholm, der „Mälarkönigin", musste die Polizei wegen fehlender Ressourcen den Kampf gegen eine Verbrechenskategorie nach der anderen aufgeben, und die Maschen der Netze wurden immer größer. Mehr Geld auf schnellere Art. Die Kröten, die ich an mich gerafft habe, gehören mir, und wer sie mir wegzunehmen versucht, dem werde ich schon einen Denkzettel verpassen! Man will uns anzeigen? Hindert den Kerl daran, und Millionen werden herein fließen. Schlagt ihn, tötet ihn, terrorisiert seine Angehörigen! Bist du von der richtigen harten Sorte, dann hast du freie Hand – wenn du nur mein Gold beschützt!

„Können wir mit Interpol Verbindung aufnehmen und den Namen Wing in London überprüfen lassen?", fragte Sunc.

Ruda ging darauf ein.

„Das werden wir selbstverständlich tun. Ist klar. Aber vermutlich ist Wing ein Deckname, und Interpol wird nur kläglich bedauern."

Er wandte sich an Kenneth Häger und schlug seinen väterlichen Ton an:

„Jetzt wirst du mal zeigen, was du kannst. Du rufst die Fluggesellschaft an, die Stockholm von London aus anfliegt. Du nimmst dir sämtliche Passagierlisten vor, von gestern an, und verlangst die Namen aller Personen, die Flüge nach Stockholm im Voraus gebucht haben, so weit im Voraus, wie es überhaupt möglich ist. Wing muss darunter sein. Da können wir Interpol etwas Ordentliches zu knacken geben. Einige hundert Namen sind zu überprüfen!“

Sune und ich mussten andere mit dem Fall im Zusammenhang stehende Angaben überprüfen, wobei ich allerdings in einer Sackgasse landete. Valentin Karlberg war eine Schlüsselfigur, und wir mussten seiner habhaft werden, um uns die Notizen erläutern zu lassen und zu klären, wen sie betrafen. Karlberg kam mir allmählich vor wie ein Schatten, eine Person ohne Fleisch und Blut. Obwohl ich ihn gesehen und sprechen gehört hatte, schien er mir unwirklich. Vielleicht war es dieser seltsame Gedanke, der meine Überlegungen in noch absonderlichere Bahnen lenkte. Ich erinnerte mich an Kleinigkeiten, die gesagt und getan worden waren, und dachte, dass man vielleicht nicht alle Angaben als stichhaltig ansehen sollte. Nicht alle diese Details standen in direktem Zusammenhang mit dem Fall, doch das Ergebnis der Stichproben, die ich anstellte, überraschte mich. Noch aber war alles nicht so weit gediehen, dass ich es Ruda präsentieren konnte.

Am Tag nach der Unterredung im Zimmer des Kommissars saß ich zufällig in meinem Büro, als Ragna Karlberg anrief. Ihre Stimme klang unruhig.

„Hast du viel zu tun?“

„Wie immer. Warum?“

„Tjaa … Es klingt albern, aber ich krieg's ein bisschen mit der Angst zu tun.“

„Ist was geschehen?“

„Es hat sich wieder jemand am Türschloss zu schaffen gemacht.“

„Wann denn?“

Ragna versuchte, unbekümmert zu lachen, aber sie war nervös und sprach unnatürlich.

„Vorhin. Eure Kerle haben das Schloss ja ausgewechselt, nachdem ihr's kaputt gemacht habt, als ich dun war und nicht öffnen konnte. Das hatte ich ganz vergessen, verdammt noch mal, und wartete nun darauf, dass der Kerl reinkäme. Dann wollte ich aufmachen, weil sein Schlüssel ja nicht passte, aber da hat er wohl meine Schritte gehört, denn er jagte die Treppe runter wie ’n durchgehender Gaul.“

„Kann es dein Vater gewesen sein?“

Ihre Stimme klang unentschlossen und unsicher.

„Weiß nicht ... vielleicht ... aber wohl doch nicht ... obwohl ...“

Und dann fügte sie außer Atem hinzu: „Ach, komm doch am besten mal kurz her. Ich möchte mit dir reden.“

Ich sah auf die Uhr. Halb elf.

„Okay, ich habe eine Stunde Zeit.“

Die strenge Kälte hatte nachgelassen; es herrschte wieder mildes Wetter. Die Straßen waren voller Matsch und Schmutz, und der Schnee, der sich in der letzten Woche aufgetürmt hatte, verwandelte sich allmählich in Seen. Da ich damit rechnete, dass ich den Tag über kreuz und quer durch die Stadt fahren musste, nahm ich das Auto. In zehn Minuten war ich bei Ragna am Valhallavägen. Ein Stück von der Haustür entfernt stand ein älterer Mann in gebeugter Haltung und schaute die Straße entlang, wahrscheinlich nach einem Taxi. Er hatte einen alten braunen Hut tief in die Stirn gezogen und trug einen flatternden, schon fast fadenscheinigen grauen Trenchcoat.

Ragna hatte den Kaffeetisch gedeckt und eine beachtliche Schüssel Gebäck hingestellt.

„Erwartest du Gäste?“

Sie hatte eine hellbraune Kombination an – Jacke und lange Hose – und sah frisch und ausgeschlafen aus. Vielleicht hatte sie sich ein paar nüchterne Tage vorgenommen.

„Ich will versuchen, mich zu rehabilitieren“, sagte sie verlegen und sah mich von der Seite an. „Man war wohl in letzter Zeit nicht gerade zum Anbeißen – oder?“

„Du siehst jetzt besser aus, das muss ich schon sagen.“

„Tut mir wirklich leid. War ganz down und hab mehr Rum geschluckt, als ich wollte. Du weißt ja, wie es einem gehen kann. Man fühlt sich so weinerlich, und der Sprit wirkt auch nicht – denkt man –, und plötzlich ist einem, als habe man einen Schlag mit 'nem Holzhammer auf die Rübe gekriegt. Ich habe alle paar Stunden gebraust; bis ich wieder okay war."

„Gebraust?"

„Meinetwegen geduscht. Das Dänische klingt zuweilen hübscher, nicht?"

Sie wies mit einer einladenden Geste auf den Tisch.

„Der Kaffee ist frisch gebrüht, das Gebäck ist frisch gebacken. Natürlich nicht von mir. Ich hab es unten in der Konditorei gekauft. Teufel auch, ist das kalt in der Bude! Ich mach das Fenster zu."

Ich setzte mich an den Kaffeetisch und schenkte mir eine Tasse dampfenden Mokka ein. Ragna blieb am Fenster stehen und blickte hinaus. Sie runzelte die Stirn.

„Ist was?", fragte ich und kaute ein finnisches Zuckerstäbchen.

„Ich hab nach dem Alten da unten auf der Straße gesehen."

„Der stand schon dort, als ich kam. Kennst du ihn?"

Sie öffnete das Fenster ganz und beugte sich hinaus. Plötzlich schrie sie:

„Das ist mein Vater!"

Ein Sprung, und ich war an ihrer Seite. Ein weißer Mercedes Benz fuhr an den Gehsteig.

„Bist du sicher?"

„Bombensicher! Ich kenne seine Gesten und seine Hände. Herrgott, ich hab sie doch gemalt!"

Ohne nach oben zu blicken, öffnete Karlberg die Wagentür und stieg ein. Ich riss mich von Ragna los und rannte zur Tür.

„Komm! Ich habe mein Auto unten."

Wir rannten die Treppen hinab, und ich nahm schon die Wagenschlüssel in die Hand, um die Türen des Simca schnellstens aufzukriegen. Ragna hielt mit gestrecktem Hals Ausschau nach dem Mercedes.

„Ich sehe ihn nicht mehr – mach hin!"

Ich bekam den Simca in Gang und ließ ihn davon schießen, und ohne mich darum zu kümmern, dass ich einige Fußgänger voll spritzte, fuhr ich mit Vollgas den Valhallavägen entlang.

„Er muss zum Karlavägen hin abgebogen sein.“

Ich schnitt die Ecke, und eine ältere Dame schimpfte mit Recht auf mich. Auf dem Karlavägen war kein weißer Mercedes zu sehen. Ich umrundete den Karlaplan, und plötzlich rief Ragna: „Da! Ganz da unten in der Banergatan. Er biegt nach links ab.“

Meiner Meinung nach raste ich mit wahrer Todesverachtung die Banergatan hinunter, aber Ragna knurrte:

„Wenn du doch bloß eine ordentliche Karre hättest! Diese Sardinenbüchse bringt sich ja kaum selbst vom Fleck.“

„Das ist der Wagen, den ich mir leisten kann“, entgegnete ich wütend.

Wir kamen am Historischen Museum vorbei.

„Wie viel verdienst du eigentlich?“, fragte Ragna mit unangebrachter Neugier. „Ich hab mich gefragt, was so ’n Bulle wie du dem Staat rausleiern kann.“

„Darum kümmere dich jetzt mal einen Dreck. Pass lieber auf den weißen Mercedes auf. Dreitausendvierhundert im Monat, wenn du es unbedingt wissen musst.“

Hinunter an den Strandvägen. Und nun?

„Über die Djurgärdsbron. Bring doch die alte Kaffeemühle ein bisschen in Schwung!“

Das weiße Auto war so markant, dass ich es trotz der großen Entfernung im Auge behalten konnte.

„Ich kenne Männer, die soviel in einer Woche machen“, sagte Ragna.

Noch nie hatte ich weniger Lust gehabt, über Gehälter zu diskutieren.

„Dann sag doch bitte diesen Teufelskerlen, sie sollen herkommen und deinen Papa einfangen!“, schnauzte ich.

Vor mir wich ein Taxi überraschend zur Straßenmitte hin aus, und ich musste stark bremsen, um nicht aufzufahren. Einige Sekunden gingen dabei drauf, und sie genügten. Das weiße Auto war spurlos verschwunden.

„Und du willst ein Kriminaler sein!“, schimpfte Ragna. „Kannst du nicht mal an einem großen weißen Mercedes dranbleiben?“

„Halt den Rand, oder du fliegst aus dem Auto!“, antwortete ich heftig.

„Kein größerer Schaden, wenn du diesen Traktor meinst.“

Ich jagte wie ein Verrückter den Djurgårdsvägen entlang und brummte durch all die zahllosen kleinen Straßen, von denen es im Djurgården so viele gibt. Kein Mercedes. Der Motor hustete, und ich schaute auf den Benzinanzeiger. Er zitterte um den Nullstrich.

„Nicht auch das noch!“, stöhnte ich. „Das Benzin darf jetzt nicht ausgehen. Ich muss ein Telefon finden und Meldung machen.“

„Ach nee, läuft die Karre mit Benzin? Ich dachte, du trampeltest dich mit ’nem Kettenrad durch.“

Entmutigt rollte ich den Djurgårdsvägen zurück in die Stadt, und Ragna studierte mein in Moll gestimmtes Gesicht.

„Du siehst mies aus, Junge. Ist doch nicht deine Schuld. Du hast getan, was du konntest.“

Sie lächelte und drückte mir die Hand am Lenkrad.

„Ich stänkere nur gern mal ’n bißchen!“

„Viel Spaß“, murmelte ich.

Wesentlich ernster als Ragnas Sarkasmus war, dass Karlberg mich wieder einmal abgehängt hatte; und das zu melden war alles andere als angenehm. Neben Liljevalchs Kunsthalle wusste ich eine Telefonzelle, und ich fuhr auf den Parkplatz. Seufzend stand ich in der Zelle und wühlte in den Taschen nach Kleingeld, als Ragna die Tür aufriss.

„Er steht da drüben!“

Sie zog mich ein Stück weiter und zeigte auf den Parkplatz vor dem Wasa-Museum. Es war Freitag, und auf dem Platz standen nur wenige Autos. Der Stromlinien-Mercedes leuchtete wie eine Perle zwischen einigen Volkswagen. Ein Uniformierter saß am Eingang hinter einem Glasfenster und blickte nachdenklich zum Himmel hinauf. Mit Ragna im Schlepp eilte ich zu ihm hin. Mechanisch streckte er die Hand nach den vier Kronen Eintrittsgeld pro Person aus.

„Sind hier vor kurzem ein paar Männer durchgekommen? Einer von ihnen trägt einen grauen Trenchcoat und einen braunen Hut."

Er räusperte sich, und ich warf ihm meinen Dienstausweis hin.

„Es sind heute nicht viele … nur einige ausländische Gruppen …"

„Zum Teufel, Mensch! Ja oder nein?"

Er richtete sich verletzt auf.

„Aber bitte, es geht auch höflich, selbst wenn man bei der Polizei ist. Drei Männer sind vor einer Viertelstunde hineingegangen, möglicherweise auch erst vor zehn Minuten, genau kann ich es nicht sagen. Sie müssen wissen, meine Uhr geht ein bisschen komisch."

Er bemerkte mein dunkelrotes Gesicht und fuhr rasch fort:

„Einer der Männer sah aus wie der von Ihnen beschriebene."

Als wir an ihm vorbeistürzten, schien er unschlüssig zu sein, ob er uns zurückrufen und Eintrittsgeld verlangen sollte, sank dann aber mit einem Achselzucken auf seinen Stuhl zurück. Hatten wir uns um die Entrichtung des Eintrittsgeldes gedrückt, dann gingen nicht ihm die acht Reichstaler verloren.

Auf dem mit schmutzigem Schnee bedeckten Sandplatz erblickten wir einige Personen, die auf dem Weg ins Restaurant waren. Karlberg war nicht dabei.

„Bleib hier auf Posten, solange ich drinnen bin und anrufe!"

Ich stürzte in das Büro und schnappte mir ein Telefon. Ruda war in den Speisesaal gegangen, und ich saß wie auf Kohlen, bis man ihn glücklich von dem Gericht des Tages losgeeist hatte. Als ich endlich seine rauchige Stimme vernahm, meldete ich in aller Kürze, was geschehen war, und er versprach mir schnellstens Unterstützung.

Ein Schild an dem rechten Gebäude verkündete, dass man hier das „Leben an Bord" sehen könne. Ragna und ich versuchten es dort. Wir eilten den Korridor entlang und trafen auf interessierte Besucher, die die Texte unter den ausgestellten Gegenständen studierten. In dem kleinen unteren Raum stand eine Gruppe von

Männern. Wir gingen rasch um sie herum. Es waren nur Amerikaner, von denen ein jeder sagte, alles sei „lovely".

Wieder hinaus auf den Platz. Kein Guide, den man fragen konnte, und die Information war nicht besetzt. Kurz nach zwölf – wahrscheinlich Mittagspause. Wir rannten an den zwei aufgestellten Kanonen vorbei in das gegenüberliegende Gebäude. Dort fanden wir einen Souvenirladen und eine Sonderausstellung. Aus einem Raum mit dem Schild „Filmsaal" an der Tür waren schwache Laute zu vernehmen. Die Dame im Souvenirshop teilte uns freundlich mit, der Wasa-Film sei soeben angelaufen, und wir sollten uns schleunigst hineinbemühen.

„Halte die Tür möglichst lange auf", bat ich Ragna.

Während sie stehen blieb und die Tür weit aufsperrte, eilte ich in den Saal. Dort saß eine Gruppe von Besuchern, die in höchsten Tönen protestierte, weil plötzlich Licht auf die Leinwand fiel. Sieben Personen, darunter drei Frauen. Ein bärtiger Jüngling. Drei Männer, keiner von ihnen Karlberg.

„Aber so schließen Sie doch die Tür!", rief einer im singenden värmländischen Tonfall.

„Was nun?", fragte Ragna, als wir wieder auf dem freien Platz standen.

Ich zeigte auf das Wasa-Haus, dessen Dach mit seinem Aluminiumprofil den Konturen des Schiffes folgte.

„Bleibt nur noch das Schiff."

Die schaukelnden Treppen hinauf und dann hinein in das Allerheiligste. Herbe, feuchte, nach Erde riechende Luft schlug uns entgegen, und es war, als wären wir in einem ländlichen Kartoffelkeller gelandet. Rund um das Schiff verlaufen in zwei Etagen Gänge für die Besucher. Eine Familie stand dort, der Vater hielt eine Wasa-Broschüre in der Hand und kommentierte deren Angaben. Ragna starrte auf die nassbraune Holzschale der „Wasa".

„Hab das Schiff noch nie gesehn – ist aber groß!"

„Sieh dich lieber nach deinem Papa um!"

Ich beugte mich vor, um in der Längsrichtung des Schiffes Ausschau zu halten; das gelbe Gitter war von der Konservierungsflüssigkeit unangenehm klebrig. Ein paar der Amerikaner kamen zur Tür herein und betrachteten das Schiff. Wo aber waren Karlberg und die beiden anderen? Man hörte ein dumpfes Signal und dann das Geräusch von Flüssigkeit, die in Leitungen aufsteigt. Wenig später sprühte aus den Düsen ein Konservierungsmittel auf das Schiff herab. Die Düsen waren vor dem oberen Umgang an eine Eisenstange montiert, und die Flüssigkeit rann in Strömen an den Außenseiten des Schiffskörpers hinab.

Karlberg musste einfach hier sein, denn alle anderen Stellen hatten wir abgesucht, aber die einzigen Gesichter, die ich sah, waren die der hölzernen Löwen, die am Schiffsrumpf über den offenen Luken angebracht sind. Hielt er sich in der oberen Etage auf? Einer der Amerikaner zeigte auf das Schiff.

„Look, Henry. That's strange!"

„What's strange?"

„Red water. How come?"

Was meinte er? Rotes Wasser? Ich trat neben ihn. Mitten in dem Strom klarer Konservierungsflüssigkeit war ein dickes, rotes, fremdartiges Gerinnsel zu sehen. Ich begriff zunächst nichts. Starrte müde auf die Bordwand des alten Schiffes. Rotes Wasser? Hier dürfte es doch wohl kein rotes Wasser geben.

Plötzlich kam mir mein Magen vor wie ein Klumpen, und die feuchte Luft schien eisig zu werden. „Komm, Ragna!"

Hand in Hand eilten wir auf die winklige, steile Treppe zu, die zum oberen Rundgang hinaufführte. Die Düsen sprühten, das Geräusch erinnerte an einen heißen Sommertag in einem gepflegten Park. Neben der Treppe, nur einen Meter von uns entfernt, sahen wir den langen, hölzernen Körper des Galionslöwen. Sein weit aufgerissener Rachen war zu einem mehr als dreihundertjährigen Grinsen erstarrt.

„Was ist los, Roland? Warum rennst du?"

„Hast du nichts gesehen?"

„Nein. Etwa Papa?"

Warum sagte sie plötzlich Papa statt wie sonst Vater?

„Nein. Etwas anderes … Ich will nicht hoffen …"

Vom oberen Gang aus konnte man den ganzen enormen Schiffsrumpf überschauen. Ich ging langsam nach vorn und starrte auf das Oberdeck mit seinen Plankenreihen und Hohlräumen hinab. Ragna ging dicht hinter mir, von meiner Unruhe angesteckt.

„Roland!"

Sie fasste mich am Arm und drückte ihn verzweifelt. Ihr Zeigefinger zitterte, als sie ihn ausstreckte. „Da – das ist Papa!"

Unmittelbar hinter der Bordwand, wo die Spanten in gezackten Reihen aufragten, lag Valentin Karlberg mit dem Rücken auf einem Balken. Die Flüssigkeit der Düsen vermischte sich mit dem aus einer offenen Wunde in seiner Brust hervor schießenden Blut.

16

Ruda schüttete Samarin in ein Glas Wasser.

„Wenn ich nichts zu essen kriege, habe ich Bauchschmerzen", seufzte er. „Und wie soll man dazu kommen, etwas zu essen, wenn man das halbe Journalistenkorps Schwedens auf dem Hals hat? Die andere Hälfte ist draußen im Wasa-Museum. So viele Besucher haben die wohl nicht mal in der Hochsaison gehabt. Morgen werdet ihr Schlagzeilen zu sehen kriegen, Jungs! ‚Die „Wasa" fordert ein weiteres Menschenleben'. – ‚Leiche als Galionsfigur'. Sie werden sich selbst übertreffen. Nord wird um drei vom Fernsehen interviewt."

Eine Stunde nachdem ich Karlberg gefunden hatte, wussten wir eine ganze Menge. Drei kräftige Stiche mit einem Messer oder einem anderen spitzen Gegenstand in die Brust. Der Tod musste augenblicklich eingetreten sein. Der Kassierer hatte die zwei Männer gesehen, die mit Karlberg in das Museum hineingegangen und später ohne ihn herausgekommen waren, und eine gute Beschreibung von ihnen gegeben. Kriminalbeamte verhörten dort jeden Besucher, und Nord und Ruda warteten auf die Aussagen.

Karlberg hatte einen falschen grauen Bart getragen, und wahrscheinlich war auch sein Haar gefärbt. Ragna trug das Ganze mit großer Fassung, obwohl sie schließlich mit bleichem Gesicht bat, man möge sie nun in Ruhe lassen.

In Rudas Zimmer saßen Pelle Pettersson, Simon und ich. Häger führte von seinem Zimmer aus Kontrollanrufe durch, und Sune war draußen im Museum.

„Wie heißt der Mann, auf dessen Namen das Auto registriert ist?"

„Disponent Orjan Kling", antwortete Simon. „Mercedes Benz 280, erst vor ein paar Monaten auf seinen Namen zugelassen."

„Konnten wir ihn ausfindig machen?"

„Ich habe mit ihm telefoniert. Er gibt an, das Auto sei ihm am Vormittag gestohlen worden, und er habe den Diebstahl der Polizei gemeldet."

„Ist das überprüft worden?"

„Si, Senior! Es stimmt. Die Meldung des Diebstahls ging zwanzig Minuten nach zwölf bei uns ein."

Ruda rieb sich die fleischige Nase.

„So spät? Obwohl das Auto schon vormittags gestohlen wurde?"

„Er behauptet, das Auto um zehn auf einem Parkplatz in der Skeppargatan abgestellt zu haben. Als er kurz nach zwölf hinunter kam, war es verschwunden. Auf seinem Platz stand ein roter Opel, dessen Besitzer kam gerade hinzu und sagte, er habe den Wagen dort gegen elf Uhr abgestellt. Der Mercedes muss also früher verschwunden sein."

Der Kommissar starrte die Decke an. Nach einer Weile sagte er:

„Ich bin doch ein misstrauischer Hund …"

Da klingelte das Telefon. Er antwortete mit Grunztönen in tiefster Basslage.

„Und jetzt bin ich ein noch mißtrauischerer Hund", fuhr er dann fort. „Das Auto ist auf der Munkbro gefunden worden. Abgeschlossen. Zum Abschließen muss man einen Schlüssel haben."

Er warf seinen schweren Körper nach vorn und sah uns grimmig an.

„Das Auto ist bis jetzt unsere heißeste Spur. Jetzt müssen wir rasche Arbeit leisten. Roland, ermittle alles, was du kannst, über Disponent Kling. Wovon er jetzt lebt und wovon er in den letzten Jahren gelebt hat. Simon ruft erst bei Philipson an und erkundigt sich, wie es sich mit dem Mercedes verhält, und dann kann er dir helfen. Pelle, du fährst los und holst den Disponenten. Sag ihm, es handele sich um gewisse Auskünfte über sein Auto. Und jetzt schick Häger zu mir herein."

Simon und ich arbeiteten konzentriert eine Stunde lang und bekamen eine Menge Anhaltspunkte, von denen ein jeder zu neuen Ermittlungen führte. Dann stellte ich alles zusammen, und Simon las das Ganze durch. Er stieß einen Pfiff aus und strich sich über sein kahles Haupt.

„Ich habe das Gefühl, es wird Yngve nicht an Gesprächsstoff mit diesem Kling fehlen. Gib ihm die Aufstellung. Sie wird ihn bestimmt mehr fesseln als die Pornostory Fanny Hill."

In Rudas Zimmer saßen Pelle und – dem Kommissar gegenüber – ein schlanker Mann in mittleren Jahren, der an einen romanischen Liebhaber aus einem Film der dreißiger Jahre erinnerte. Kohlschwarzes, glänzendes Haar mit – für die Frauen spannenden – grauen Erfahrungsandeutungen an den Schläfen, ein ebenso schwarzer Schnurrbart, der wie mit der Pinzette gepflegt wirkte, große, dunkle Augen mit weichen, unruhig flatternden Wimpern, ein leicht olivfarbener Teint, und wenn der Mann lächelte, blitzten intakte Reihen weißer Emaille. Neben ihm glich Ruda einem großen, klobigen schwedischen Elch, und ich war überzeugt, dass ich, verglichen mit all dieser Grandezza, wie ein Haufen Lumpen aussah. Ich reichte Yngve den Bogen.

„Du kannst dableiben. Kriminalinspektor Hassel – Disponent Kling."

Kling schnellte hoch, als habe Ruda ihn mit einer Nadel gestochen, verbeugte sich kurz und erfreute mich mit einem Perlenlächeln. Seine Hände waren vorzüglich manikürt, glatt und weiß.

„Angenehm“, sagte er mit wohl modulierter Stimme.

„Vielleicht“, antwortete ich kurz.

Ruda las die Aufstellung zufrieden durch. Er bohrte mit einem Kugelschreiber im Ohr.

„Wir sprechen gerade über Disponent Klings verschwundenes Auto.“

Kling seufzte vor Selbstmitleid:

„Es ist zu ärgerlich, die Herren verstehen. Man weiß ja nicht, was die Leute mit dem Eigentum anstellen, das man ihnen borgt. Und das ausgerechnet heute, wo ich ein paar Geschäftsfreunden versprochen hatte, sie nach Uppsala zu fahren!“

„Oh je, wie unangenehm! Die Schlüssel haben Sie aber doch noch?“

„Doch, schon. Natürlich!“

„Darf ich sie mal sehen?“, fragte Ruda liebenswürdig.

Kling suchte in den Taschen und lachte plötzlich wohlklingend auf.

„Ich hab sie ja im anderen Mantel! Ich hab einen anderen angezogen, als ich hierher musste.“

„Aha. Ja, im anderen Mantel.“

Er sah Kling kalt an, und diesem gefror das Lächeln.

„Wie meinen Herr Kommissar?“

Ruda setzte die Hornbrille auf und schaute in die Aufstellung.

„Es ist ein ziemlich teures Auto, nicht wahr, Herr Disponent Kling?“

„Es gibt natürlich billigere, aber wenn man sich an Mercedes gewöhnt hat, dann …“

„Man nimmt so leicht Gewohnheiten an. Automatische Schaltung, Klimaanlage und Spezialausstattung verteuern das Ganze ja auch nicht unerheblich.“

Klings Wimpern wedelten wie Fächer.

„Was wollen Herr Kommissar damit sagen?“

„Das Auto wurde von Ihnen bar bezahlt, nicht wahr?“

Kling nickte, und seine hellrote Zunge leckte den Schnurrbart.

„Woher hatten Sie das Geld dazu?“

Das Lachen des Disponenten klang forcierter.

„Herrgott, man ist doch Geschäftsmann! Ein wenig kann man doch immer auf die Seite bringen."

„Sie haben eine Firma mit der Bezeichnung Technische Schmiermittel AG, nicht wahr?"

„Ja, ich habe eine Agentur für Schmier- und Entfettungsmittel der Industrie."

„Nach Angaben der zuständigen Behörde haben Sie seit drei Jahren keine Bilanz mehr vorgelegt, und die von Ihnen vordem eingereichte wies den Umsatz mit Null aus."

Ich beobachtete Klings Hände. Ein Mensch, der nicht gewohnt ist, ins Verhör genommen zu werden, verrät seine Nervosität oft durch die Bewegung der Hände. Klings Finger verflochten sich wie kämpfende Schlangen.

„Das ist Sache des Revisors … Ich bin bei ihm gewesen … Es ist noch nicht geschehen …"

„Bei der Registrierung gaben Sie Hugo Alm als Revisor Ihrer Firma an. Der hat aber soeben mitgeteilt, dass er dabei nur als Pro-forma-Revisor fungiert und im übrigen mit Ihrem Unternehmen nie zu tun gehabt habe."

„Ich habe jetzt einen anderen … einen besseren …"

„Wie heißt er?", fuhr Ruda unnachgiebig bohrend fort.

Er ließ Kling keine Zeit zum Nachdenken und hielt die ganze Zeit über die Augen fest auf ihn gerichtet. Der Disponent wand sich auf dem Stuhl, als säße er auf einem Ameisenhaufen.

„Revisor … äh … Revisor Andersson. Im Augenblick ist er allerdings in Amerika, man kann ihn nicht erreichen."

„Wir können uns ja mit seinem Büro in Verbindung setzen. Wie heißt er mit Vornamen, wie ist seine Telefonnummer, wie die Anschrift?"

Ruda hielt den Kugelschreiber in Schreibstellung über ein Blatt Papier und sah Kling fragend an. Der Disponent schluckte und sah gar nicht wohl aus.

„Ich glaube, er heißt Erik … Weiß nicht genau, wo er sein Büro hat …"

„Da können wir ja im Revisorverzeichnis nachsehen. Wir werden ihn schon finden."

„Er … er ist nicht zugelassen. Ich weiß nicht recht, wovon er sonst noch lebt."

Pelle seufzte. Hätte Kling nicht eine bessere Erklärung parat haben können? Ruda lächelte, doch es war kein freundliches Lächeln, und Kling schien auch keinen Trost daraus zu schöpfen.

„Dann hat also dieser unbekannte, nicht zugelassene Revisor, dessen Anschrift Sie nicht kennen und der sich in Amerika aufhält, Ihre gesamten Buchungsunterlagen in Händen?"

„Ja", flüsterte Kling.

Ruda machte eine lange Pause und brachte Kling zum Schwitzen.

„Wir haben Ihre Selbstdeklarationen geprüft, die Sie auf Ehre und Gewissen in den letzten drei Jahren abgegeben haben. Bei diesen Einkünften würde es mich wundern, wenn Sie sich ein Fahrrad hätten leisten können."

Er trommelte irritierend mit den Fingerspitzen auf der Tischplatte.

Kling starrte auf Rudas dicke Finger, als würde ihm ein großes Schauspiel vorgeführt.

„Nun, Herr Disponent Kling, woher haben Sie das Geld für den Luxuswagen?"

Kling atmete mit offenem Mund und sah seinen Peiniger hilflos an. Selbst die Zähne schienen ihren Glanz verloren zu haben.

„Ich sollte Ihnen vielleicht darlegen, woher Ihre Einkünfte meiner Meinung nach stammen. Ist es nicht so, Herr Disponent Kling, dass Sie in Wirklichkeit Leiter eines Spielklubs in der Hagagatan sind? Dass Sie Ihre Einkünfte von dort bezogen haben?"

Kling drehte sich zu Pelle und mir um, doch wir konnten genauso grimmig dreinschauen wie Ruda. Er sah keinen Ausweg, er war in die Ecke gedrängt.

„Ja", murmelte er, „ich habe dort meinen Job."

Rudas Augen funkelten triumphierend.

„Wie lange arbeiten Sie schon in dem Spielklub?“

„Erst ein paar Monate.“

Er richtete sich plötzlich auf, als sei ihm eine juristisch haltbare Idee eingefallen.

„Natürlich habe ich vorgehabt, meine Einkünfte bei der nächsten Deklaration auszuweisen. Sie können mich nicht wegen Falschdeklaration festnageln. Das Auto habe ich erst gekauft, nachdem ich meine Arbeit aufgenommen hatte, und ich habe einen Vorschuss bekommen.“

„Von wem? Wer ist Ihr Chef?“

Klings Mund wurde zu einem eigensinnigen, schmalen Strich, und er schüttelte den Kopf.

„Darüber kann ich nicht reden. Übrigens – was hat das alles mit meinem gestohlenen Auto zu tun?“

Ruda hob in gespielter Verwunderung die Hände und ließ sie wieder sinken.

„Haben Sie denn keine Nachrichten im Radio gehört? Wissen Sie denn nicht, dass man im Wasa-Museum einen Ermordeten gefunden hat? Wissen Sie nicht, dass der Tote Valentin Karlberg ist? Wissen Sie nicht, dass Karlberg Ihr Vorgänger in der Leitung des Desert Clubs war? Wissen Sie nicht, dass die Mörder Ihr Auto benutzt haben?“

Der kleine Rest Kraft, den Kling wiedererlangt hatte, rann aus ihm heraus. Der Mann wurde wie Gelee, schien auf dem Stuhl zusammenzuschrumpfen.

„Ich behaupte“, fuhr Ruda unbarmherzig fort, „dass Sie sehr wohl wussten, wer Ihren Wagen benutzen wollte. Er wurde gar nicht gestohlen. Als Sie erfuhren, was geschehen war, meldeten Sie ihn als gestohlen, für den Fall, dass ihn jemand in Verbindung mit dem Mord gesehen hatte. Wir haben Ihr Auto gefunden, müssen Sie wissen, und es war abgeschlossen. Autodiebe schließen den Wagen nicht ab, wenn sie ihn stehen lassen, denn dazu braucht man einen Schlüssel. Entweder sind Sie dämlich, oder die Mörder sind ungewöhnlich dämlich. Wahrscheinlich fiftyfifty.“

Zu meinem Erstaunen spielte Kling eine letzte, verzweifelte Karte aus. Er lachte auf, doch das klang wie das Gluckern in einem verstopften Ausguss.

„Mir ist ein Irrtum unterlaufen … Ich begreife nicht, wie ich das vergessen konnte … Aber ich habe den Wagen ja einem Bekannten geliehen … einem englischen Geschäftsmann … und … ja …"

Seine Stimme wurde schwächer, als bekäme er nicht mehr genügend Luft zum Artikulieren.

„Weiter!", drängte Ruda.

„Ja, wie gesagt, ich lieh ihm den Wagen. Dachte nur nicht daran. Ich bin manchmal so vergesslich … Bin krank gewesen, verstehen Sie, Herr Kommissar. Ich glaubte, der Wagen sei gestohlen … Komisch, wie man … Ich meine … aber wie alle Ausländer fuhr er wohl los und sah sich die ‚Wasa' an. Es muss eine Verwechslung sein. Man hat sich in der Person und in dem Wagen getäuscht."

Ruda konsultierte den nächsten Bogen, und ich wusste, was er Kling nun sagen würde.

„Der Kassierer im Wasa-Museum hat ein sehr gutes Gedächtnis, was Kleidung anbelangt. Er berichtete, einer der Männer habe genau den gleichen Mantel getragen, den er sich gern kaufen will. Mantel-Ahl führt solche, und meines Wissens hat Mantel-Ahl kein Geschäft in London."

Kling war dem Weinen nahe.

„Vielleicht hat er den Wagen weiter verliehen und …"

„Wie heißt der Engländer? Sagen Sie bloß nicht, Sie wüssten es nicht!"

Kling schluchzte: „Ich weiß es wirklich nicht!"

Ruda legte ihm die Liste der Namen vor, die Häger bei den Fluggesellschaften ermittelt hatte. Dabei hielt er anklagend seinen Zeigefinger dicht vor Klings schön geformte Nase.

„Es steht sehr, sehr schlecht für Sie, Herr Disponent Kling! Ganz furchtbar schlecht! Und es wird noch schlechter werden, wenn Sie nicht mit uns zusammenarbeiten."

Klings Mandelaugen waren tränennass, und er zögerte, auf die Liste zu sehen. Da schlug Ruda mit der flachen Hand auf die Tischplatte und legte alles verfügbare Erz in seine Stimme.

„Es kostet uns eine Stunde, gemeinsam mit der Londoner Polizei eine Überprüfung vorzunehmen. Sie helfen uns, wenn Sie den Namen heraussuchen, so dass wir diese Stunde einsparen, und daran werde ich mich später erinnern. Sonst … Sehr schlecht, furchtbar schlecht steht es für Sie!“

Kling las die Liste durch, und seine Tränen malten kleine nasse Kreise auf den mit Maschine geschriebenen Text. Er zeigte auf einen Namen und flüsterte: „Der … Aber sagen Sie ja nicht, dass … Ich darf nicht …“

„Disponent Kling, ich verhafte Sie wegen Beihilfe zum Mord. Vielleicht wird die Anklage auf Grund der Ermittlungen noch zu Ihren Gunsten geändert. Wir werden schon rauskriegen, ob Sie wussten, dass Karlberg ermordet werden soll. Pelle, führe ihn ab und komm dann zurück.“

Pelle musste den weinenden Geschäftsmann fast hinaustragen. Ruda sah mich zufrieden an.

„Nun – was sagt man dazu?“

„So ganz nach Vorschrift war dieses Verhör ja wohl nicht, um ehrlich zu sein.“

Ruda sperrte unschuldig die Augen auf.

„Verhör? Aber mein bester Roland, ich habe ihm doch nur in aller Freundschaft ein paar Fragen gestellt. Ich habe sofort gesehen, wie schwach er war, und wusste, dass er zusammenbrechen würde. Wir haben wenig Zeit, Roland!“

Er griff nach der Liste.

„Barry Williams. Ist heute früh in Stockholm eingetroffen. Williams hat Karlberg nicht umgebracht, da leg ich die Hand ins Feuer. Große Leute geben sich nicht mit Kleinigkeiten ab. Nein, Karlberg wurde wahrscheinlich umgebracht, damit er nicht mit Williams zusammentreffen konnte.“

Pelle kam herein und strich sich den roten Bart.

„Kling ist völlig zusammengeklappt. Der Doktor sieht ihn sich gerade an und gibt dem armen Schwein wohl etwas zur Beruhigung der Nerven."

Ruda interessierte sich nicht für Klings Nerven.

„Roland, stell fest, wo Williams wohnt. Ein mächtiger Mann logiert in einem vornehmen Hotel. Ruf das größte an, er hat bestimmt schon lange im Voraus gebucht. Schick einen zuverlässigen Mann hin, der ihn überwacht – nimm Bolinder, er ist gut –, und dann möchte ich euch alle hier bei mir wieder sehen. Dich und Simon und Häger und dich, Pelle."

Er rieb sich die Hände. „Es sieht ganz nach einer neuen Razzia im Desert Club aus."

Ich gab die Liste an Pelle weiter.

„Bitte, sei doch so gut und frag in den Hotels nach. Ich habe noch etwas Wichtiges mit Yngve zu besprechen."

Als wir allein im Zimmer waren, sah Ruda mich fragend an.

„Wenn es etwas Persönliches ist – dafür habe ich jetzt keine Zeit. Du kennst mich, Roland! Wann immer du willst, aber nicht jetzt."

Ich blickte ihn fest an.

„Es ist etwas sehr Unangenehmes, Yngve. Etwas sehr Unangenehmes! Aber ich muss es dir sagen."

Eine Viertelstunde später waren wir wieder in Rudas Zimmer versammelt. Die letzten Worte des Kommissars klangen mir noch in den Ohren: „Du solltest dich schämen, Roland! Am besten ist, du lässt dich krank schreiben." Wing oder Williams wohnte im „Sheraton", und Bolinder war dorthin unterwegs. Der Portier hatte erklärt, Mr. Williams sei auf seinem Zimmer und habe seines Wissens dort keinen Besuch empfangen.

Ruda sprach noch einmal durch, was geschehen war, sehr kurz gefasst, seine Stimme klang wütend, und hin und wieder warf er mir einen sauren Blick zu. Würde er tun, was ich von ihm verlangt hatte?

„Also, die Razzia im Desert Club nehmen wir erst morgen Abend vor. Die Einzelheiten erfahrt ihr später, aber morgen

Abend schlagen wir zu. Das war alles. Ihr bekommt noch einige Aufträge."

Er sah auf die Uhr.

„Roland, du fährst sofort zu Bolinder ins ‚Sheraton'." Ich erhob mich, nickte den anderen zu, verließ das Zimmer und ging ein Stück den Korridor entlang. Dann schlüpfte ich in ein Zimmer, das nicht das meinige war, ein Zwillingsmodell von elf Quadratmetern mit dem üblichen Standardmobiliar. Bald würde sich die Versammlung bei Ruda auflösen. Die Gardinen am Fenster reichten fast bis zum Boden, in der einen Ecke stand ein Schrank. Ich trat rasch hinter eine Gardine und klemmte mich in die Ecke, so dass die Fußspitzen unter den Schrank kamen. Wenn man wusste, dass ich dort stand, würde man mich sofort sehen. Hegte man keinerlei Verdacht, würde es vielleicht klappen.

Ruda würde inzwischen mit der Verteilung der Aufträge fertig sein. Dass er so fuchsteufelswild geworden war! Falls ich mich irrte und am helllichten Tag Gespenster sah, falls es stimmte, was Ruda sagte – nämlich, dass ich mich krank schreiben lassen sollte –, dann hatte er durchaus ein Recht, mich anzuschnauzen. Aber andererseits: Falls tatsächlich ein Gespenst erschien, wäre mein Schweigen einem Dienstvergehen gleichgekommen. Irgendwie musste er mir aber doch Glauben geschenkt haben, denn er hatte das Spiel ja nach meinen Wünschen mitgespielt. Ich bemühte mich, so leise wie möglich zu atmen und ganz still zu stehen. Es konnte sich nur noch um Sekunden handeln.

Jemand betrat das Zimmer. Die Tür wurde sorgfältig geschlossen. Scharren eines Stuhls. Ein Augenblick Stille, dann das schwache Geräusch von einem Notizbuch, das auf die Tischplatte geworfen wird. Der Hörer wurde abgehoben, die Wählerscheibe rasselte sechsmal. Die Stimme war leise, beinahe scheu und flüsternd:

„Ich bin's. Eine neue Razzia ist fällig, und ich kenne den Tag. Wie ich weiß, ist diesmal etwas Besonderes los – also verlange ich mehr. Achttausend. Ist das okay? Gut! Die Razzia wird morgen Abend um zwölf durchgeführt. Das steht absolut fest. Nein, nicht früher."

Er horchte einen Augenblick.

„Natürlich. Großeinsatz. Schickt das Geld nicht per Postanweisung, sondern in Scheinen in einem Umschlag. Ja, an meine Privatadresse. Selbstverständlich unter meinem Namen. Kenneth Häger."

17

Ich gab dem Schrank einen kräftigen Stoß, riss die Gardine beiseite, trat ein paar Schritte vor und baute mich ihm gegenüber am Schreibtisch auf. Häger hatte die Hand noch am Telefonhörer. Alle Farbe wich aus seinem Gesicht, seine Haut glich plötzlich dünnem grauem Papier. Ich konnte ihn kaum noch richtig sehen, das Blut hämmerte mir in den Schläfen, er saß vor mir wie in einem schwachen roten Nebel. Ich hasste ihn, wie ich noch nie einen Menschen gehasst hatte, am liebsten hätte ich ihn am Hals gepackt und zugedrückt, bis ihm die Augen aus den Höhlen traten. Ein wilder, primitiver Hass.

„Du Schwein!", zischte ich. „Du verdammtes, elendes Schwein!"

Ich erkannte meine Stimme nicht wieder. Hägers Kinn zitterte, als wolle er etwas sagen, doch er starrte nur unverwandt auf meine geballten Fäuste und schwieg. Langsam ging ich um den Tisch herum, und er folgte mir mit stierenden Augen. Plötzlich hob er die Hände vor das Gesicht und ließ sich vornüber auf die Tischplatte fallen. Ich holte schon zum Schlag aus, doch dann packte ich ihn am Kragen und riss ihn vom Stuhl hoch. Der oberste Knopf seines lila Hemds flog durch das Zimmer. Ich schüttelte ihn heftig, sein Körper folgte schlaff den Bewegungen meiner Hand.

„Eigentlich sollte ich dich zum Fenster rausschmeißen!"

Er wimmerte leise. Meine linke Hand war wie im Krampf geballt, ich wollte auf ihn einschlagen, wusste jedoch, dass ich es nicht tun würde.

„Komm mit, du Schwein!"

Ich stieß die Tür auf und zerrte ihn mit; meine Faust gab seinen Kragen keinen Augenblick lang frei. Ein Mädchen mit einem Stenoblock in der Hand kam den Korridor entlang und blieb erschrocken stehen, als sie uns sah. Ich kümmerte mich nicht um sie. Kümmerte mich einzig um die Person, die ich mit intensiver Glut hasste und die unter meinem Griff hin und her schlotterte. Ruda blickte, als ich die Tür aufriss, von den Papieren auf, die vor ihm lagen.

„Hier hast du das Schwein!“, brüllte ich.

Ich stieß Häger nach vorn und ließ ihn los. Er prallte gegen den Tisch und fand sein Gleichgewicht erst wieder, als er die Tischkante zu fassen bekam. Pelle und Simon waren ebenfalls im Zimmer. Wortlos starrten sie Häger an.

„Ich weiß nicht, wie viel dreißig Silberlinge sind, aber Judas Häger hat achttausend verlangt.“

Ruda erhob sich langsam. Er legte Häger die Hand auf die Schulter und sah ihm in die Augen. Unsagbaren Schmerz und Enttäuschung konnte man in seinem Blick lesen.

„Ist das wahr, Kenneth? Hast du uns verkauft?“

„Ja, zum Teufel!“ schrie ich. „Ich hab es selbst gehört. Achttausend in Scheinen an die Adresse des Verräters.“

„Ich will es von ihm selbst hören!“

Er schüttelte ihn leicht.

„Kenneth, Kenneth, was hast du da getan? Sag, dass Roland sich irrt! Antworte mir, Kenneth! Du weißt, wie sehr ich dir vertraut habe. Das kann doch nicht wahr sein, Kenneth!“

In Hägers Gesicht sah Ruda jedoch, dass es zutraf. Er brauchte keine Bestätigung mehr, die Schuld, die in diesen Zügen zu lesen war, genügte. Der Kommissar setzte sich wieder.

„Wir müssen dich einsperren, Kenneth. Du darfst dieses Gebäude vierundzwanzig Stunden lang nicht verlassen. Die Razzia findet heute Abend statt. Roland hat mich überredet, vorhin eine falsche Zeit anzugeben. Ich habe nicht im Traum angenommen, dass er Recht haben könnte, doch um ihm zu beweisen, wie verrückt sein Verdacht gegen dich war, tat ich, was er verlangte.“

„Du Satansschwein!“, heulte ich. „Du höllisches Schwein!“

Meine Stimme verriet Hysterie. Ich spürte, dass ich mich nicht normal benahm. Häger zog immer wieder mechanisch an den langen Zipfeln seiner Weste. Ruda verbarg das Gesicht hinter den Händen.

„Es ist genug, Roland. Streu nicht noch Salz in die Wunden. Pelle, veranlasse bitte, dass Häger eingesperrt wird und vor der Razzia mit niemandem sprechen kann.“

Pelle packte Häger nicht gerade sanft am Arm und zog ihn aus dem Zimmer. Ruda schaute Simon und mich mit unverhüllt traurigen Augen an, und als er schließlich redete, klang seine sonst so volle Stimme leblos und trocken.

„Seid ihr schon mal am Vesuv gewesen? Noch nicht? Ja, man fährt da mit dem Bus eine ziemliche Strecke den Berg hinauf, und dann geht es mit der Seilbahn weiter. Man sitzt in einem Korb und schwebt nach oben, einige Meter über dem Erdboden. Dort herrscht eine erhabene Stille. Eine Ruhe, ein Frieden, wie ich ihn sonst nirgends erlebt habe. Man gleitet aufwärts und fühlt sich leicht und glücklich.“

Er starrte auf den Teppich und murmelte leise und kaum verständlich:

„Gerade jetzt würde ich alles darum geben, könnte ich wieder in diesem Seilbahnkorb sitzen.“

Simon fragte mit gedämpfter Stimme, als wäre ein naher Angehöriger verschieden:

„Wie bist du zu deinem Verdacht gegen den jungen Häger gekommen?“

„Die vorige Razzia im Desert Club war ja ein Fiasko. Als hätte man die Leute gewarnt, wie Yngve sagte. Ich weiß sehr wohl, dass ein Polizeibeamter einen Fehler machen kann. Es genügt, dass er in Gegenwart der richtigen Person in einem Tabakladen nach Hause telefoniert und sagt, er komme zum Abendessen nicht nach Hause – und eine Razzia verpufft wirkungslos. Das gibt es, doch in diesem Fall glaubte ich nicht an so etwas. Es waren nur wenige eingeweiht, und die Razzia war ganz intern geplant. Also musste ihnen jemand einen Tipp gegeben haben, aber wer? Häger lebt doch wirklich auf großem Fuß. Erbschaft vom Vater in Bollnäs, das hat man ja immer wieder gehört. Ich rief in Bollnäs an und ermittelte ein bisschen. Der Nachlass seines Vaters ging bei einem Konkurs drauf. Kenneth erbte nicht eine Öre."

Simon nickte, und sein großes Galoschenkinn wirkte drohend aus wie ein Kriegsschiff vor der Schlacht.

„Ein schwacher Charakter in den Reihen der Polizei findet schon Gelegenheiten, sich Sondereinnahmen zu verschaffen. Ein Glück, dass es sie nur selten gibt. Wir müssen ein Auge auf solche Leute haben."

„Jetzt sind große Summen in Umlauf, Simon", entgegnete ich düster. „Große Scheine, mit denen man einen Menschen durchaus in Versuchung führen kann. Der Charakter braucht gar nicht mehr so furchtbar schwach zu sein. Aber wir müssen das Korps sauber halten. Ich hasse Häger, weil er sich verkauft hat, um sich amüsieren zu können. Nicht, um den Lebensstandard seiner Familie zu heben, sondern um in den Nachtklubs teureren Schnaps bestellen zu können. Ich glaube, wenn wir künftig nicht peinlich auf uns acht geben, wird es immer mehr Fälle solcher Schweine wie Häger geben."

Ruda erhob sich.

„Die Razzia muß vorbereitet werden. Das übernimmst du, Simon."

Simon verließ das Zimmer. Ruda sah mich an, doch ich konnte seinen Blick nicht deuten.

„Ich will mich nicht bei dir bedanken, Roland. Danken ist hier irgendwie fehl am Platze."

„Es war eine Beule, die aufgeschnitten werden musste."

„Du hasst Kenneth, und ich weiß, dass deine Gefühle stark sind. Aber ich glaube, dir sagen zu können, warum du ihn so sehr hasst. Es hängt mit dir selbst zusammen."

„Spielst du Siegmund Freud?"

Er schüttelte leicht den großen Kopf.

„Ich bin kein Professor, nur ein einfacher Kommissar, der im Laufe der Jahre einiges gelernt hat. Ich erinnere mich an einen jungen Aspiranten der Polizeischule, von dem wir uns sehr viel erhofften. Er hieß Roland Hassel. Und dein Leben war nicht vorbildlich. Deine theoretischen Voraussetzungen waren zwar nicht ganz so groß wie Hägers, aber du hattest gewisse Eigenschaften, die uns glauben ließen, du würdest einmal ein guter Polizeibeamter werden, wenn man dich nur wieder aufs rechte Gleis brachte. Auch du hast einiges Geld mit Wirtshausbesuchen, Alkohol und Frauen vertan. Was wäre geschehen, wenn man dir das gleiche Angebot gemacht hätte wie Häger – heimlich Informationen zu verkaufen? Ganz einfach Bestechungsgelder anzunehmen? Wie stark wäre dein Charakter damals gewesen? Bist du ganz sicher, dass du damals widerstanden hättest?"

„Aber nun hör mal, Yngve …"

Seine Blicke bohrten sich mit hypnotischer Kraft in meine Augen.

„Ich glaube, du hasst Häger so unheimlich, weil dir der Gedanke verhasst ist, du hättest dich ebenso verhalten können."

Wir sahen uns lange an.

„Du irrst dich", sagte ich schließlich gedehnt. „Du bist ein Amateurpsychologe."

Irrte er sich wirklich? Traf es zu, dass ich in Kenneth Häger mein altes Ich hasste? Ruda senkte den Blick.

„Nun müssen wir uns aber an die Arbeit machen, Roland", brummte er. „Ich muss rüber zu Nord, und dann müssen wir uns mit London wegen Williams in Verbindung setzen. Hilf Simon bei den Vorbereitungen."

Um neun saßen wir abfahrbereit in seinem Zimmer. Wir warteten. Kommissar Nord trank Kaffee. Ruda sah Skizzen durch. Pelle, Simon und ich starrten uns gegenseitig an. Sune saß mit seinem Notizbuch da und schrieb etwas auf, ich wusste nicht, was. Man hatte mir gesagt, Ruda habe gegen sieben Uhr ein langes Gespräch mit Kenneth Häger geführt, und ich fragte mich, womit Häger sich wohl entschuldigt haben mochte. Es war ein Stachel zurückgeblieben, und der bohrte in meinem Gemüt: daß Ruda glaubte, mein Verhalten sei primär von meiner eigenen Unvollkommenheit diktiert worden.

„Ist Bolinder noch im ‚Sheraton'?", fragte Sune.

„Ja", antwortete Ruda. „Ich wollte ihn ablösen lassen, aber er sagte, er habe nichts anderes vor."

„Kann ich mir denken!" Pelle grinste. Im ‚Sheraton' sitzen und in Luxus und Überfluss schwelgen und dafür noch bezahlt werden!"

Simon seufzte.

„Rede mir heute bloß nicht von Luxus! Der steht mir bis oben hin – nach Hägers lila Hemd!"

„Ich scherze ja nur", knurrte Pelle. „Du glaubst doch wohl nicht, dass ich Bolinder auch nur einen Augenblick lang einen Vorwurf machen würde!"

„Ich scherze auch ganz gerne, aber nicht jetzt."

Die Stimmung im Zimmer wurde ungemütlich. Simon suchte einen Ableiter.

„Haben wir etwas über Barry Williams erfahren?"

Ruda lachte kurz auf.

„Ihr wisst, wie lange es dauern kann, bis Informationen aus dem Ausland kommen, aber Nord hat einen prima Kontaktmann, der sich hin und wieder gern mal 'ne halbe Pulle Skåne-Aquavit schenken lässt. Barry Williams ist nicht vorbestraft, aber die Polizei lechzt danach, sich seiner annehmen zu können. In Spielerkreisen ist Williams ein Name, vor dem man dienert. Ihm gehören sieben Klubs in London, soviel man weiß, und todsicher noch so einige, die keine Einsichtnahme dulden. Er unterhält eine kleine Privatarmee, die aus den rücksichtslosesten Schlägern besteht, die man sich denken kann – und noch etwas schlimmer. Man vermutet aus guten Gründen, dass er an den Spielhöllen der meisten europäischen Hauptstädte beteiligt ist. Williams ist märchenhaft reich, soll aber ungemein geizig sein. Eine häufige Kombination – nicht nur in der Spielerbranche."

Er zog sich am Ohrläppchen.

„Ich frage mich, ob er von den Dingen wusste, die Karlberg ihm verkaufen wollte. In diesem Fall dürfte jemand zu bedauern sein."

Um zehn rief Bolinder an, lediglich um mitzuteilen, dass Williams noch auf seinem Zimmer sei. Um drei Viertel elf ging er in die Bar und nahm einen Drink. „Wodka-Lime", meldete der korrekte Bolinder.

„Gullan hat diese ewigen durchwachten Nächte satt", sagte Pelle.

„Wechsle doch die Frau!", entgegnete Ruda trocken.

„Gullan auswechseln? Geh zum Teufel! Ich glaube, sie tut nur so. Du weißt, man kommt nachts gegen zwei nach Hause und ist nicht gerade in bester Stimmung, und sie schaltet die Nachttischlampe ein und sagt verschlafen: ‚Ach, da bist du ja, Liebling!' Und dann richtet sie sich auf, scheint völlig ausgeschlafen, lächelt, und dann …"

„Zum Donnerwetter, Pelle, verschone uns mit deinen Erinnerungen, das hab ich dir schon mal gesagt! Ich bin auch die Nächte dienstlich unterwegs gewesen, und ich war auch mal beträchtlich jünger. Ich weiß, dass der Job seine Kompensation braucht."

Pelle lächelte in sich hinein, als warte er darauf, dass es zwei Uhr würde und die Runde dann vielleicht zu Ende war.

Ich fühlte den Stachel des Neides. Eine Frau haben, die die Nachttischlampe einschaltet, wenn man heim kommt …

Um halb zwölf stelzte der sympathische Simon durch das Zimmer.

„Was macht eigentlich Williams? Er hat sich doch wohl nicht durch einen Hinterausgang davongeschlichen?"

„Warum sollte er das? Er weiß doch nicht, dass er überwacht wird. Wie die meisten Leute seiner Branche ist Williams sicher ein typischer Nachtmensch."

Fünf vor zwölf rief Bolinder an.

„Williams hat ein Taxi bestellt. Er ist in der Halle, elegant wie der Teufel. Wir hören uns über den Polizeifunk."

Ruda und Nord gaben ihre Anweisungen, und wir eilten hinunter zu den wartenden Autos. Bolinder beschattete den Engländer in einem Funkwagen. Wir hatten die ganze Zeit über guten Kontakt mit ihm.

„Sie fahren jetzt den Sveavägen hinunter … über die Odengatan … die Frejgatan hinauf … biegen am NorrtullKrankenhaus ein … jawohl, es stimmt, das Auto hält in der Hagagatan vor dem Desert Club."

„Wir geben ihnen ein paar Minuten", murmelte Ruda. „Sie müssen sich ja erst begrüßen. Wir sind schließlich nicht herzlos!"

Die Wagen fuhren weich heran und stoppten mit ausgeschalteten Scheinwerfern in einiger Entfernung vom Spielklub. Sunes Zigarette glimmte im Dunkel des Autos. Simon hatte sich einen guten Plan ausgedacht, und jeder wusste, was er zu tun hatte. Ruda gab trotzdem noch letzte Instruktionen.

„Nach der Zeichnung des Katasteramts soll es zum Hof hin noch einen zweiten Ausgang geben. Diese Tür soll zwar fest versperrt sein, aber natürlich hat man sie wieder geöffnet. Drei Mann nehmen dort Aufstellung und kassieren jeden, der auf diesem Weg verschwinden will."

Er blickte Nord an, der ihm zunickte.

„Dann wollen wir mal!"

Ruhig und beherrscht stiegen wir aus den Wagen und näherten uns dem Hauseingang. Bei der Winterkälte waren nur wenige Nachtwanderer in der einsamen Hagagatan unterwegs. Einer der Beamten holte einen Dietrich hervor und wollte das Schloss damit öffnen; doch die Haustür war, wie auch früher, unverschlossen. Sie schwenkte auf, und Polizeibeamte strömten in das Treppenhaus. Drei liefen hinaus auf den Hof. Ruda gab Simon ein Zeichen, der nun vor die Klubtür trat und klingelte. Wir anderen hielten uns außerhalb des Sichtbereichs des Spions. Simon gab sich so harmlos wie möglich und ließ das Galoschenkinn hängen. Die Tür wurde einen Spalt breit geöffnet.

„Die Mitgliedskarte", hörte man eine tiefe Stimme sagen.

Ruda riss die Tür auf.

„Polizei!"

Wir stürzten in das Lokal.

Eine heisere Stimme schrie: „Schweinerei, Polente! Abhauen!"

Das Licht verlosch für ein paar Sekunden, doch wir hatten einkalkuliert, dass man den Hauptschalter betätigen würde, und der Polizist, der dort postiert war, stieß den Mann beiseite und schaltete das Licht wieder ein.

Ruda und Nord stellten sich mitten in den großen Raum, und Yngve ließ seine Donnerstimme erschallen.

„Razzia! Jeder bleibt auf seinem Platz!"

Wir hatten sie überrascht. Etwa dreißig Personen standen um den Spieltisch, wo sich das Roulette drehte. Auf dem grünen Tuch lagen Haufen von Jetons in verschiedenen Farben. Der Croupier hielt ein paar Scheine in der Hand, offenbar wollte er sie gerade in Jetons einwechseln. Über der Tür hing ein Plakat an der Wand, das ich bei meinem Besuch nicht bemerkt hatte: Vor fünf Uhr werden keine Marken in Geld umgewechselt.

Der Croupier stammelte:

„Dies ist ein Privatklub … Wir dürfen spie-spielen … nach den ge-gesetzlichen Be-Bestimmungen."

Murmelnde Stimmen pflichteten ihm bei.

„Unser Privatvergnügen …"

„Geht die Polizei nichts an …"

„Schlimmer als in Russland …"

„Nun muss man wohl wieder Strafe blechen, schon das zweite Mal in diesem Jahr."

Pelle kam mit einigen Männern, die man in kleinen Räumen vor dem Spielsaal angetroffen hatte. Ich kannte keinen von ihnen. Aus der Halle kam Bolinder und deutete nickend auf einen von ihnen.

„Das ist Williams."

Die Augen des Engländers wurden klein, als er seinen Namen hörte. Er warf Bolinder einen lauernden Blick zu, doch da redete Ruda ihn schon barsch an.

„Sie sind Barry Williams?"

Der Engländer nickte. Er war überraschend jung – um die Fünfunddreißig –, schlank und wirkte gut durchtrainiert. Volles, langes blondes Haar und ein glattes, ausdrucksloses Gesicht. Das

Gesicht eines Spielers, der mit himmelhohen Einsätzen vertraut ist. Ruda sprach ein holpriges, aber perfektes Englisch.

„Ich bin Williams. Wenn Sie mich wegen Spielens festnehmen, werde ich mich an mein Konsulat wenden."

„Wir haben Ihnen einige Fragen zu stellen, Mister Williams."

Ein Beamter betrat den Raum mit einem Mann, den er mit festem Griff am Arm hielt.

„Er versuchte, über den Hof zu verschwinden", meldete er.

Den Mann allerdings kannte ich. Ein langer, knochiger Mann mit schütterem Schnurrbart.

„Apropos Konsulat", sagte ich. „Willkommen, Konsul Holst! Wir haben auf Sie gewartet."

18

Einer der kleineren Räume war so etwas wie eine Privatabteilung. Er war sehr aufwendig mit Edelholz und echten Teppichen ausgestattet. Ruda hatte ihn zum Vernehmungslokal bestimmt und saß hinter einem Schreibtisch; vor ihm hatten Holst und der Engländer in tiefen Sesseln Platz genommen. Simon und ich waren ebenfalls zugegen, dazu ein uniformierter Beamter an der Tür. Aus dem Spielsaal war anhaltendes Stimmengemurmel zu hören. Pelle und Sune hatten mit der Routinearbeit begonnen. Williams zündete sich eine Zigarette an, die er einem flachen Goldetui entnommen hatte.

„Ich bin englischer Staatsbürger", sagte er mit seiner trockenen, ein wenig schrillen Stimme. Ich fuhr zum Desert Club, um dort als Privatperson zu spielen. Ein Landsmann gab mir den Tipp. Sie können mir nichts anhaben."

„Das ist es, worüber wir mit Ihnen diskutieren wollen, Mr. Wing", sagte Ruda.

Der Engländer fuhr zusammen. Er blies graublauen Rauch durch die Nasenlöcher. Was wussten wir? Blufften wir? Hielten wir Trümpfe in der Hand oder nur ein paar armselige Karten?

„Mein Name ist Williams“, sagte er langsam. „Ich bin englischer Staatsbürger und möchte in mein Hotel zurückfahren.“

Holst hatte ziemlich lange dagesessen und mich angestarrt. Seine rechte Hand zwirbelte die Spitzen des Schnurrbarts, und plötzlich hatte ich ihn so weit, dass er sein kommerzielles Lächeln aufsetzte.

„Sie glaube ich doch wieder zu erkennen. Kriminalinspektor Hassel, wenn ich mich recht entsinne. Lustig, sich an einem solchen Ort wieder zu begegnen.“

„Wieso lustig? Ich kann mir das Lachen ausgezeichnet verkneifen“, antwortete ich.

Er zuckte leicht die Schultern und mimte den Genierten.

„Ich sehe ein, dass ein Mann in meiner Stellung keinen Spielklub besuchen sollte, aber Herrgott ...“

Ein viel sagender Blick – wir sind doch Männer von Welt und müssen schließlich Nachsicht mit einer kleinen Schwäche haben.

„Sind Sie oft hier?“

„Äußerst selten. Nur gelegentlich, wenn ich in entsprechender Stimmung bin. Man muss ja mal ein wenig abschalten.“

Eines seiner Augen wurde schmal und deutete den Wunsch nach Verständnis für den Stress an – für den hoffnungslosen Kampf des heutigen Geschäftsmannes mit einer übel wollenden Regierung.

„Als wir uns letzthin unterhielten, behaupteten Sie, nie etwas von einem Desert Club gehört zu haben. Sie gaben sich völlig ahnungslos. Beruflich haben Sie hier wohl nicht zu tun, denn Sie behaupteten ja, die illegalen Klubs würden schwarze Ware kaufen. Sie verkaufen doch wohl nicht schwarz, Konsul Holst?“

„Hahaha, ich weise dem Staat gegenüber wirklich jede Öre aus. Ja, ich habe mich vielleicht einer kleinen Lüge schuldig gemacht, als ich sagte, der Desert Club sei mir unbekannt, aber ich war wirklich der Meinung, dass Sie das nichts angehe – entschuldigen Sie bitte, dass ich das sage.“

„Noch weitere Lügen, die Sie jetzt korrigieren möchten?“

Er zündete sich ebenfalls eine Zigarette an, und ich wedelte den Rauch fort.

„Nein, weiterer kleiner Lügen habe ich mich nicht schuldig gemacht."

Der Engländer hatte kein Wort von unserer Unterhaltung verstanden, doch sein Blick ruhte dabei auf Holst.

„Ich bin englischer Staatsbürger, und ich ..."

Ruda hob die Hand.

„Ich bin mir über Ihre Nationalität völlig im Klaren. Sie können gern gehen, wenn Sie wollen."

Der Engländer erhob sich.

„Falls Sie etwas von mir wünschen – ich wohne im ‚Sheraton'."

„Aber wenn Sie jetzt gehen, erfahren Sie nicht, um wie viel man Sie betrogen hat", fuhr Ruda fort. „Und auch nicht, wer es tat."

Der Engländer blieb stehen und sah Ruda an.

„Betrogen? Was wollen Sie damit sagen?"

„Setzen Sie sich, dann sage ich es Ihnen. Sie können selbstverständlich gern gehen. Die Betten im ‚Sheraton' sind gut, ich könnte Sie schon verstehen."

Williams setzte sich wieder. Er leckte sich die Lippen und sah Ruda erwartungsvoll an.

„Ich höre", sagte er.

Nord überließ diesen Teil des Verhörs Ruda, und der fuhr fort:

„Dafür sind wir Ihnen dankbar. Ihr Engländer könnt ja recht gut zuhören, das weiß ich, und nun hören Sie sich dies an: Ihr Deckname ist Wing. Sie sind ein bekannter Spielerkönig in London und genießen bei der Polizei den denkbar schlechtesten Ruf."

„Das betrachte ich als ein Kompliment", gab Williams zurück. „Aber Sie irren sich, was den Namen Wing betrifft. Ich heiße Barry Williams."

„Verzeihen Sie, dass wir scheinbar immer wieder die alte Leier anstimmen, aber wir bleiben bei unseren Informationen. Sie haben etliche Pfund in diesen Klub investiert, der, wie ich annehme, Ihr erster Schritt auf dem schwedischen Spielmarkt sein sollte. Aber Sie haben sich in Schweden schlechte Gehilfen ausgesucht."

Der Engländer drehte seine Zigarette zwischen den Fingern und betrachtete interessiert den Ständer mit dem Aschenbecher.

Ruda zog die Unterlippe ein, bevor er weiter sprach:

„Sie verstehen uns falsch, Mr. Wing oder Williams. Wir können Sie nicht wegen des Spielklubs festnehmen und haben dies auch gar nicht vor. Es ist so, wie Sie selbst sagen: Sie unterstehen englischen Gesetzen."

Williams' Gesicht nahm einen fragenden Ausdruck an.

„Was wollen Sie dann?"

„Informationen austauschen. Sie beantworten uns einige Fragen, und wir sagen Ihnen, wer Sie hintergangen hat."

Der Engländer überlegte, und es war nicht schwer, seine Gedanken zu lesen. In welche Lage brachte er sich, wenn er zugab, dass der Spielklub ihm gehörte? Und andererseits: Was konnte er verlieren?

„Lassen Sie mich Ihre Fragen hören", murmelte er schließlich.

Holst reckte die Schultern und gähnte.

„Entschuldigen Sie, aber es ist spät, und ich bin müde. Das ist ja alles recht interessant, aber es betrifft mich nicht, und so möchte ich bitten, mich entfernen zu dürfen. Ich gebe zu, dass ich gespielt habe, und muss in den sauren Apfel beißen."

Nord gab eine einzige Bemerkung von sich.

„Sie bleiben!"

„Aber …"

„Sie reden nur, wenn wir Sie fragen!"

Es machte mir Freude, Holsts schwer zu ertragendes Verkäuferlächeln in der Mottenkiste verschwinden zu sehen. Ruda nahm sich Williams vor.

„Vor einiger Zeit erhielten Sie einen Brief von einem Schweden, der als Leiter des Desert Clubs fungierte, nicht wahr?"

„Ich habe einen Brief erhalten. Das stimmt." „Von Valentin Karlberg."

„So hieß er."

„Stand in dem Brief, er habe den Beweis, dass man Ihnen Geld unterschlägt, und er wolle Ihnen diesen Beweis verkaufen?"

Williams drückte die Zigarettenkippe aus, und der große Diamant seines breiten Ringes blitzte im Licht.

„Ja, etwas in der Richtung."

„Was verlangte er für den Beweis?"

„Zehntausend Pfund."

„Das ist viel Geld, Mister Williams!"

Der Engländer lachte und wirkte plötzlich sympathisch. Ursprünglich war er bestimmt ein ordentlicher junger Mann mit guten Zukunftsaussichten in jeder Branche gewesen. Aber er wählte die vielleicht gefährlichste …

„Meinen Sie? Ja, ihr Schweden seid wirklich kleinkariert. Hätte der Karlberg einwandfreie Beweise, würde ich ihm diese Summe mit Vergnügen zahlen und noch einiges mehr."

Das hätte er sicherlich getan. Karlberg bot etwas zum Verkauf, woran Williams interessiert war. Ein völlig normales Geschäft. Nichts, was den Einsatz der Gorillas erforderlich machte.

„Wollten Sie ihn in Stockholm treffen?"

„Ich sollte postlagernd an den Namen Ragnar Lindman schreiben und mitteilen, wann ich eintreffe. Dann wollte er Kontakt mit mir aufnehmen. Ich habe geschrieben und erwartete heute Abend seinen Anruf."

Ragnar Lindman. Ragna nach der Tochter und Lindman nach der ersten Frau. Ich fragte mich, ob darin vielleicht eine Symbolik zu sehen sei, aber Valentin hatte den Namen wohl nur gewählt, weil er sich leicht merken ließ.

„Wissen Sie, warum Karlberg nicht angerufen hat, Mister Williams? Weil er heute gestorben ist!"

„Er ist tot?" stieß der Engländer hervor, ehrlich erschüttert.

„Ermordet! Auf sehr brutale Weise ermordet. Er wurde ermordet, damit Sie keine Verbindung mit ihm aufnehmen können."

Der Engländer spitzte die Lippen und pfiff leise eine Reihe von Tönen ohne Zusammenhang.

„Ich glaube, mir geht allmählich ein Licht auf. Ich war nicht der einzige Kaufinteressent.“

Pelle steckte den Kopf herein.

„Da ist einer, der keinen Ausweis bei sich hat.“

„Nimm ihn mit!“

„Er behauptet, er sei Disponent eines Industrieunternehmens in Värmland.“

„Sperr den Teufelsbraten ein!“

Pelle grinste und ging wieder hinaus zu der spielsüchtigen Noblesse.

„Nein, Sie waren nicht der einzige Interessent“, nahm Ruda das Gespräch wieder auf. „Karlberg wollte Sie gegen den Mann ausspielen, den der Beweis belastete. Sagen Sie, Mister Williams, wen hatten Sie als Chef des Klubs angestellt?“

Williams schüttelte lächelnd den Kopf.

„Verlangen Sie nicht zuviel. Ich gebe meine Leute nie preis. Darüber kann ich Ihnen keine Auskunft geben.“

Ruda lächelte nun ebenfalls, und alles, was zwischen ihnen verhandelt wurde, wirkte so herzlich, dass man den Eindruck gewann, zwei alte Freunde hätten sich nach einer Anzahl von Jahren getroffen und tauschten nun Jugenderinnerungen aus.

„Es tut auch gar nichts zur Sache. Wir wissen es ohnehin.“

Er sah Holst an und fragte ganz gemütlich:

„Wieviel hat Karlberg von Ihnen verlangt, Konsul Holst?“

Zu Holsts Ehre muss man sagen, dass er ein ausgezeichneter Schauspieler war. Diese bestürzte Miene, als wolle er seinen Ohren nicht trauen. Der ein wenig geöffnete Mund, der sich vor Staunen zu einem halb verärgerten und halb belustigten Lächeln verzog. Perfekt!

„Nun hören Sie aber mal, bester Herr Kommissar Ruda! Das alles ist zwar ungemein amüsant, aber ich sehe nicht ein, dass wir Steuerzahler Polizeibeamte unterhalten sollen, die den Mitbürgern mit ihrem wunderlichen Humor die Zeit stehlen.“

Ruda entschuldigte sich bei Williams.

„Verzeihen Sie, dass wir jetzt ein Weilchen schwedisch sprechen müssen. Wir werden danach auf unsere Fragen zurückkommen. Konsul Holst wird Sie vielleicht mit seinem abwechslungsreichen Mienenspiel unterhalten."

Williams dachte nicht mehr daran, uns zu verlassen. Er setzte sich bequem zurecht, schlug die Beine übereinander und zündete sich die nächste Zigarette an. Ruda wandte sich wieder an Holst.

„Wie viel hat Karlberg von Ihnen verlangt? Es wäre interessant, das zu erfahren. Nicht weil die Summe von so großer Bedeutung wäre, sondern nur so."

Konsul Holst spielte den Beleidigten.

„Bitte unterlassen Sie Ihre unverschämten Verdächtigungen, Kommissar Ruda! Ich brauche mir schließlich nicht alles gefallen zu lassen – nur weil ich zur Entspannung ein wenig Roulette spielen wollte."

Ruda seufzte und wechselte einen Blick mit Nord, als sei er erstaunt über die Starrköpfigkeit gewisser Leute.

„Lieber Herr Konsul, glauben Sie doch nicht, dass die schwedische Polizei aus lauter Idioten besteht. Das erzählen Sie sich wahrscheinlich, wenn Sie mit Ihren feinen Geschäftsfreunden bei einem Glas Wein sitzen, aber da irren Sie sich."

„Ich habe nie behauptet …"

„Sie verstehen, bester Herr Konsul: Der Polizeijob ist Teamarbeit. Wir tragen Stück für Stück zusammen, und wenn wir alle Berichte zusammengestellt haben, wissen wir in der Regel die Antwort auf die meisten Fragen. Falls Sie wirklich so naiv sind, zu glauben, Sie könnten die Anstiftung zu zwei Morden und einem Mordversuch von sich abschütteln, dann möchte ich Sie wirklich von ihrem Irrtum befreien."

Konsul Holst war lange Jahre Geschäftsmann gewesen. Er wusste: Wird man in die Defensive gedrängt, hat man den Auftrag verloren. Er gedachte nicht zu kapitulieren, bevor er endgültig ausgezählt war, und nahm nun zu der guten, alten juristischen Hilfe Zuflucht.

„Wenn dies eine Art komisches Verhör sein soll, dann muss ich doch bitten, meinen Anwalt hinzuzuziehen. Das ist mein Recht, Herr Kommissar, gottlob leben wir ja in einem Rechtsstaat."

„Aber bester Herr Konsul, selbstverständlich ..."

Ruda ging wieder ins Englische über.

„Yes, Mister Williams, ich behaupte, Mr. Holst ist Ihr Kompagnon und obendrein ein Mörder. Ich behaupte weiter, dass er Ihnen eine ganz erhebliche Summe abgegaunert hat, und glaube, dies Stück für Stück beweisen zu können. Nun wünscht Mr. Holst einen Rechtsanwalt, und das bedeutet, dass wir dieses Lokal verlassen und im Amt weitermachen müssen. Das kann dann vielleicht ein paar Tage dauern, aber wenn er Sie wirklich nicht näher kennt und nicht Ihr Kompagnon ist, bleibt uns wohl keine andere Wahl."

Williams nahm einen tiefen Zug aus seiner Zigarette, betrachtete den glimmenden Tabak und sagte dann, ohne Holst anzusehen, trocken:

„Ich habe das Gefühl, der Mann irrt sich. Er kommt bestimmt auch ohne Anwalt zurecht."

Holst verstand den Wink mehr als deutlich.

„Bitte sehr! Die Sache ist so absurd, dass sie sich aufklären muss. Unnötig, einen Helfer einzuschalten."

„Habe ich recht gehört?", fragte Ruda erfreut, „wir können also dieses informative Gespräch ohne Rechtsbeistand fortsetzen! Ich möchte aber doch klar und deutlich darauf hinweisen, dass Sie selbstverständlich das Recht haben, auch in diesem präliminaren Stadium einen Anwalt hinzuzuziehen."

„Ich sagte doch, dass ich keinen brauche. Auf plumpe Lügen antworten kann ich allein."

„Nun gut! Habe ich schon gesagt, dass die schwedische Polizei nicht aus Idioten besteht? Mir ist, als hätte ich das schon, aber diese Feststellung ist eine Wiederholung wert. Wenn ich Ihnen jetzt erzähle, was Sie getan und wie Sie es getan haben, dann sind Sie vielleicht so freundlich und korrigieren die kleinen Details, die möglicherweise nicht ganz zutreffen. Wissen Sie, weshalb sich unser Verdacht gegen Sie zu richten begann? Doch das kann Ihnen Kriminalinspektor Hassel erzählen."

Holst verlagerte sein Interesse auf mich. Er wirkte völlig sicher, nahm wohl an, wir hätten keinerlei konkrete Beweise, sondern tippten und vermuteten nur.

„Sie von der Polizei haben ja eine blühende Phantasie", sagte er mit einem schiefen Lächeln. „Darf ich hören, welcher Alptraum Sie gequält hat?"

„Drei Personen, die man auf irgendeine Art und Weise mit dem Spielklub in Verbindung bringen kann, haben mich an dem Tag gesehen, als ich in dienstlichem Auftrag abends hier als Spieler auftauchte. Sie, Bilatski und Stella Karlberg. Ich komme also her und werde eingelassen, nachdem ich eine perfekt angefertigte Mitgliedskarte vorgezeigt habe. Aber schon nach wenigen Minuten werde ich praktisch hinausgeworfen – mit dem Hinweis, Polizeibeamte hätten hier nichts zu suchen. Da an der Karte nichts auszusetzen war, muss mich jemand erkannt haben. Ich habe alle Spieler gesehen und die meisten Leute vom Personal, und das waren für mich lauter neue Gesichter. In solchen Klubs, wie dies einer ist, hütet man sich, Vorbestrafte einzustellen oder Leute mit dunkler Vergangenheit, die bei der Polizei aktenkundig sind, denn man will ja nicht auffallen. Die Person, die mich erkannt hat, muss mich von einem anderen Raum aus gesehen haben, und selbst wenn man annehmen könnte, dass es jemand war, mit dem ich schon früher von Berufs wegen zu tun hatte, will mir das nicht einleuchten. Drei Personen also. Da Stella Karlberg aber auf dem Weg zu meiner Wohnung war und Bilatski sie beschattete, bleiben nur noch Sie übrig. Mit achtzigprozentiger Gewissheit können an diesem Abend nur Sie, Konsul Holst, hier im Spielklub gewusst haben, dass ich Polizeibeamter bin. Und achtzig Prozent ist ein sehr hoher Satz."

Holst lachte gutmütig auf.

„Was für ein Märchen! Oje, oje, was für ein Märchen! Vage Behauptungen ohne den geringsten Beweis. Das Zitat des Herrn Kommissar Ruda, die schwedischen Polizisten seien keine Idioten, sollten Sie doch wohl noch einmal überprüfen!"

Ruda machte einige Abstriche von seiner Herzlichkeit, und in seiner rauchigen Stimme lag deutlich ein gefährlicher Unterton.

„Jetzt reicht es mir aber bald, Konsul Holst! Wir haben das Verhör auf diese Weise geführt, weil wir die Zeugenaussage von Mister Williams brauchten, und die können wir nur so bekommen. Versuchen Sie nicht, vor mir den Überlegenen zu spielen, und schlagen Sie nicht unpassende Töne an!"

„Ich schlage die Töne an, die mir gefallen, wenn Sie daherkommen und mich verdächtigen …"

„Eine zweite Dummheit war es, so zu tun, als hätten Ahlins Leute den Karlberg an seinem Arbeitsplatz gesucht. Simon, berichte über Ahlin!"

„Ich habe Ahlin gut gekannt", sagte Simon bedächtig. „Prima Kerl, obwohl er in der Spielbranche tätig war. Das Typischste an ihm war seine Vorsicht. Es wäre ihm nicht mal im Traum eingefallen, mit seinem Namen zu drohen, wenn er hätte Geld eintreiben müssen. Als er starb, übernahm den Posten vermutlich der nächste Mann, einer mit Namen Augustsson. Das wenige, was da noch zu übernehmen war. Augustsson hatte von Ahlin gelernt, anderen gegenüber niemals Namen zu nennen, es sei denn, es handelte sich um absolut vertrauenswürdige Leute. Mir kam es besonders unwahrscheinlich vor, dass man den Namen Ahlin genannt haben sollte, als man Karlberg bei Ihnen suchte. Und statt gegen Ahlin schöpften wir Verdacht gegen Sie. Bumerangeffekt, könnte man sagen."

Holst schlug mit der flachen Hand auf den Tisch und sah wütend aus – als diskutiere er im Unternehmerverband die Steuer.

„Es gibt Verleumdungsparagraphen, das möchte ich den Herren nur sagen, und die dürften auch für die Polizei gelten."

Ruda donnerte die Faust auf den Tisch.

„Wir sind gleich fertig. Ich werde sehr kurz berichten, was geschehen ist. Dass die Leute spielen wollen, wissen wir, und dagegen lässt sich nicht viel machen. Ich hoffe, der Staat wird sich dazu bereit finden, ein Spielkasino mit ordentlicher Kontrolle zu starten, damit wir nicht mehr mit all der Gangstermentalität zu tun haben, die diesen illegalen Klubs eigen ist. Ich soll übrigens ganz frische Grüße von Disponent Orjan Kling ausrichten. Er hat soeben zum zweiten Mal nervenberuhigende Pillen verabreicht bekommen."

Dieser Pfeil traf nicht nur den Rand der Scheibe. Holst klappte den Mund zu und sah sekundenlang geradezu dumm aus. Ruda rückte dem Engländer mit neuen Fragen auf den Leib.

„Sie sollen in London eine Privatarmee von Leuten haben, die vor nichts zurückschrecken, wenn Ihre Interessen gefährdet sind."

„Das ist keine faire Frage, Herr Kommissar."

„Das war keine Frage. Es war eine Feststellung. Als Sie sich entschlossen, in den schwedischen Markt einzusteigen, gedachten Sie einen kleinen Kader von Leuten aufzubauen, die keinerlei Mittel scheuten und parierten. Sie wollten die denkbar härtesten Typen anwerben, die rücksichtslosesten, die Sie zusammenscharren konnten."

Williams lachte und glich Prince Charming.

„Das sollte wohl auch eine Behauptung sein, wie man annehmen darf. Aber bitte schön: Wenn man in seinen Geschäften zimperlich ist, soll man gar nicht erst damit anfangen. Die Welt ist ein Dschungel, und ich fresse lieber, als dass ich mich fressen lasse."

„Haben Sie einen Polen namens Bilatski angestellt, der das Schutzkorps aufbauen sollte?"

Der Engländer überlegte die Antwort.

„Na ja", sagte er schließlich, „ich habe erfahren, dass er tot ist, da hat es für ihn ja nichts mehr zu bedeuten. Ich kannte Bilatski von früher, und er hatte bewiesen, dass er etwas taugt. Unerschrocken und entschlossen. Er bekam den Auftrag, darüber zu wachen, dass meine Interessen in Schweden in bester Weise gewahrt würden."

„Er sollte also dem schwedischen Chef unterstehen und dessen Befehle ausführen?"

„Natürlich. Die Organisation durfte ja nicht schwerfällig sein. Ein Mann befiehlt und ist mir Rechenschaft schuldig. Aber nun bin wohl ich an der Reihe, Informationen zu bekommen?"

Ruda kratzte sich die Sandpapierstoppeln.

„Ja, nun sind Sie an der Reihe."

Er sah uns hilfesuchend an.

„Es ist eine Qual, das Verhör auf englisch führen zu müssen, aber ich hoffe, dass ihr es mitbekommt."

Simon strich sich über die Glatze und murmelte:

„Ja, solange du keine komischen Wörter gebrauchst!"

„Sei unbesorgt. Solche Wörter kenne ich nicht. Ich nehme an, Sie verstehen ebenfalls Englisch, Konsul Holst, so dass wir keinen Dolmetscher anrufen müssen."

Holst sah tödlich beleidigt aus.

„Mein Englisch ist viel besser als das Ihre, aber es ist gar nicht so sicher, dass ich mir Ihre Lügen anhören will, bester Herr Kommissar."

„Unsinn! Okay, Mister Williams, so liegen also die Dinge."

Er holte tief Luft und bereitete die Auslösung der Fallklappe für Holst vor.

„Sie stellten Konsul Holst hier an, oder Holst, wie ich von jetzt an sagen werde – und ich gehe das Risiko ein, dass er mich auch deswegen auf Beleidigung verklagt –, Sie engagierten ihn als Chef des Desert Clubs von Stockholm. Vielleicht war dieser Klub als erster Test für eine Reihe weiterer Klubs in der Stadt gedacht. Aber ich kann mir nicht vorstellen, dass Sie mit dem Umsatz und dem Gewinn zufrieden waren; und das ist ja auch kein Wunder, denn bei der Abrechnung wurden Sie von Holst betrogen. Holst ist ein Mann mit Methode, und für den eigenen Gebrauch notierte er den tatsächlichen Umsatz und Gewinn zusammen mit den Zahlen, die er Ihnen präsentierte."

„Lügen, nichts als Lügen!", protestierte Holst.

„Weiter!", drängte Williams und richtete den Blick auf seinen Kompagnon. „Es fängt an, sehr interessant zu werden. Und so schlecht, wie man mir berichtet hat, kann es tatsächlich nicht gelaufen sein."

„Ach wo! Die Schweden werden ihre sauer verdienten Krönchen beim Roulettspiel oder Black Jack gern wieder los; für Sie wäre es ein Geschäft ohne Risiko gewesen. Offiziell kann Holst ja einen solchen Klub nicht leiten, und er will natürlich auch nicht gesehen werden; also stellt er einen Klubleiter an – Valentin Karlberg. Karlberg entdeckt die Notizen und begreift, was sie zu bedeuten haben. Er sieht seine Chance, schnell ein vermögender Mann zu werden, entwendet die Notizen und verschwindet. Da er weiß, dass Holst über Gorillas verfügt – wenn er sie auch noch nicht alle gesehen hat –, wagt er es nicht mehr, sich in seiner Wohnung aufzuhalten, sondern bezieht eine kleine Unterkunft, die er hier in Söder besitzt. Er nimmt mit Ihnen und mit Holst Verbindung auf und wartet auf das höchste Angebot. Für Holst sind die Papiere lebensgefährlich. Er weist Bilatski an, sie wiederzubeschaffen, und der Pole überwacht Karlbergs Wohnung. Als Frau Karlberg in Hassels Begleitung dorthin kommt – sie war männlicher Gesellschaft nämlich nicht gerade abgeneigt –, glaubt Bilatski natürlich, es sei Karlberg, der da nach Hause kommt. Er versucht, die Papiere durch Drohungen zu bekommen, indem er sagt, Wing werde ihn sich vorknöpfen – nicht böse gemeint, Mister Williams, aber Ihre Methoden können den meisten Leuten durchaus einen Schreck einjagen. Dann sieht er, dass er sich in der Person geirrt hat, und es gibt eine Schlägerei. Bilatski entkommt, behält aber die Wohnung weiterhin im Auge."

„Bitte nennen Sie meinen Namen nicht in diesem Zusammenhang!", warf Holst ein, doch seine Stimme klang hohl.

„Er sieht, dass Frau Karlberg die Wohnung mit einer Tasche verlässt, und folgt ihr bis vor Hassels Wohnung. Er nimmt an, die Tasche enthalte die Papiere, und will sie auf der Treppe an sich reißen. Frau Karlberg lässt sie wahrscheinlich nicht los; sie ist ziemlich kräftig. Der Pole bringt irgendwie Hassels Tür auf und drängt die Frau in die Wohnung. Dort kommt es vermutlich zu einem Kampf, der Pole tötet Frau Karlberg und schiebt sie unter Hassels Bett."

Ich sah wiederum ihre Augen vor mir, gebrochen im Augenblick des Todes, und mir schauderte.

„Karlberg erfährt den Tod seiner Frau durch die Zeitung und ist heftig erschüttert. Er nimmt mehrfach telefonisch Verbindung mit Holst auf, um zu hören, wie sich das Geschäft entwickelt, und wird dann an einen Kontaktmann verwiesen, den man den ‚Schiffer' nennt und der eine sehr abstoßende Figur ist. Zuerst versucht Karlberg lahm, den Preis hochzutreiben, begreift dann aber, dass das Leben mehr wert ist als ein weiterer Tausender. Nach einiger Zeit ruft er Holst abermals an; er will rasch mit ihm ins Geschäft kommen und vereinbart, sich mit ihm vor dem Haus zu treffen, in dem er, Karlberg, wohnt. Er hält die Papiere in seiner Wohnung an einer pfiffig ausgedachten Stelle verborgen, und nun will er sie holen und Holst verkaufen. Und damit sind wir bei den Ereignissen dieses Tages angelangt, oder richtiger des gestrigen Tages, da wir ja Mitternacht schon überschritten haben. Ich langweile Sie doch wohl nicht, Mister Williams?"

„Ich werde es sagen, wenn ich mich langweile."

„Schön. Mit einfachen Mitteln verkleidet er sich und will in die Wohnung, um die Papiere zu holen, doch er kommt nicht hinein. Man hat das Schloss ausgewechselt. Er weiß nicht, dass seine Tochter in der Wohnung ist, und hat schon früher Verdacht geschöpft, Holst und Anhang suchten ihn dort drinnen. Das glaubt er auch jetzt und eilt zurück auf die Straße. Aber Karlberg ist nicht der einzige, der in Ängsten schwebt. Holst ist ebenfalls aufgeschreckt. Oder schwebten Sie nicht in tausend Ängsten, Holst, als Wing oder Williams sein Kommen ankündigte?"

„Ich weiß nicht, wovon Sie reden", röchelte Holst. „Lügen, Lügen!"

„Oh doch, Sie waren zu Tode erschrocken. Die Papiere konnten ja bei Mr. Williams landen, und dann wären Sie, Holst, nicht mehr viel wert gewesen. Ich habe das bestimmte Gefühl, Sie lassen sich nicht gern um Geld betrügen, Mister Williams. Die Männer, die das Geschäft mit Karlberg abwickeln sollen, haben den Auftrag, entweder mit den Papieren zurückzukommen oder aber dafür zu sorgen, dass Karlberg keine Verbindung mit Ihnen aufnimmt,

Mister Williams. Karlberg weigert sich, im Auto zu verhandeln. Er will das nur an einem Ort, wo er von Menschen umgeben ist. Das Auto fährt vielleicht aufs Geratewohl los, und Karlberg schlägt das Wasa-Museum vor. Dort halten sich fast immer zahlreiche Besucher auf, er kann sich dort also sicher fühlen. Wahrscheinlich will er das Versteck verkaufen, man soll sich die Papiere dann selbst holen. Die Männer glauben ihm nicht. Sie glauben vielmehr, Karlberg treibe ein Doppelspiel, und handeln auftragsgemäß. Sie sind allein auf dem oberen Umgang, und es ist das Werk eines Augenblicks, ihn niederzustechen und in das Schiff zu werfen. Vermutlich hofften sie, der Körper würde durch die Löcher, die ja überall im Deck sind, hinunter in den Schiffsrumpf fallen, doch er bleibt an einem Balken hängen. Finito, Valentin Karlberg! Mord Nummer zwei – und meines Erachtens ist Holst für beide verantwortlich."

Holst fuhr von seinem Stuhl hoch und drohte Ruda mit der Faust.

„Sie versuchen, einen unbescholtenen Menschen zu belasten. Sie haben nicht den geringsten Beweis für Ihre Behauptungen. Die Polizei braucht einen Sündenbock. Aber denken Sie ja nicht …"

„Nun, Mr. Williams", wandte sich Ruda ruhig an den Engländer, „wollen Sie uns jetzt sagen, ob Holst Ihr Beauftragter hier in Schweden ist?"

„Er hat keinerlei Beweise!", schrie Holst.

Williams' halbgeschlossene Augen waren auf den Kommissar gerichtet.

„Diese Notizen … existieren die in der greifbaren Welt?"

„Es gibt keine Notizen!", brüllte Holst. „Er blufft! Es hat nie welche gegeben!"

Alles stand und fiel mit den Notizen. Ohne sie konnte Holst leugnen bis in alle Ewigkeit, und er glaubte nicht, dass wir sie gefunden hätten, sondern war fest überzeugt, dass sie noch immer an sicherer Stelle versteckt waren, weil Karlberg sie nicht bei sich gehabt hatte. Wir brauchten die Zeugenaussage des Engländers, um Holst zur Strecke zu bringen. Ruda holte die Blätter aus seiner Innentasche. Holst streckte die Hand danach aus, aber Ruda hielt die Papiere weit genug entfernt.

„Bitte!"

Der Engländer nahm die Blätter und studierte sie genau. Er zog ein kleines Taschenjournal hervor und überprüfte eine Reihe von Zahlen.

„Das sind nicht meine Papiere", flüsterte Holst. „Es ist ein Komplott. Ich habe niemals Notizen gemacht!"

Williams ließ sich Zeit. Er zog einen Schreiber mit goldener Kappe hervor und rechnete auf der Rückseite eines Umschlags."

„Sie sind nicht von mir!", stöhnte der Konsul.

„Machen Sie sich nicht lächerlich", sagte Ruda. „Wir können zu Ihnen nach Hause fahren und Vergleichsmaterial holen."

Williams steckte seinen Schreiber wieder in die Tasche. Plötzlich sah er so eisig gefährlich aus, dass ich begriff: Der Mann wusste seine Position als Führer seines Reichs zu halten.

„Holst! Du hast mir Geld gestohlen! Du weißt, wie es Leuten ergeht, die mich zu betrügen versuchen!"

19

„Drohen Sie ihm nicht!" sagte Ruda scharf. „In diesem Land urteilen wir unsere Verbrecher selbst ab. Holst ist also von Ihnen angestellt worden, um den Desert Club zu leiten?"

„Ja."

Ruda richtete den Blick auf den apathischen, blassen Mann auf der anderen Seite des Schreibtischs.

„Na, Holst?"

Der Exkonsul strich sich über die Stirn.

„Ich wollte die Papiere wiederhaben", murmelte er.

„Gestehen Sie, daß Sie Stanislaw Bilatski beauftragt haben, Ihnen die Notizen unter Anwendung aller Mittel zurückzubringen?"

„Ich wollte sie wiederhaben", wiederholte Holst teilnahmslos.

„Gestehen Sie, daß Valentin Karlberg auf Ihr Anraten getötet werden sollte, falls er sich weigerte, Ihnen die Papiere auszuhändigen?"

„Ja. Lieber sollten sie ihn umbringen, als dass er die Papiere Williams gab."

„Gestehen Sie, dass Sie dem Polen und der der ‚Schiffer' genannten Person den Befehl erteilten, Kriminalinspektor Hassel aus dem Weg zu räumen?"

„Ich konnte nicht anders."

„Sie sind verhaftet!"

Ruda wandte sich liebenswürdig an den Engländer:

„Leider muss ich Sie bitten, mich ins Amt zu begleiten und dort Ihre Aussagen zu unterschreiben. Das beansprucht nur kurze Zeit, und dann können Sie wieder nach London reisen. Wir müssen alles aktenkundig haben, verstehen Sie."

Williams nickte, doch sein gnadenloser Blick war starr auf Holst gerichtet.

„0kay, wie Sie wünschen. Hauptsache, Sie sperren Holst ein. Aber eines Tages kommt er ja wieder raus, und dann …"

„Verzeihen Sie, wenn ich das sage – doch an dem Tag sitzen Sie wahrscheinlich selbst. Können wir gehen?"

Zwei Tage später wurden die beiden Männer gefasst, die Valentin Karlberg ermordet hatten. Einer von ihnen entpuppte sich als mein alter Widersacher Tobbe. Die vernehmenden Beamten hatten alle Trümpfe in der Hand, und als sie die Karten aufdeckten, fielen die Festgenommenen um und schienen nun im Auspacken zu wetteifern. Rixen berichtete ausführlich, was er über die Organisation wusste, und gestand nebenbei auch gleich noch einen Bankraub in Västerås. Jonne gab alles zu, was man ihm zur Last legte, und Tobbe ebenfalls. Örjan Kling war kaum zu bewegen, seine Aussagen zu beenden. Es war fast rührend anzusehen – wie wenn sich in einer Freikirche die Bank der Bußwilligen füllt. Und von Holst, der seine überlegene Maske nun verloren hatte, gewann man den Eindruck, dass er in seinem Geständnis geradezu schwelgte; er machte bei den Verhören keinerlei Schwierigkeiten.

Der einzige, der nicht sang, war der Schiffer, aber sein munteres Wesen war wie weggeblasen, er war mürrisch und stumpf.

Eine Woche darauf bat mich Ruda um eine Unterredung, und als ich sein Zimmer betrat, sah ich, dass ihn etwas bedrückte. Er nahm alle Fingerübungen durch, kratzte sich das Ohr, strich sich über die Wangen, rieb sich das Kinn und zog an den Haarsträhnen.

„Was macht das Bein?", fragte er.

„Geht leidlich. Ein paar Nächte hat es noch verdammt weh getan, aber die Wunde ist behandelt worden, und die Schmerzen werden ganz verschwinden."

„Ja-ha, fein", brummte er.

„Nett von dir, an meine Gesundheit zu denken – aber das ist doch wohl nicht dein einziges Anliegen?"

„Was? Nee, natürlich nicht."

Er faltete die Hände.

„Nun haben wir die ganze Bande eingelocht", sagte er. „Nord hat ja den Fall übernommen, wie du weißt. Bin neugierig, wie viel man Holst verpassen wird."

„Yngve! Hör auf, wie die Katze um den heißen Brei zu schleichen! Ich habe jetzt neue Aufgaben. Holst und sein Anhang sind ein abgeschlossenes Kapitel, bis ich im Prozess aussagen muss."

„Da ist noch immer eine heikle Sache, Roland, weißt du. Ich meine, du hast ja mitunter eine verdammt hitzige Art."

„Das wusste ich noch gar nicht. Warum sollte ich denn wild werden?"

Ich begriff nicht, worauf er hinauswollte. Soweit ich mich erinnerte, hatte ich schon recht lange keinen nennenswerten Bock mehr geschossen, jedenfalls keinen, der mir die Versetzung eintragen konnte; und was gab es sonst noch für heikle Dinge, die mich möglicherweise in Rage bringen konnten?

„ Kenneth Häger hat ja den Abschied bekommen, wie du weißt", presste Ruda unmutig heraus.

„Etwas anderes hätte ja auch gerade noch gefehlt. Ist er auf freiem Fuß?"

„Ja … schon … Er ist frei. Roland, Kenneth ist jung, und er hat sich dämlich benommen. Ich denke an das Korps. Sollte es nicht genügen, dass er den Abschied bekommen hat?“

Also deshalb fiel es ihm so schwer zu reden. Das arme, arme Jungchen Häger, das ein paar kleine Dummheiten gemacht hatte! Ei, ei, du – so etwas tut man doch nicht! Zorn wallte in mir auf, und ich spürte, dass sich meine Kiefermuskeln spannten. Ruda seufzte tief auf.

„Ich hab ja gewusst, dass du hochgehst. Aber könntest du dir nicht vorstellen, dem jungen eine Chance zu geben? Ich habe mit den anderen gesprochen, sie überlassen die Entscheidung mir.“

„Kenneth Häger soll keine Chance haben! Er soll festgenommen und abgeurteilt werden, seine Strafe bekommen, und ich hoffe, sie wird verdammt empfindlich ausfallen.“

Ruda studierte eine Zeitlang mein Gesicht. Dann senkte er den Blick und murmelte:

„Du bist unbarmherzig, Roland. Du zerstörst ihm seine ganze Zukunft.“

Ich war so aufgebracht, daß ich nicht stillsitzen konnte. Ich sprang auf und ging im Zimmer hin und her, um mich abzureagieren.

„Unbarmherzig, sagst du? Ich zerstöre seine Zukunft? Schau in deine Kristallkugel und sieh dir seine Zukunft an, wie sie sich in zehn Jahren ausnimmt. Er ist ja so tüchtig, das Genie Häger, und er hat einen erstklassigen Posten bekommen, da er ja eine fleckenlose Vergangenheit hat. Alle hören auf den tüchtigen Häger. Kannst du sie hören, die Konversation? ‚Ich war bei der Polizei, ich kenne den Verein. Das ist eine Sammlung von Schafsköpfen, und man soll sich gar nicht erst mit ihnen abgeben. Armleuchter in Uniform, aber das hat man ja beizeiten gemerkt. Freilich, ich war damals ein As auf der Polizeischule, aber Herrgott … Glaubst du, man verschwendet seine Intelligenz bei der Polizei? 0h nein, das ist nur etwas für Dumme. Skål! … Ob es Unannehmlichkeiten gab, als ich aufhörte! Keine Referenzen? Haha, ein Kerl, der smart und tüchtig ist, macht sich bei der Polizei doch nur Feinde. Sie hacken sich dort gegenseitig die Augen aus. Wenn man schlau ist, hört man dort schnell wieder auf – und das habe ich getan.‘ Und er wird wegen seiner Smartness bewundert, und er redet mit Gewicht und Autorität, und alle sind sich mit ihm darüber einig, dass unsere Polizei das Erbärmlichste ist, was es auf Erden gibt. Häger soll keine Möglichkeit haben, sein Vergehen wegzuplaudern. Es soll im Strafregister stehen.“

„Aber denk doch auch an das Ansehen des Polizeikorps, Roland! Die Allgemeinheit …“

„Eben an die solltest du denken! Unser Ansehen muss hin und wieder einen Häger ertragen. Lieber das als Vertuschungen ohne Ende. Und ich will nicht, dass man sich gegenseitig ins Ohr flüstert, es mache gar nicht so viel aus, ob man sich bestechen lässt oder nicht – das einzige, das man dabei verlieren könne, sei der Job, und der werde ja nicht gerade fett bezahlt. Ich will nicht, dass Häger zu einem Skelett in der Garderobe der Polizei wird.“

„Setz dich hin, und renne nicht in der Stube rum! Wir wollen uns bei einer Tasse Kaffee beruhigen.“

Er griff zum Telefon und bestellte zwei Tassen Schwarzen, Starken. Wir saßen da und starrten uns wortlos an.

Meine Wut klang ab. Ich war nicht böse auf Ruda, sondern auf den Gedanken, man wolle etwas verzeihen, was in meinen Augen unverzeihlich war.

„Mir tut er nur leid“, sagte Ruda leise. „Ich habe einmal mit seiner Mutter gesprochen, und sie freute sich sehr, dass er sich so gemacht hat. Es wird ein harter Schlag für sie sein.“

„Holst ist verheiratet. Es wird ein harter Schlag für seine Frau sein. So ist das doch überall. Wollen wir Verbrechen bekämpfen oder nicht? Unsere Aufgabe ist dieser Kampf, Yngve! In den Gefängnissen sieht es böse aus. In den Jugendhöfen ebenfalls. Die spätere Fürsorge ist verdammt mies. Aber für all das sind ja andere Organe der Gesellschaft verantwortlich. Man ist dabei, die Fehler zu korrigieren, aber deshalb können wir den Kampf doch nicht einstellen. Wie soll es denn weitergehen, wenn wir Polizisten anfangen, ein Verbrechen nach dem anderen zu entschuldigen?“

Der Kaffee kam. Ruda nahm einen kleinen Schluck.

„Es ist kein leichter Job, Polizeibeamter zu sein", seufzte er.

„Wir haben ihn selbst gewählt, und das haben wir wirklich nicht in dem Glauben getan, dass er leicht sei."

Ich erhob mich und stieß Ruda freundschaftlich in den Rücken.

„Verzeih, ich rede wie eine Werbeannonce. Du hast ja viel mehr Erfahrung als ich, und ich will dir wirklich nichts vorpredigen."

„Du ziehst zuweilen vom Leder, dass man erschrecken kann. Du hast einen Zug ins Fanatische, und da musst du dich vorsehen, Roland. Aber wir haben ja alle unsere Fehler, und ich bin geneigt, dir zuzustimmen: Wir müssen Häger um unserer selbst willen opfern. Ich weiß übrigens wirklich noch nicht, wie wir es richtig anstellen. Muss mich hinsetzen und nachdenken."

„Tu das! War das alles?"

„Was ist mit dem Mädchen Karlberg?"

„Ragna? Ach ja, die findet sich immer zurecht. Sie trauert um ihren Papa, ist jedoch viel zu lebenshungrig, um den Kopf lange hängen zu lassen. Sie hatten sich ja auch auseinander gelebt – es sind wohl mehr die Erinnerungen an die Kindheit."

Ruda goss sich noch einmal Kaffee ein und erfreute sein Magengeschwür mit großen Schlucken.

„Ich bin dir noch ein Abendessen schuldig", sagte er. „Du solltest ja eine Nacht bei mir verbringen, und ich wollte dich zum Abendessen einladen. Hättest du Lust, heute Abend zu kommen?"

Ich lächelte ihm zu, und er verstand.

„Ein Mädchen?"

„Ragna und ich wollen ausgehen und essen." Und stolz fügte ich hinzu. „Sie meint, ich sehe recht ordentlich aus."

Wenn man die Augen eines Mädchens so zum Leuchten bringt, hat man bis zum Pensionsalter noch ein gutes Stück vor sich, dachte ich.

„Du siehst aus wie der leibhaftige Frühling!"

Ragna lachte leise. Sie musste Stunden in irgendeinem Salon zugebracht haben, denn sie war so ausgesucht festlich geschminkt, dass man die professionelle Meisterhand ahnte.

„Bestimme du, wohin wir fahren“, sagte ich. „Der Abend gehört dir.“

Ihre Zungenspitze spielte über die Lippen.

„Wollen wir erst einen kleinen Drink bei mir zu Hause nehmen?“

Im Taxi redete ich unaufhörlich. Ich wusste selbst nicht, woher mir die Worte kamen, und fühlte mich eigenartig froh. Vielleicht sogar glücklich, obwohl das Glück bei mir so selten zu Gast war, dass ich es nur schwer erkennen konnte. Ragna antwortete mit wenigen Worten und leise lachend, und ihre Augen leuchteten. Sie wirkte glücklich und war zugleich ein bisschen ausweichend, als misstraue sie ihren Gefühlen – wie ich.

Im Lift stand ich dicht neben ihr. Vor Ewigkeiten und abermals Ewigkeiten hatte ich dort mit ihrer Stiefmutter gestanden. Nie war ich stärker vom Augenblick erfüllt, und ihre Nähe verwirrte mich ein wenig.

Ich fasste sie um die Taille und wollte sie an mich ziehen, doch sie stemmte lachend die Hand gegen meine Brust.

„Ruhig bleiben, Junge!“

Natürlich konnte ich noch ein Weilchen warten. Der Lift würde ja nur einige Sekunden benötigen, und dann … „Glaubst du, dass es zwischen Verlobten volle Freiheit geben kann?“ fragte Ragna.

Hatte ich ihr einen Antrag gemacht? Es lag wohl nur daran, dass ich immer große Lust dazu hatte …

„Volle Freiheit einzuräumen ist schwer, wenn man sich gern hat“, antwortete ich leise. „Wenn man mit dir verlobt ist, Ragna, dann möchte man dich schon allein haben.“

Der Lift hielt, und wir traten hinaus. Ragna holte den Schlüssel zu ihrer Wohnung hervor, zu derselben Wohnung, in die ich schon mehrmals eingetreten war. Sie konnte sich ruhig ein bisschen beeilen. So draußen auf der Treppe zu stehen …

„Ich habe an die volle Freiheit geglaubt", sagte sie leise, „aber nun habe ich meine Meinung geändert. Ich musste einsehen, dass ich mir falsche Vorstellungen gemacht habe."

Sie schloss auf, und wir betraten den Flur. Warum brannte Licht in ihrem Wohnzimmer?

„Zieh den Mantel aus und häng ihn auf, Roland."

Tabakduft kitzelte meine Nasenlöcher. Er roch süßlicher als der von Ragnas Zigaretten. Ragna nahm mich bei der Hand.

„Und nun komm – eine kleine Überraschung."

In der Tür zum Wohnzimmer blieb ich jäh stehen. Ragna ließ meine Hand los und ging auf den Mann zu, der sich aus dem Sessel erhob.

„Ich wollte dich nicht beschwindeln, Roland", sagte Ragna. „Aber siehst du, Papa schickte jenen Brief nicht per Post nach London. Ich fuhr hin und gab ihn persönlich ab. Und dann ist alles so gekommen, wie es nun ist."

Mit einem würgenden, unwirklichen Gefühl begriff ich plötzlich, dass das Leuchten in ihren Augen nicht mir galt. Dass es mir niemals gegolten hatte.

„Ich mixe dir einen Drink."

Sie hantierte mit Flaschen, und ich achtete auf die Geräusche, ohne sie wirklich zu hören. Mir war, als stände mir der Verstand still.

Barry Williams streckte mir lächelnd die Hand entgegen. Prince Charming!

„Meine Verlobte hat mir viel Gutes über Sie berichtet. Ich brauche einen Mann wie Sie. Reden wir über Geschäfte. Große Geschäfte, Mister Hassel."

In meinem Hinterkopf hallten Rudas Worte nach: „Die meisten Menschen haben ihren Preis …" Träge und ohne dass ich es wollte, formten sich meine Gedanken wie in einem Legespiel: Hatte auch Roland Hassel einen Preis?

Ragna drückte mir ein Glas in die Hand, und ich blickte gierig hinab auf den silbern funkelnden Alkohol, als suchte ich dort eine Antwort.

Mein Preis …

NACHWORT DES HERAUSGEBERS

Olov Svedelid, geboren am 26. August 1932 in Stockholm, zählt seit Jahrzehnten zu den produktivsten, vielseitigsten und erfolgreichsten Schriftstellern Schwedens. Er veröffentlichte zunächst düstere existentialistische Novellen, von denen einige in den hoch angesehenen, aber wenig gelesenen Literaturzeitschriften des Landes erschienen. Die meisten jedoch wurden an den Verfasser zurückgeschickt. Als eines Tages wieder einmal ein solches Kuvert in der Post war, sprach die Gattin des unglücklichen Literaten den klassischen Satz: „Schatz, kannst du nicht einmal im Leben etwas schreiben, was die Leute gern lesen?"

Svedelid, der zu dieser Zeit als Journalist und PR-Manager in Malmö arbeitete, nahm sich den Rat zu Herzen und veröffentlichte 1964 „Döden tystar mun", seinen ersten Kriminalroman. Weitere folgten, bis er nach Stockholm zurückkehrte und beschloss, einen neuen Ermittler einzuführen, einen stinknormalen Polizisten, geschieden und auf der Suche nach Wärme, Kollege unter Kollegen, ausgestattet mit menschlichen Stärken und Schwächen. Gleich der erste Roman um Roland Hassel, „Anmäld försvunnen" (1972), gefiel Publikum und Kritikern so gut, dass er zum Bestseller wurde und den SHERLOCK-Preis für den besten Kriminalroman des Jahres erhielt. In der Folge erschienen über zwanzig weitere Hassel-Romane, elf davon wurden erfolgreich verfilmt. „Anmäld försvunnen" wurde in mehr als zehn Sprachen übersetzt, allein in Schweden wurden über 500.000 Exemplare verkauft.

Olov Svedelid gilt neben dem Autorenduo Maj Sjöwall/Per Wahlöö als der Begründer des modernen schwedischen Polizeiromans, der sich durch eine gelungene Verbindung von Spannung, Psychologie, Sozialkritik und nicht zuletzt Humor auszeichnet. Über seinen ersten Hassel-Roman sagt Olov Svedelid heute:

„Ich nahm mir damals vor, eine Serie über diesen Stockholmer Inspektor zu schreiben. Also trieb ich mich bei der Kripo herum, schaute den Beamten über die Schulter und lauschte den Geschichten über Beruf und Familie. Ich entschloss mich, den schwierigen Weg zu gehen, das heißt, konsequent aus der Sicht einer Person zu erzählen. Eine große Rolle spielt meine Heimatstadt Stockholm mit ihren Bewohnern. Weiterhin war es wichtig, über die aktuellen Entwicklungen der Kriminalität auf dem Laufenden zu sein. Hierbei war Interpol eine wichtige Informationsquelle. Später schrieb eine Zeitung, man könne den Eindruck gewinnen, dass dieser Svedelid die Verbrechen in Schweden steuere – denn wenn ich über neue, bei Interpol recherchierte Formen der internationalen Kriminalität schrieb, machten diese häufig wenige Monate später auch in Schweden Schlagzeilen. Anfang der 1970er Jahre waren zum Beispiel die Internationalisierung des Vergnügungsbetriebs, die Sozialromantik bestimmter Studentenkreise, die in Verbrechern antikapitalistische Rebellen sahen, oder auch die Korruption in den Reihen der Polizei neue Themen.

Ja, irgendwann war mein erster Hassel-Roman dann fertig und meine bewährte Erstleserin, das heißt: meine Frau, und mein Verleger zufrieden. Als ehemaliger PR-Mann wusste ich, wie wichtig es war, einen treffenden Titel zu finden. Ich schrieb zwei ganze Seiten voll und gab sie meiner Frau zu lesen. Sie verzog keine Miene und schrieb ganz unten dazu: Als vermisst gemeldet. Als ich meinem Verleger die Liste reichte, las er sie durch. Dann tippte er auf die letzte Zeile und meinte, alles sei Murks und nur ein Titel geeignet: Als vermisst gemeldet!

Das Buch erschien und fand große Verbreitung. Dabei kam es zu einigen Missverständnissen. Viele Leser glaubten, ich wäre selbst Polizist. Ein Mann beschimpfte mich, als ich mich weigerte, ihm bei der Suche nach seiner verschwundenen Tochter zu helfen. Schließlich ließ ich mir von der Polizeiführung schriftlich bestätigen, dass ich nie Polizist gewesen sei und aufgrund meiner Kurzsichtigkeit niemals Polizist werden könne. Damit brachte ich den so besorgten wie verärgerten Vater zum Schweigen.

Ein anderer Anrufer wollte mir für einen neuen Roman einen raffiniert ausgeführten Mord verkaufen, den ich ja einbauen könne. Als ich mich wenig interessiert zeigte, beschwor er mich, es handele sich um das perfekte Verbrechen; er habe die Tat selbst ausgeführt und sei nie erwischt worden.

Nun, in den Jahren ist mir Roland Hassel natürlich ans Herz gewachsen. Es fiel mir aber schwer, mich in einen geschiedenen Junggesellen hinein zu versetzen, denn ich bin glücklich verheiratet. Also ließ ich auch Roland eine Frau finden, die ihn besser versteht als er sich selbst. Ich bin noch immer neugierig, wie er es anstellt, sich immer neue Probleme zu schaffen und sich unfreiwillig in Gefahren zu begeben. Die internationalen Entwicklungen der Kriminalität brachten es mit sich, dass ich ihn im Auftrag Interpols auch ins Ausland schicken musste, nach Amsterdam, Berlin, Frankfurt am Main, in die Biscaya, nach London und sogar nach Nigeria. Nicht immer bin ich einer Meinung mit ihm, und manchmal kann ich ihn überhaupt nicht verstehen. Aber in einem sind wir uns stets einig: Wir leben in Stockholm, der schönsten Stadt der Welt!"

Die schwedische Hauptstadt ist auch der Schauplatz vieler anderer Bücher, die Olov Svedelid veröffentlicht hat. In Schweden sind besonders die mit Leif Silbersky verfassten Justizthriller, die Kinderkrimis um die „Betonrosen" und die historischen Romane um Catharina Dufva populär, die das Schicksal eines einfachen Mädchens in Stockholm um 1700 behandeln. In den letzten Jahren schrieb Svedelid mit Krimi-Elementen angereicherte Jugendromane („Max Mikkel und das Geheimnis des Schlosses", „Max Mikkel und das Geheimnis der Möwe"), die auch ins Deutsche übertragen wurden.

Die deutsche Übersetzung von „Anmäld försvunnen" erschien zuerst 1976 im Ostberliner Verlag Volk & Welt, der „Als vermisst gemeldet" in großer Auflage 1988 auch als Roman-Zeitung veröffentlichte. Eine weitere Ausgabe des Romans erschien im Jahr 2000 als Aufbau-Taschenbuch. Für die „Schwedische Kriminalbibliothek" wurde die Übersetzung Alfred Otto Schwedes behutsam überarbeitet.

Ebenfalls in deutscher Sprache liegen folgende Roland-Hassel-Romane vor: „Fahndung nach Monsieur Fontaine“ (1975, dt. 1979), „Sklavenhändler“ (1979, dt. 1982), „Die Opfer“ (1983, dt. 1987), „Wiedergänger“ (1988, dt. 1993, 2002), „Die heimliche Macht“ (1993, dt. 1996, 2004), „Piraten“ (1995, dt. 1997, 2002), „Hassels Hölle“ (1996, dt. 2003), „Der Tag des Gerichts“ (1998, dt. 1998, 2001), „Boten des Todes“ (1999, dt. 2001, 2003), „Gierige Geschäfte“ (2002, dt. 2006)

Hönow, im September 2006
Erik Gloßmann